JN307739

百人一首の作者たち

目崎徳衛

角川文庫
14020

百人一首の作者たち　目次

序　章　王朝文化の系譜——百人一首とはいかなるものか

わが国で編まれたアンソロジーの中で、定家の小倉百人一首ほど永くかつ広く愛唱の対象になったものはあるまい。その点では、編纂《へんさん》直後から早やばやと忘却の羽目におちいり、千年もの長い間冬眠しつづけていた『万葉集』などは物の数でもない。あれほど万葉に心酔した正岡子規も、万葉ぶりの歌人を歴史上に求めてわずかに実朝・良寛・元義など、何人かの変り種を挙げることしかできなかったし、それ以前の国学者の万葉研究は、古語と古道へ迫る手段として取り組んだもので、「敵は本能寺」の観をまぬがれない。私も万葉歌を愛唱する点では人後に落ちないから、悪口を言うつもりは毛頭ないが、「万葉を学べ、短歌はそれでよい」といった実作者の心得と、万葉という古典の国民的影響力が明治末年以後わずか数十年に限られているという歴史的事実への認識とは、混同するわけにいかぬであろう。

中世以降の長い年月、和歌はもとより物語・歌謡・連歌・俳諧《はいかい》・大和絵《やまとえ》・能・浄瑠璃《じょうるり》・歌舞伎、さては俗曲・狂歌・川柳・戯作《げさく》・風俗行事に至るまで、すべての文化領域の典拠となり基礎となったのは、王朝の勅撰《ちょくせん》和歌であった。そのエッセンスたる小倉百人一首が、最もポピュラーなものとして流布《るふ》したのも当然である。のちには津々浦々の老若男女は、この百首を暗誦《あんしょう》せねば正月の遊びにさえ参加できなくなった。けれどもそうした広範な浸透度、そうした活潑《かっぱつ》な社会的機能が、かえってこの百首への軽侮や閑却を招いてしまったのは皮肉である。

幸いなことに近年、安東次男氏（『百首通見』）、大岡信氏（『小倉百人一首』）、丸谷才一氏（同）などの眼力によって、軽侮・閑却を修正する気運が醸成され、教室国語の無味乾燥な扱い方から鑑賞眼が解放されつつあるのは、百人の作者たちにとってもさぞや本懐であろう。それやこれやで、島津忠夫氏の『百人一首』など、啓蒙《けいもう》的注釈書もこの頃はとみに出揃った。しかし、私のこれから語ろうとするのは、小倉百人一首の注釈でもなく鑑賞でもない。私はこの精選の極に達した百首をダシに使って、まず百人の作者の織りなす多彩きわまる人間模様を描き出したい。つまり親子・恋人・主従・友人・ライバル・仇敵《きゅうてき》・師弟等々、あるいはそれらが幾重にも複合した諸関係のたて糸・よこ糸を丹念に解きほぐす。そしてその作業を通じて、彼等の生きた四百年間を貫いている「王朝文化」なるものの、いいい系譜と特質を考えてみようとするのである。

くり返していえば、王朝文化は古代末以降一千年にわたって文学・芸能ひいては社会生活各般の典拠となった。文字どおり日本《よ》のクラシックだ。そして百人一首は、この文化伝統の形成に参加した人びとの、もっとも選りすぐられた系譜だと思う。そこに国文学者でも短歌作者でもない、一介の文化史研究者の問題意識をそそる所以《ゆえん》がある。おそらく百人一首を暗記している愛好者たちも、読み札だけに記されている作者名、それも実名でなく「入道前太政大臣」といった親しみにくい官職名を含む名乗りには、ほとんど関心はなかったろう。しかし、あれらの歴史上の人物——あえて「歌人」と限定的にいわない——こそ、わが国の文化伝統にとって第一級に大切な存在だと、私は考えている。そのような関心から、この試みは出発する。我には許せ敷島の道といおうか、たで食う虫も好き好きとでもいおうか。

このような余り類例のなさそうな試み——王朝文化論への試み——が成立すると考えられる理由は、いくつかある。

まず第一に、作者百人の生きていた王朝の貴族社会では、和歌はすべての構成員にとって米の飯のように必要な代物だったという点である。したがって百首の多くは、選ばれたる天才が孤独に密室に閉じこもって、沈思黙考、苦吟推敲《すいこう》これ努めた所産ではない。やむにやまれず恋人に思いのたけを打ち明けるとか、切々と身の不遇を訴えるとか、間髪をいれず返歌を応酬するとか、いずれその場その場の要請に応じて制作されたもので、文学的営みであるより以前に、すぐれて社会的営みであり、あるいは時に政治的営みでさえあった。

もっとも一概にそうとばかりも言えないのは、宮廷・貴紳の下命に応じて詠進するプロやセミプロの歌人も輩出したし、一首の評価に生命を懸ける人さえあらわれたからだが、それはまたそれとして、そうした現実を生み出した社会状況をなまなましく反映していることになる。このように、当代の社会と生活からの必然的所産であったことが、第一の理由である。

第二の理由は、「勅撰」という特別な手続きの意味である。言うまでもなく王朝和歌の勅撰は延喜《えんぎ》五年（九〇五）の『古今和歌集』にはじまる。それ以前にも勅命を奉じての編纂事業は数多くあったが、それは律令格式であり正史であり宮廷儀礼であり、あるいは漢詩文であった。いずれにせよ国政の基本に関わる事業で、「色好みの家に、埋れ木の人知れぬこと」として詠み棄てられて来た和歌などとは比較にならない。だから、卑官の紀貫之らがこの重い意義を持つ「勅撰」を命ぜられた時、「この世におなじく生れて、この事の時にあへるをなむ喜びぬる」と歓喜した心情は、推察に余りがある。「勅撰」にはそのような無限の重みがあった。

そして古今仮名序がその結びに、「歌のさまを知り、事の心を得たらん人は、大空の月を見るがごとくに、古へを仰ぎて今を恋ひざらめかも」と誇らかに宣言したように、古今集は単なる和歌の古典以上の存在となり、この聖典を生んだ延喜の世は、次代から「聖代」とたたえられた。そして、極度に先例故実を重んずる貴族社会に生きるかぎり、和歌を詠むこと、そして勅撰集に一首なりとも採られることは何よりの生き甲斐《がい》となる。その重さは、今日の短歌・俳句がどれほど盛況であっても趣味の領域を出ないのとは、まったく次元を異にする。社会的比重が段違いなのである。

そして第三の理由は、第一、第二のそれを角度を変えて説明することにもなるが、この百首・百人をかりに氷山にでも喩《たと》えるなら、水面下に隠れた体積が数百倍・数千倍に及ぶということである。もう一度古今仮名序を引けば、「花に鳴く鶯、水にすむ蛙の声を聞けば、生きとし生けるもの、いづれか歌を詠まざりける」で、その片端はたとえば『群書類従』和歌部などに収められた、おびただしい私家集群によってもうかがうことができる。これらは近年こそ研究者が手を付けることも多くなったものの、ほとんど顧みられずに来た歌屑《うたくず》といってよい。しかも、それらさえ数百年の歳月のふるいに掛けられた選ばれたる少数で、さらに底辺には、無数の腰折れが水泡のように消え失せた。それらは文学的評価ではほとんどゼロに近いが、しかし作者たちの実生活の痕跡《こんせき》としては必ずしもそうではない。なまじ高度に文学的でないために、かえってくわしい詞書《ことばがき》が正直に素朴にさまざまな史実を告げてくれる。あたかも公家日記が、あの煩瑣《はんさ》きわまる儀式の記事の隅に、時として耳よりな史実を隠しているように。

要するに王朝の和歌は、作者たちの実生活のいとも率直な反映である。あのこちたき掛詞・縁語・擬人法・本歌取といった厚化粧に幻惑されてはならない。中学・高校などでそうした技巧を文法的に解明する作業を強いられた苦い体験は、だれしも身にしみているにちがいないが、あれほど無益なわざはない。あれらの歌は、その作られた場面と作者の人間像を捨象しては、ほとんど成立しないのだ。「文台引き下せば、すなはち反古なり」（『三冊子』）と、むかし芭蕉は俳諧について道破したが、座の文芸としての俳諧のその性格は、とりも直さず王朝和歌の生き生きとした社会的機能を継受したのである。このあたりの消息は、すでに大岡信氏の『うたげと孤心』などに詳細に語られているが、とくに百人一首は、単なる語釈・鑑賞よりも、その周辺・背景について説明する方が理解をより深からしめる。

　このことをよく心得ていたのは、幕末の浪華《なにわ》の儒者尾崎雅嘉《まさよし》であった。天保四年（一八三三）に出版され、近年は岩波文庫にも入った『百人一首一夕話《ひとよがたり》』は、ゴシップ・エピソード・ドラマの宝庫である。ただ惜しいことに、博覧強記の著者は、材料のあまりの豊かさおもしろさに陶酔し満腹してしまったようで、進んで学問的に分類したり系統付けたりして、それらを貫く潮流や特質を抽出するには至らなかった。したがって、読物の域を脱しなかったのはやむを得ない。

　くり返して言えば、私の語ろうとするのは百人一首の訓詁・注釈ではない。歌の鑑賞でもない。またエピソード中心の「読物」でもない。これを手掛りとして、王朝文化を展望する一つの視点を定めようとする、文化史への試みにすぎない。ただ右に述べて来た百人一首ひいては王朝和歌の生態からすると、そのような異端的な方法があるいは百首の作品そのものをも、単なる語釈以上に照らし出すのではないかとも思うが、これは身の程知らずの野望というものであろう。

　それよりも、せっかくカルタ遊びによって万人の共有財産になっている百人一首を、いたく雲の上の存在に遠ざけない心懸けこそ肝要なのかも知れない。ホイジンガの言ったように、学問もホモ・ルーデンスの営みの一つにほかならないから、肩肘怒《かたひじ》らせ青筋立てて力説してもはじまるまい。つまりはこの試みも、カルタ取りとは趣を異にするとはいえ、例の坊主めくりに加えて天皇めくり・権門めくり・文人めくり・女房めくりなどの集積、総じて百人一首遊びの一変種かと思う。

小倉百人一首を選定した藤原定家は、若き日源平合戦に直面し、老境に入って後承久の乱を迎えて、「紅旗征戎《じゅう》、吾が事に非ず」の名言を吐いた。王朝の落日を眼のあたりに眺めながら生きた人だから、ミネルヴァの梟《ふくろう》は日暮れて翔《と》ぶと言われるように、滅びゆく体制の全容を見極めようとする歴史的自覚を抱いたのも不思議ではないが、しかしそれは実作と批評と古典学の三者を一身に体現した、この卓抜な個性だけではなかった。現に定家と愛憎ともにただならぬ関係にあった後鳥羽院にも、『時代不同歌合』という異色の試みがあり、さかのぼれば紀貫之・藤原公任《きんとう》といった各時期のリーダーによる選歌・批評の規範があり、定家の作業はそうした伝統の締めくくりであった。

この王朝文化の自己省察の系譜自体を明らかにせねば、百人一首の出現した由来は説明できないから、内容に立ち入る前にこの事に言及する必要があるが、ついでにさらに寄り道して、紫式部の抱いた王朝文化観からふれて行きたい。その理由は、いかに百人一首で王朝文化の全貌《ぜんぼう》を把握できるとしても、やはり和歌が苦手の文人や実作をのこさぬ大リーダーもいた。幸いに紫式部はそうした存在にも眼を配っていて、有益な補完資料となるからである。

もとより紫式部には王朝文化の系譜を意図的・体系的に考察した著作はない。ただ「日本紀などはたゞ片そばぞかし」（『源氏物語』「蛍」）と一蹴《いっしゅう》した才女だけあって、彼女は『源氏物語』の随所に著名な歴史上実在の人物を引き合いに出している。それらを集めると、いわば無作為に抽出された王朝文化人のリストとなるのである。

たとえば、「須磨《すま》」の巻に、光源氏の須磨のわび住いのさまを述べて、

　須磨には、いとゞ心づくしの秋風に、海はすこし遠けれど、行平の中納言の、「関ふき越ゆる」と言ひけむ浦波、夜〳〵は、げにいと近う聞えて、またなくあはれなるものは、かゝる所の秋なりけり。

と記した個所などはだれも知る名文だが、そこでは実在の中納言在原行平という百人一首作者（一六「立ち別れ」—数字は百人一首の配列番号、以下同じ）の須磨謫居《たっきょ》の史実が、感銘をいとどレアルにしている。行平は舎弟業平（一七「ちはやぶる」）の色好みと対照的に、基経の権勢と相対して譲らなかった政治的人間で（三章にくわしく書く）、紫式部はその辺の消息を知りつくしていたのであろう。

さて、こういうふうに紫式部が何げなく『源氏物語』中にちりばめた実在人物は多数いて、これを表にすると、次のようになる。

奈良時代以前　聖徳太子

九世紀の王朝文化創始期の人びと　嵯峨《さが》帝・承和《じょうわ》帝（仁明《にんみょう》天皇）・八条の式部卿《しきぶきょう》（本康親王）・（小野）篁《たかむら》の朝臣《あそん》・（藤原）良房の大臣《おとど》・在五中将（業平）・行平の中納言・河原の大臣（源　融《みなもとのとおる》）・陽成院

十世紀前半の国風への転換期　亭子院《ていじいん》（前朱雀院・宇多の帝とも）・伊勢・延喜帝・紀貫之・（凡河内《おおしこうちの》）躬恒《みつね》・（源）公忠の朝臣・平仲《へいちゅう》（平貞文）

十世紀の能書・画師　（小野）道風・巨勢《こせ》相覧・（同）千枝・（飛鳥部）常則・（巨勢）公茂

以上のほかにも、たとえば「『恩賜の御衣は今こゝにあり』と誦《ずん》じつゝ入り給ひぬ」（「須磨」）といったふうに、光源氏が朱雀《すざく》帝をなつかしむ場面で菅原道真を回顧させている。こういった、それと名指しはせずに古人にふれた例も多いが、一々挙げない。ともかく右のリストを一覧すると、紫式部の胸中に抱いていた先人の系譜が、まことに平安朝的であり、その限りまことにバランスのよいものだったことが分る。

平安朝的だというのは、平安遷都以前の人物には聖徳太子ひとりを除いてまるで無関心だという点である。その太子の名も「若紫」の巻に、「聖徳太子の、百済より得たまへりける金剛子の数珠《じゅず》」が出てくるだけなので、取り立てて関心や崇拝を記したわけではない。ともかく、この王朝の代表的女流作家の脳裏には、桓武《かんむ》朝以前の歴史はまったく生きていなかった。これは大いに注意すべきことだが、一章の万葉歌人を説く所で、その理由を説明する。

次にバランスがよいというのは、たとえば嵯峨帝・承和帝・良房の大臣・亭子院・延喜帝等の名を逸しなかったことである。これはいずれも百人一首に入っていない重要人物だから、手短かに説明を加えておこう。

嵯峨帝については、この帝が「箏《そう》の琴《こと》」を皇女に伝授したこと(「明石」)と、「古万葉集」四巻を書写したこと(「梅枝」)が記されている。例の「三筆」の能書ぶりと音曲の才能である。実はこの天皇は「王朝的なもの」「平安的なもの」全体の祖で、それまでの古朴な大和文化と異なる新文化の創始者であった。宮廷儀礼を整備して『内裏式《だいりしき》』(現存)を制定したこと、詩文に心酔して『凌雲集《りょううんしゅう》』(同上)を勅撰したこと、皇子・皇女の名や宮殿・門の名をいずれも唐風の雅名に改めたこと、ハイカラな清涼殿や冷然院《れいぜいいん》を造営したこと、洛外嵯峨の離宮に悠々自適したこと等々、弘仁文化の絢爛《けんらん》たる様相は、もっと世の注目を引いてもよいものと思う(小著『王朝のみやび』)。そしてこの嵯峨帝の治世と次の淳和・仁明朝の三代三十年の太平の間に、王朝の宮廷文化は十分に開花した。香道もその一部で、右の系譜に「承和帝」とその皇子なる「八条式部卿宮」が薫物《たきもの》調合の権威としてみえるのは(「梅枝」)、その点を示している。仁明天皇の承和期は弘仁文化の完成期であった。

承和九年(八四二)の嵯峨上皇の死を契機として擡頭《たいとう》した藤原良房は、氏の血を引く文徳・清和両帝を擁して権勢をほしいままにするが、紫式部は光源氏の権勢を、良房のおこなった「白馬《あおうま》」という正月儀礼を引いて説明している(「乙女」)。良房は権謀術数の人と

して陰湿な影を史上に投じているが、一面『古今集』春上に、

染殿の后のお前に、花がめに桜の花を挿させたまへるをみてよめる　前太政大臣

年ふればよはひは老いぬ　しかはあれど　花をし見れば物思ひもなし

という、のびやかな作をとどめ、また仁明天皇四十の賀に際して、興福寺の僧に祝賀の長歌を献上させるなど、唐風・国風の接点に一つの位置を占める。百人一首の河原左大臣（一四「陸奥の」）・中納言行平（一六「立ち別れ」）・在原業平朝臣（一七「ちはやぶる」）などは、いずれも権謀渦巻く良房政権のもとに悲劇的な生涯を送った人びとだが、紫式部はこれらの在野的人物とともに、権勢者良房その人にも抜かりなく眼を配った。

次に指摘しなければならないのは、亭子院と延喜帝である。亭子院すなわち宇多上皇は、帝王とか貴族・庶民といった違いを抜きにして、無類におもしろい個性である。たとえば、二十三歳の天皇はその日記（寛平元年八月十日条）に、こういう事を書く。

乱国の主として、日に愚慮を致さざるなし。万機を念《おも》ふごとに、寝膳（日常生活）安からず。爾来《じらい》、玉茎発せず、只老人の如し。精神の疲れ極まるによつて、まさにこの事あるべきなり。

そこで左大臣が「露蜂」（ロイヤルゼリーであろう）というものを調合させて進めてくれたが、これはよく効いた云々。

こういう天真爛漫《らんまん》な書きぶりは、公家日記として型破りというだけではなく、現代でも優に文学として通用するだろうが、惜しいことに散逸して、諸書に断片数十をのこすにすぎない。しかしこうした自由人・文化人的気質と才能は、古今勅撰への気運を推進した点と、密教修行に没頭して真言宗広沢流を開いた点と、聖俗の両面に燦然《さんぜん》とかがやいている。

つまり嵯峨上皇によって創出された王朝文化を国風に転換させた中興の主は、亭子院である。古今勅撰の推進力であり『亭子院御集』なる歌集も現存するのに、その作が古今集に一首も入らなかったのは謎であるが、紫式部はこの院の文化指導者として占める高い位置を、よく認識していた。

延喜帝すなわち醍醐《だいご》天皇については、多く語る必要はあるまい。論より証拠、上記リストのうち貫之以下の歌人と能書・画師などは、みな延喜・天暦《てんりやく》の盛世に活躍した花形で、その頂点に君臨した「聖帝」のおもかげは、道真（二四「このたびは」）の「去年の今夜清涼に侍し」の詩その他、世に多く伝えられる。

紫式部は『源氏物語』を彼女より一時期前の延喜・天暦の世の事として構想したのだから、それ以後の人物がリストにないのは当然だ。私はふとした動機で右のリストを作ってみて、この才女の識見のすばらしさに驚嘆を禁じえなかった。同時にまた、こういう感慨をも抱いた。現代人は紫式部の『源氏物語』を第一級の文化遺産と評価するには異論がないにもかかわらず、彼女の脳裏に刻まれていたこれらの人物は、ほとんど無視して顧みない。王朝文化論がいまだに形をなしたと言えないのは、この一事によっても明らかではないかと。なお言わでもの私事を付け加えると、私はこのリストの大部分の人物について年来追求して来たが、それはほとんど同類を持たない風変りなものとみなされている。知己は意外にも千年前にいたのであったか——そういう微苦笑も浮かんだ。

紫式部の脳裏に描かれていた王朝文化の系譜は、無作為抽出的なものにすぎないが、意図的・自覚的にみずからの文化伝統を回顧しようとする試みはいろいろあり、百人一首の先例となった。まずこの試みの最初となったのは、紀貫之（三五「人はいさ」）の作とされる古今集の序である。仮名序と真名序が伝わるが、ここでは『本朝文粋《ほんちょうもんずい》』に紀淑望《きのよしもち》作として収められた真名序を引く。あえて有名な仮名序を引かない理由は後述するとして、真名序は和歌史を次のように要約している。

①「神世七代」には「和歌未だ作らず」、「素戔烏尊《すさのおのみこと》の出雲国に到つて始めて三十一字の詠有り」。

②「爰《ここ》に人代に及んで此の風大いに興り」、「難波津《なにわづ》」の作を（仁徳）天皇に献じ、「富《とみ》緒河《のおがわ》」の作を（聖徳）太子に奉ずるに至った。

③「古への天子は良辰美景ごとに侍臣に詔して、宴筵《えんえん》に預る者をして和歌を献ぜしめ」たが、大津皇子が初めて詩賦を作ってより和歌はしだいに衰えた。しかしなお「先師柿本大夫」や「山辺赤人」のような「和歌の仙」が出た。

④　その後「時澆漓《ぎょうり》に変じ、人奢淫《しゃいん》を貴ぶ」ようになり、「好色の家これを以て花鳥の使となし、乞食の客これを以て活計の媒となす」のみで、古風を存する者はわずか数人となった。（以下にいわゆる六歌仙を列挙する）

⑤　昔「平城の天子」が、侍臣に詔して「万葉集」を撰ばせ、以来、十代・百年を過ぎたが、その間和歌はふるわず、「野相公《やしょうこう》」（小野篁）「在納言《ざいとうげん》」（在原行平）なども「皆他才を以て聞こえ、この道を以て顕れ」なかった。

⑥　いま陛下（醍醐）の治世九年め、紀友則・同貫之・凡河内躬恒・壬生忠岑《みぶのただみね》らに詔して、「各家集ならびに古来の旧歌」を献上させ（一本にはこれを「続万葉集と曰ふ」とある）、さらにそれらの歌を部類して二十巻とし、「古今和歌集」と名づけた。

まことに一糸乱れぬ叙述ではないか。①より④までには、神代・飛鳥・奈良・平安前期の四期に時代区分して詠歌の実態を説き、⑤⑥は万葉・古今の二大勅撰事業について語っている。しかも真名序はこの要約がほぼ全文で、その前には、「夫れ和歌は、その根を心地に託し、その花を詞林に発する者なり」という書き出しと、和歌の「六義」（風・賦・比・興・雅・頌）の名称を記すだけである。またこの後は、「嗟呼《ああ》人丸既に没して和歌ここに在らざらんや。時に延喜五年歳次乙丑四月十五日、臣貫之等謹みて序す」と結ぶ。一字も無駄がない。

真名序の筆者紀淑望は当代切っての文人紀長谷雄《きのはせお》の子で、彼自身も詩文に名声があった。

紀氏とはいえ貫之・友則の一族とはまったく別系統だから、晴れの勅撰の序文をこの文人に委嘱したのは、公的な風習に従ったのであろう。しかし文の成るまでに、淑望は貫之を相手として緻密《ちみつ》な検討をおこなったとみるべきで、④にみえる六人の先人への鋭い批評も、むしろ貫之の見解と考えることができよう。さて、その批評は次のようである（原漢文）。

「華山僧正（遍昭）は尤も歌の体を得たり。然れどもその詞、華にして実少なし。図画の好女の、徒らに人情を動かすが如し」

「在原中将の歌は、その情余り有りてその詞足らず。萎《しお》れたる花の彩色少しと雖も、しかも薫香有るが如し」

「文琳《ぶんりん》（文屋康秀）は巧みに物を詠ず。然れどもその体、俗に近し。賈人《か》（商人）の鮮衣を着《ちゃく》したるが如し」

「宇治山の僧喜撰はその詞華麗、しかれども首尾停滞す。秋月を望むに暁雲に遇へるが如し」

「小野小町の歌は古への衣通姫《そとおりひめ》の流なり。然れども艶にして気力無し。病婦の花粉を着するが如し」

「大友黒主の歌は、古への猿丸大夫の次《ついで》なり。頗《すこぶ》る逸興有り、しかれども体甚だ鄙《いや》し。田夫《でんぷ》の花前に息《いこ》へるが如きなり」

それぞれまず美質を掲げ、次いで短所を突くという、一貫した方針に立っている。明快そのものである。

ところで以上の六歌仙評は仮名序にもあるから、なぜ読みやすい後者をここに引かないのか、不審に思われるかも知れない。しかし、仮名序には右の褒貶《ほうへん》ともに記すというバランスが欠けている。たとえば黒主について仮名序はこういう。

大伴の黒主は、そのさまいやし。いはば、たきぎ負へる山人の、花のかげにやすめるがごとし。

ここには、真名序の「古への猿丸大夫の次なり。頗る逸興有り」というプラスの指摘が、そっくり脱落している。マイナスだけいうとならば、そもそも和歌沈滞期の例外的名手として黒主を挙げる意味はない。どうも仮名序の筆者は、褒貶を対比するという大前提を自覚していなかったのではなかろうか。しかも、褒辞と貶辞を順接で連結したから、いよいよもって批評の焦点がぼけてしまった。

黒主評について、仮名序が右のごとく「美点を全く脱してゐる」ことは、山田孝雄が『日本歌学の源流』（昭和二十七年刊）ですでに指摘した。山田氏はこの点を指摘しただけでなく、「古今集の仮名序は往々歌の意を誤つた見解があり、意味をなさぬ点もあり、果して貫之自身が草したものか、疑はしいことは吾人が嘗て論じた所である」と、仮名序について根本的な疑問を呈出している。

ここに「吾人が嘗て論じた」というのは、昭和十一年に発表された「古今和歌集の仮名の序の論」(「文学」四巻一号)を指す。論旨をくわしく紹介する余裕はないが、「今の古今集の仮名序はさる貫之集中の語と古今金玉集(目崎注、藤原公任の撰)の序の文との如きものと綴り合せ、かたかた真名序を参酌して誰人かの創作せるものとせざるべからず」と断定し、さらに古来の学者が仮名序を「瑕疵《かし》なき古今の名文」とするのに対して、「吾人を以て見れば、真名序こそ文理整然たれ、仮名序に至りては往々文章の理路も通らず、そのいへる事のうちにも意義をなさぬ点のあるを見るなり」と論じたのである。

この山田論文に対しては、西下経一の「山田博士の古今集序に関する新説に対して卑見を述ぶ」(「国語と国文学」十三巻五号)という反論がただちにあらわれ、十六条にわたって山田説の弱点を指摘した。私は昭和三十六年に伝記『紀貫之』を刊行した時、偽作論争を避けて通ることはできなかったが、西下氏の専門的な批判を無視する度胸はなく、偽作説を支持した論文も見当らなかったので、貫之の思想は仮名序の方により純粋にあらわれていると、ごく常識的な考えを記すに止《とど》めた。

ただ当時もその後も、仮名序に腑《ふ》に落ちない点が多いという疑問を、消し去ることができなかった。今あらためて山田・西下両論文を再読すると、西下氏の批判は微に入り細をうがってはいるけれども、偽作説の根本を否定しおおせてはいないのではないかとの感を強くした。

何よりも、仮名序は文脈が一貫していない。たとえば和歌史の叙述のただ中、真名序の

②と③の中間に当る所に、突然「六義」の説明を挿入し、あまりピンと来ない和訓と例歌を付して長々と述べ立てる。

こうして文脈の断たれたあとに、真名序の④と③に当る叙述を時代を転倒して挿入した。まことに文の流れが悪い。

また仮名序には、どうにも文意が通らず、後人に首を傾げさせてきた部分もある。遍昭を評して、

たとえば、ゑにかける女をみて、いたづらに心をうごかすがごとし

とあるのは、山田氏の指摘したように、真名序に「如《シ》三図画《ノ》好女《ノ》徒《ラニ》動《カスガ》二人情《ヲ》一」とあるのを直訳して、「しぞこなひたる」もので、「ゑにかける女の、いたづらに人の心をうごかすが如し」とでも書くべきところであろう。

こういう例は他にもみえるが、私が史学の徒として最も不審なのは、仮名序に時代錯誤や史実誤解のはなはだしい点である。まず冒頭、

ちはやぶる神世には、歌の文字も定まらず、すなほにして、事の心わきがたかりけらし。人の世となりて、すさのをのみことよりぞ、三十《みそ》文字あまり一《ひと》文字はよみける。

という。スサノオノミコトを指して「人の世」とは、単なる筆の走りであろうか。仮名序の作者は神代紀に通じていないとしか思えず、朝廷で日本紀の講義のおこなわれていた延

喜の世に、「内記」(詔勅作成に当る)の重職に任ぜられた貫之の草した文とは考えられない。

時代錯誤として古来最も指摘されているのは、「ならの御時」の概念の混乱である。真名序では、前引⑤の記述に「平城の天子」より「時、十代を歴《へ》、数、百年を過ぐ」とあるから、この筆者は平城天皇を明確に認識していたことになる。ところが仮名序では、

古よりかく伝はるうちにも、ならの御時よりぞ、ひろまりける。(中略)かの御時《おおんとき》に、正三位《おおきみつのくらい》柿本人麿なむ歌の聖《ひじり》なりける。(中略)又、山辺赤人といふ人ありけり。(中略)かの御時よりこのかた、年は百年あまり、世は十つぎになむなりにける。

という。人麻呂・赤人の生きていた「ならの御時」ならば文武・聖武朝あたりを指すことになるが、「かの御時」が延喜を遡《さかのぼ》ること十代・百年余というなら平城朝あたりを指すことになり、要するに支離滅裂である。

文中にはさらに、人麻呂を「正三位」とする根拠不明の記述がある。人麻呂は平安末期になると神仙視されるが(一章参照)、彼を正三位の高位に昇せたのも、これに似かよった後世のにおいがする。これに対して真名序にも、「難波津」や「富緒河」の歌のような後世の伝説を紛れこませた部分はあるが、全体として時代錯誤はない。上古さかんだった和歌がやがて漢詩に圧倒されて衰退したという大筋の把握は、しっかりしている。真名序におけるこの明快な認識が、仮名序の混乱した記述に変ったのは、単に漢文と和文のニュア

ンスの差とは思えない。

はからずも仮名序の真偽について疑問を述べたが、私は国文学・国語学の研究者ではなく、このエッセーはもとより学術論文ではない。他に問題点も多いので、ここに新説を提示するわけではないが、年来心にわだかまっていた不審を率直に述べ、これを専門家に氷解していただけぬかと願うのである。で、廻《まわ》り道から真名序の六歌仙評という本題へ話をもどすと、これが王朝文化の自己省察の先駆たる点には異論があるまい。文章は淑望の手に成ったとしても、六人を挙げて縦横に論評した功は、貫之に帰して差し支えないと思う。

そこで、六人の選定ははたして妥当であろうか。遍昭（一二「天つ風」）・業平（一七「ちはやぶる」）・小町（九「花の色は」）は、古今集にそれぞれ十七・三十・十八首も採られ、まさしく王朝和歌の先駆者だが、対照的に、康秀（二二「吹くからに」）・喜撰（八「我が庵は」）・黒主はわずかに五・一・三首しか見えず、その正体も定かでない。百人一首にも康秀・喜撰は入ったが黒主はついに洩《も》れたほど、三人は影が薄い。このようにアンバランスな人選にもし理由があったとすれば、それは康秀のような地下《じげ》の卑官、喜撰のような一介の遁世《とんせい》者、黒主のような地方の土豪をわざと挙げることによって、「生きとし生けるもの、いづれか歌を詠まざりける」（仮名序）の理を示そうとしたのではなかったか。この理は、遍昭・業平・小町といった卓抜な個性を挙げただけでは明らかにならぬからだ。ちなみに、ここで仮名序を引くのは、仮名序への疑問を表明した論旨と矛盾するが、この冒頭部分だけはたしかに名文で、真名序にまさること数段である。どうも後人はこの冒頭の迫力に圧倒されて、つづく叙述の混乱を看過したように思われる。

　真名序はこうして有名・無名の作者三人ずつを挙げたが、反面、「風流野相公の如き、軽情在納言の如き」と推した二人の公卿《くぎょう》については、批評の対象としなかった。仮名序に至っては、「つかさくらゐ高き人をば、たやすきやうなれば入れず」と断わって、この二人の名も記さない。しかし篁（一一「わたのはら」）・行平（一六「立ち別れ」）は古今集に六首と四首採られ、詩人としての名声や歌合を催した事蹟《じせき》からしても六歌仙に劣る存在ではないから、序の筆者が批評を避けたのは身分のへだたりをはばかったためであろうか。和歌そのものは勅撰によって晴れの場に進出したが、撰者の地位がこれに比例して一挙に上がったわけではない。五位の官人貫之の、かなしい限界がそこにあった。これを突破する役割は、次代のリーダー、大納言公任に課せられる。

　貫之の選んだ六人の歌仙は、百年後に公任によって自乗された。すなわち、

　五五　滝の音は絶えて久しくなりぬれど　名こそ流れてなほきこえけれ　大納言公任

の作者による『三十六人撰』の選定である。

柿本人丸（注、百人一首三「足引の」）

紀貫之（三五「人はいさ」）

凡河内躬恒（二九「心あてに」）
伊勢（一九「難波がた」）
大伴家持（六「かさゝぎの」）
山辺赤人（四「田子の浦に」）
在原業平（一七「ちはやぶる」）
僧正遍昭（一二「天つ風」）
素性法師（二一「今こむと」）
紀友則（三三「久方の」）
猿丸大夫（五「おくやまに」）
小野小町（九「花の色は」）
兼輔卿（二七「みかのはら」）
朝忠卿（四四「逢ふ事の」）
敦忠卿（四三「あひ見ての」）
高光少将
源公忠
壬生忠岑（三〇「有明の」）
斎宮女御《さいぐうのにようご》
大中臣《おおなかとみの》 頼基

藤原敏行（一八「住の江の」）
源重之（四八「風をいたみ」）
源宗于《むねゆき》（二八「山里は」）
源信明
藤原清正
源　順《したごう》
藤原興風《おきかぜ》（三四「誰をかも」）
清原元輔（四二「契りきな」）
坂上是則（三一「朝ぼらけ」）
藤原元真
小大君
藤原仲文
大中臣能宣《よしのぶ》（四九「みかきもり」）
壬生忠見（四一「恋すてふ」）
平兼盛（四〇「しのぶれど」）
中務《なかつかさ》

この三十六人。うちゴシックの六人は十首ずつ、他は三首ずつの作品を挙げ、評価に二段階を設けている。

公任のこの選定は、後世にきわめて大きな影響をのこした。まず各人の家集（自撰または他撰）が成立してさかんに書写された。「三十六人集」あるいは「歌仙家集」と総称され、伝行成・公任・俊頼・西行筆といった古写本、ないしはその断簡が多く現存するが、中でも明治時代に西本願寺の秘庫から発見された、華麗な料紙の「三十六人集」は、書道史上屈指の名品である。

三十六人の風貌《ふうぼう》を図絵することも早くからおこなわれ、鎌倉初期の似絵《にせえ》流行によって、爆発的にさかんになった。「佐竹本三十六歌仙絵」をはじめ、多くの遺品がある。歌仙がこのように大和絵の有力な画題となったのは、彼等こそ王朝文化の伝統を形作る人びとだとの認識にもとづくわけであろう。

彼等の略伝を集めた『三十六人歌仙伝』も院政期に著わされた。元来、三十六人の過半を占める中・下級官人は、経歴などろくに知られない階層だから、この伝は和歌史だけでなく文化史の史料としても貴重である。

院政期の歌人藤原基俊（七五「契りおきし」）は公任にならって「新三十六人」を選んだが、これは散逸した。しかし平安末期に藤原範兼の選んだ『後六々撰』はいま伝わり、その伝なる『中古歌仙三十六人伝』もやがて成立した。その後、天皇・后妃・皇子・貴族・僧侶・女房・武家などの中から各種各様の三十六人を選ぶ試みが、雨後の筍《たけのこ》のように続出する（久曾神昇『三十六人集』）。これみな中世における王朝文化への憧《あこが》れのあらわれ、公任の三十六人選定の影響の深さが知られる。

こうした影響力の大きさは、「四条大納言」公任の門地と才能との稀有《けう》の一致によるものであろう。彼は北家藤原氏の嫡流小野宮家の御曹司で、かつ早熟の才に恵まれたために、庶流九条家の、さしも剛腹な兼家に「わが子ども、（公任の）影をだに踏むべくもあらぬこそ口惜しけれ」と嘆かせ、気の強い兼家の五男道長が「影どころか面《つら》を踏んでくれようぞ」と反撥《はんぱつ》したという（『大鏡』）。はたして両人の官位は後に逆転し、道長は望月の栄華をほしいままにするが、公任はあえて権力世界でこれと争わず、家門の誇りを心底に秘めつつ、もっぱら文化のリーダーとして活躍する。

道長が大井川の舟遊びに、作文《さくもん》（詩）の船、管弦の船、和歌の船を分けて道々の達人を乗せた時、公任は和歌の船を選び、

小倉山嵐の風の寒ければ　紅葉の錦着ぬ人ぞなき

と詠んで絶讃《ぜつさん》を博したが、もし作文の船に乗ってかほどの詩を作ったら、名声は一段と上がったろうにと口惜しがったという。このいわゆる「三船の才」の逸話は『大鏡』はじめ多くの書にみえ、公任の万能ぶりが貴族社会に評判高かった消息を語っている。

したがって四条大納言の批評は、ほとんど絶対の権威として歌人たちに受け取られた。かの数奇《すき》者の能因法師（六九「あらし吹く」）に歌道の師と仰がれた藤原長能が、作品を公任に非難されたのを苦にして不食の病となり死に至ったというのは（『袋草紙』等）、これを

象徴する説話である。

宮廷儀礼の詳細なノート『北山抄《ほくざんしょう》』は、彼自身の小野宮流とライバルの九条流の故実を集大成した、バランス感覚のよさに特徴がある。このバランス感覚は歌学の上にも発揮され、「凡《およそ》歌は心ふかく姿きよげにて、心にをかしき所あるを、すぐれたりといふべし」という『新撰髄脳』の主張などに、端的にあらわれている。業績は『拾遺抄』の編纂《へんさん》をはじめ、『新撰髄脳』『和歌九品《くほん》』の歌論、『深窓秘抄』『金玉集』『和漢朗詠集』の秀歌選など多方面にわたるが、なかんずく『前十五番歌合』および『三十六人撰』によって古来の歌人を選抜したのが、貫之以来の画期的な試みである。

ひとつの逸話がある。公任が後中書王《ごちゅうしょおう》に、古来の歌仙では貫之が第一ですと語ったところ、後中書王がいやいや人丸には及ぶまいと言われた。そこで公任が貫之の秀歌十首を選び、後中書王の人丸十首と合せてみたら、七対三で人丸が勝ったという。

この話は『三十六人歌仙伝』『袋草紙』など諸書にみえるが、いずれも出所は大江匡房《まさふさ》(七三「高砂の」)の談話らしい。

七三　高砂の尾上の桜咲きにけり　外山の霞立たずもあらなむ　　前中納言匡房

という一首の作者で、院政期の代表的な学者である匡房は、こうした裏話を得意とし『江《ごう》談《だん》』という談話集をのこした人だから、これもでたらめではあるまい。すると古今集を宗とした公任の見識は、万葉までを視野に入れた後中書王に及ばなかったことになる。後中書王は村上天皇の皇子具平《ともひら》親王のことで、詩歌・管弦・書道など、行くとして可ならざるなき多才の人であった。この当代文化人の双璧《そうへき》が、時代の異なる貫之と人丸の優劣を比較したのは、そうした歴史的関心が高まっていた風潮を示すもので、ひいては『拾遺和歌集』に古歌が多く採集され、『三十六人撰』に人丸・家持・赤人らの万葉歌人が含まれることともなった。

おそらく公任は具平親王や花山《かざん》院と古来の歌人についてつねに批評をたたかわし、その過程で評価を確立していったのであろう。このように和歌の正統を系譜付けようとしたのは、宮廷儀礼を細密に規定したり、先例故実を極度に尊重したりする傾向とおそらく同質で、貴族文化の成熟・完成がそこにみられる。したがって公任の三十六人選定は、王朝文化の終末期に出る百人一首にも、当然影響を及ぼした。公任が選んだ三十六人のうち、二十五人までが百人一首に入っている。もっとも作品まで共通するのはその半数にも満たず、定家は独自の鑑賞眼を働かさなかったわけではないが、少なくとも平安時代前半の作者の評価は、公任によってほぼ確立したのである。

しかし、さすがの公任にも同時代人の評価はむつかしかったようで、三十六人のうち百人一首に洩《も》れた十一人の多くは、彼の時代に近い作者である。これらの人びとをふるいに掛け、代りに五、六十人の公任以後の作者を加える作業は、後鳥羽院や定家によって果されるが、百人一首成立の経緯は終章に説くことにする。

序章が思わず煩雑な叙述になってしまったが、百人一首が成立するまでには王朝文化の長きにわたる自己省察の伝統があったことを、まず確認しておきたいと思ったからである。つまり百人一首は定家個人の思い付きといった手軽なものではなく、そうした伝統の総決算の意味をもつのである。

一章　万葉歌人の変貌——人間化と神化と

一　秋の田のかりほの庵のとまをあらみ　わが衣手は露にぬれつゝ　　天智天皇

百人一首はこの御製からはじまる。『万葉集』巻十秋雑歌に、

秋田刈る仮廬を作りわが居れば　衣手寒く露そ置きにける

というよく似た歌があり、近世初頭の北村季吟の『百人一首拾穂抄《しゅうすいしょう》』にも引用されている。ほぼ同時期の契沖の『百人一首改観抄』には、さらに、

秋田刈る旅のいほりにしぐれふり　わが袖ぬれぬ乾す人なしに（『万葉集』巻十）
穂にも出ぬ山田をもると藤衣　いなばの露にぬれぬ日もなし（『古今集』秋下）

と、類歌を引いている。

いずれにせよ、万葉から古今への間に詠まれた「よみ人しらず」歌なのであろう。「秋の田の」の出典は『後撰和歌集』秋中で、そこにはすでに「題しらず　天智天皇御製」と作者が明記されている。後撰集は平安中期の天暦五年（九五一）、内裏の梨壺《なしつぼ》に設けられた撰和歌所で編集が進められたが、そこでは万葉集解読の作業もおこなわれたという（『源順集』）。だから源順や清原元輔（四二「契りきな」）・大中臣能宣（四九「みかきもり」）など「梨壺の五人」たちは、上に引いた万葉歌にも眼を配ったと思われるのに、彼等はよみ人しらず歌としてではなく、はっきり天智御製として採録した。

天智天皇は有名な「中大兄《なかのおおえ》の三山の歌」をはじめ名歌をのこし、万葉歌人として有力な存在だったが、この大歌集はもう忘却の淵《ふち》に沈んでいた。しかしその代り、万葉にみえない何首かの御製が伝承されていたようで、『新古今集』巻十八の、

題しらず　　天智天皇御製

朝倉や木の丸どのに我をれば　名のりをしつゝゆくはたが子ぞ

も、「秋の田の」と同様、伝承歌の採録されたものであろう。「神楽歌《かぐらうた》」の中にも、末尾が「行くは誰」の形で伝わっている。鎌倉時代の説話集『十訓抄』（第一）によれば、天智天皇が「世につゝしみ給ふことありて、筑前国上座郡朝倉といふ所の山中に、黒木の屋を造りておはしける」時作られた御製を、民衆が謡いはじめて世に流布し、やがて延喜の帝が神楽歌に加えられたのだという。

『日本書紀』によれば、斉明天皇七年（六六一）、皇太子中大兄は天皇を奉じて百済《くだら》救援のため西征の途につき、娜大津《なのおおつ》（博多）から朝倉宮に移ったが、その時朝倉社の木を伐って造宮の用材としたため、神の怒りにふれて天皇の死を招いたという。「朝倉や」の歌が天智天皇に附会されたのは、こうした記事にもとづくのだろうが、それにしても声調がひどく古風で、しかも「ゆくはたが子ぞ」というあたりに、どことなし王者の風格も感じ取られるから、これを天智御製とする伝承の成立したのも自然のなりゆきであろう。

この「朝倉や」の歌に比べると、百人一首の「秋の田の」は、より素朴で土の香りのただよう詠風である。「朝倉や」の歌が官人の実生活を反映するとすれば、「秋の田の」にはつつましい農民生活からにおい来る情趣がある。作者がよしやもっと身分の高い人だったとしても、少なくとも彼の足はまだ鄙《ひな》を離れて都に移りきってはいない。官人たちが春秋に領地へ農事の督励におもむいていた頃、遅くも平安初期以前の社会でなくては生まれない、ゆたかな生活感情にあふれている。

しかし、歌意は農事の労苦なのに作者は至尊の天皇であるという大きな落差が、この一首の注釈をむつかしくした。古来の諸注はこの間隙を埋めるのにいろいろ苦心している。まず宗祇《そうぎ》は、秋の田のかりほが「其時すぎて秋の末になり」、露をふせぐことさえできないほど朽廃したさまと解釈し、天智天皇が九州にあった時「世をおそれたまひ」、関を設けて往来の人に「名のり」をさせて通したという伝説（この伝説は「朝倉や」の歌をヒントとして生まれたか）を引き合いに出しつつ、「王道も早や時過ぐるにやとおぼしめす御心なり」と述べた。つまり王道の衰微をなげく、皇太子の述懐であるという解釈で、いかにも宗祇自身の直面した応仁・文明の乱世を反映していて、興味ふかい。

　次に中世の古注の集大成ともいうべき季吟の『拾穂抄』には、細川幽斎や師松永貞徳や季吟自身の説がさまざまみえる。幽斎はこの一首を諒闇《りょうあん》の歌とする説を出した。つまり「かりほ」を父帝の喪に服するための倚廬《いろ》と解し、歌は「孝行の道を上下万民本《もと》とする故」を示したものだというのである。また貞徳は、この一首は「理世撫民体」というもので、「天子は民の父母」というのが御製の心であると解した。季吟もこれをうけて、「時すぎたるかりいほにて、田を守る民の心をつくすを御覧じて、不便《ふびん》のわざかなと天子の御袖に涙をかけられた」のであると考えた。

　『拾穂抄』と相前後して成立し、新注の出発点となった契沖の『改観抄』は、これらの古注を鋭く批判した。契沖によれば、「我が衣手」の「我」について、「古来この我を天子の我にして、民の上をおぼしめしやりてよませ給へる」と考えるから解釈しそこなうので、一首は王道衰微の嘆きでも哀傷歌でもない。「これは土民の我にて、天子の御身をおし下して、また《(全)》く土民になりて、辛苦をいたはりてよませ給ふ」のである。そして、こういう「万乗の位を以て賤しきに下りたまふ御心」があればこそ、万民帰伏し天下治まるので、これほど「めでたき事」はないから、定家はこの作を巻頭においたのであろう、と契沖はいった。この説は、尾崎雅嘉の『一夕話』も受けいれ、島津忠夫氏（『百人一首』）や鈴木知太郎氏（『小倉百人一首』）など、現代の諸家も従っている。

解釈における中世的な暗さから近世的な明るさへの移行は、いかにもよく時代の転換に即応している。これに対して、近頃丸谷才一氏がまた一つの解釈を示された。氏は「あの派手な恋歌の多い『百人一首』を、単に農民の労苦をしのぶだけの地味な歌で、藤原定家が果してはじめるだらうか」という疑問を提出し、秋田の仮小屋で農衣が夜霧に濡《ぬ》れるという意味と重ねてもう一つの意味、すなわち「上の句を序歌として扱ふ、『仮の小屋で番をしてゐる農民の袖のやうに、わたしの袖は泪に濡れてゐる――あなたに飽きられてしまつて』といふ閨怨の歌の層、恋歌の層があるにちがひない」（別冊文芸読本『百人一首』）と説いている。これは王朝和歌通有の技巧に注目して鋭いが、しかも封建的な王道観から離脱した、きわめて斬新《ざんしん》な近代性をもつ解釈でもある。

以上のように一見平明に似て、さまざまな時代色ある解釈を生んできたところ、いかにも百人一首の巻頭にふさわしい名歌である。しかしここで私が考えたいのは、定家がはるかに遠い七世紀の王者の詠を巻頭にすえたのは、いかなる理由によるのだろうかという点である。実は天智天皇歌の選ばれた背景には、定家個人の意図を越えたある歴史的必然があり、それが奥深い所で定家を衝《つ》き動かしたように思われるのだ。

すでに契沖が、「この帝は大織冠《たいしよくかん》（鎌足）と御心をあはされて、蘇我入鹿《そがのいるか》を誅したまひ、その外よろづ中興の君にてましませば、御国忌《こき》・荷前使《のさきのつかい》なども七廟の太祖になずらへて、代々除き奉らるゝ事なし」（『改観抄』）と、天智天皇の特別の地位を指摘しているが、岸上慎二氏がさらにくわしく論じられた。氏は平安初期にしばしば朝廷でおこなわれた『日本書紀』の講義の竟宴《きょうえん》で、天智天皇を題として詠まれた、

さゝなみのよするうみべに宮はじめ　世々にたえぬか君がみのちは　紀長谷雄
すめらぎの近江の宮につくりおきし　時のまにまに御代もたえせず　源高明

などの和歌を引き、

この天智天皇の両度の讃歌をみると、大津宮の創造と、現天皇がその皇統の血脈をうけてゐるといふ二つの事が詠まれてゐる。皇位をつぐ者として、当時においては天智天皇はその祖としてとくに重視されてゐたと理解してよいのではなからうか。

という（「後撰集の天智天皇歌一首について―とくにその収載の事由―」語文第八輯）。以下、この説をふまえつつ史的解釈を加えてみたい。

天智天皇は平安時代には皇室の祖先と仰がれていた。その証拠は契沖の挙げた「荷前」「国忌」の二つの儀礼である。荷前とは年末に使者を全陵墓に派遣し、その年の諸国の貢物をお供えする行事で、荷を霊前に奉るという意味である（『政事要略』）。その際、特定の陵墓に限り公卿《くぎょう》を首班とする使節団が任命され、天皇みずから建礼門に出御して儀式がおこなわれた。そうした特別の陵墓を「近陵」という。「近」は場所が都に近いという意味でなく、天皇の近親という意味である（『古事記伝』巻二十）。

平安初期に、近陵として「十陵四墓」が制定されたが、その筆頭は天智天皇の山階《やましな》の山陵であった。つづいてその子施基皇子《しきのみこ》（万葉歌人の志貴皇子、光仁天皇の父）と光仁・桓武以下の諸天皇が十陵、外戚《がいせき》藤原氏の祖不比等《ふひと》以下が四墓となる。これは平安時代の国家体制の枢軸をなす皇室と藤原氏の特別の地位を示すが、とくに藤原氏の場合に不比等、皇室の場合には天智天皇が祖先とされている点が注目される。記紀によれば、藤原氏の系譜は鎌足から天児屋命《あめのこやねのみこと》までさかのぼれるし、皇室に至っては、神武天皇から天照大神にさかのぼれる。しかし、それらは全く「祖先」として扱われなかった。

その後、時を経るにつれて当代の天皇の近親を加え古い陵墓を廃して改訂されるが、天智・光仁・桓武の三陵だけは終始変らなかった。別格である。こうした別格扱いは「国忌」にもみられる。

「国忌」とは天皇・皇妃の忌日のことで、当日朝廷は儀式・政務を廃し、仏事がおこなわれた。この行事は奈良時代からあったが、あまり国忌が多くなれば公務に支障を来たすから、延暦十年（七九一）に五等親以外の国忌が整理され、その際称徳以前の天武系統の忌日はすべて廃止された。そして十世紀はじめの『延喜式』には、以後の改廃を経た九国忌が規定されているが、そこでも天智・光仁・桓武三天皇の国忌は不動で、後世国忌が廃絶するまで変らなかった。

この理由について、室町時代の学者一条兼良（『江次第抄』）は、称徳女帝をもって天武系皇統が断絶し光仁が即位した後の天皇は「みな天智の一流」だから、天智を太祖、光仁・桓武を二世・三世として祭ったのだといっている。しかも三天皇にはそれぞれ重要な治績もあるから、兼良は特別扱いを当然のこととした。江戸時代の契沖もこれにほぼ従ったが、本居宣長はこれに納得しなかった。宣長は、この天皇には「蘇我入鹿を滅し給《たまい》し御《み》功《いさお》と、又天下の御制度を漢様《からざま》に革《あらた》め給へることこそあれ、其他に殊なることも坐《まし》まさず」、しかるに後世まで天智天皇を特別にお祭りするのは、「何の由《ゆえ》にかおぼつかなし」といった。そして、

かくて此《この》天皇の御陵をしも、永く殊に祭坐《まつります》とならば、神武天皇の御陵をこそ、第一に厚く祭り賜ふべく、猶《なお》又余《ほか》にも有《ある》べきをや。

と論じた（『古事記伝』巻二十）。ここには漢《から》嫌いの宣長が天智天皇の大化改新の事業に好意をもたなかった心情、および『古事記』にもとづく神武天皇への尊崇の念が、率直に表明されている。

しかし、この宣長の論は王朝貴族社会の天皇観をまったく無視したもので、法制史家滝川政次郎氏はこの点を鋭く衝かれた。氏によれば、桓武天皇は百済系帰化人の血を母方からうけた「最も非日本的天皇」である。即位後中国流の「昊天《こうてん》上帝」の祭りをおこなったが、その際天帝に配して祭った祖先は父光仁天皇で、天照大神でも神武天皇でもなかった。

幼時より中国的な教育を受けられた桓武天皇は、中国の革命思想を受け容れられて、

天武系天智系の交替を以て革命と観ぜられ、御父光仁天皇を以て新王朝の高祖とし、御曾祖父天智天皇を以て新王朝の太祖とせられたものと推測せられる。（『法制史論叢』第二）

天智天皇が桓武天皇によって「太祖」とされたという推定は卓見で、宣長が「何の由にかおぼつかなし」といったのは、平安初期における天皇観の大きな転換を見失ったものであろう。『源氏物語』『古今集』などに親しんでいた宣長は、たとえば『更級《さらしな》日記』の著者が天照大神を「いづこにおはします神仏にかは」などと書いたほど、記紀の神々や神武天皇以下の系譜が王朝貴族に縁遠い存在だったことを、知らなかったはずもない。しかし『古事記』に没頭した彼はこれを肯定できない信念を強め、そのため歴史の実態を直視しなかったのであろう。

実際には、荷前・国忌の場合が示すように、天武系の諸天皇は平安時代には祭りの対象ですらなかった。それは取りも直さず、天武天皇の発意によって編纂された『古事記』『日本書紀』にもとづく神統譜が、平安時代の初めすでに歴史的使命を終わっていたことを意味する。この意識革命は、桓武朝の後三十年間君臨した嵯峨上皇の唐風心酔によって、完全に貴族社会に定着した。序章で私は、紫式部のうちなる王朝文化の系譜が嵯峨天皇以前にさかのぼらないことを指摘したが、その断絶の由来はこの大転換にある。

ちなみにこの点は、宣長の天皇観への批評となるだけでなく、現代の天皇観についても、ある示唆を与えるのではないかと思う。なぜなら、天皇制について真向から対立する立場は、いずれも共通の前提、すなわち記紀・万葉的な「大君は神にしませば」の天皇観が、神道や国学に媒介されて近代まで直線的につづいているとの前提に立脚しているように思われるから。

しかし王朝貴族にとって、天皇は人間以上の超越的存在ではなかった。すでに奈良時代でさえ、「明神《あらみかみ》と御宇《あめのしたし》らす日本の天皇」などという公称はともかく、聖武天皇が「三宝《ほとけ》の奴《やっこ》」と称したように、超越的存在が別にあることははっきり自覚されていた。まして右の公称の出発点をなす記紀的天皇観が天智系皇統によって放棄された後ともなれば、天皇と貴族の距離はきわめて近くなった。君臣の間を流れる豊かな人間的親近感こそ、いわゆる「王朝のみやび」の核心であると、私は思う（小著『王朝のみやび』）。

『大鏡』におもしろい挿話がある。藤原道長が栄華をきわめた頃、法成寺《ほうじょうじ》供養に参詣したお上りさんの聖《ひじり》が、関白頼通の威風堂々たるさまを見て「これこそ一の人」よと思っていると、父の入道殿（道長）が平然とその上座に着いた。それに感心していると、天皇の御車が到着し道長以下がかしこまって奉迎したので、「なを国王こそ日本第一の事なりけれ」と知った。ところがその天皇は御車を下りると、本尊に恭々しく礼拝された。そこで聖は「なを〳〵仏こそ上《かみ》なくおはしましけれ」と感銘したというのである。説話ながら、平安時代びとの天皇観をうかがう好史料である。

定家の同時代人で摂関家の出身なる慈円（九五「おほけなく」）が史書『愚管抄』で、神代紀を完全に無視して人皇の代から叙述をはじめたのは、こうした王朝貴族の天皇観の帰結である。その『愚管抄』としばしば対比される南北朝の史書『神皇正統記』が、「大日本は神国なり。天祖はじめて基をひらき、日神ながく統を伝へ給ふ」と説き出したのは、鎌倉時代に入ってから発達する神道思想の影響で、王朝貴族の人間主義的天皇観は見失われた。そして北畠親房は軍事的に劣勢な南朝方を鼓舞するイデオロギーとして、戦いの中でこれを高唱したのであった。

しかし王朝四百年の太平の中では、天皇は終始マツル人であって、マツラレル神ではなかった。しかもその際皇統の祖と仰がれた天智天皇は、もともと『日本書紀』においてさえ、弟天武天皇のような神的権威を帯びていなかった。中大兄皇子（天智）はかずかずの殺戮《さつりく》をあえてした冷酷な陰謀家として描かれているが、それはむしろ神的権威を負わぬ政治的人間なればこその悲劇的限界を示している。そして、壬申《じんしん》の乱で近江朝を倒した側の著作『日本書紀』の史眼ではとらえ得なかった、この政治的人間のゆたかな人間性は、万葉の作や「秋の田の」などの伝承歌によって伝えられたのではあるまいか。中西進氏は『天智伝』において、中大兄の深い悔恨や孤独を随所に叙述されている。これと同質の天智天皇への共感が、土の香ただよう「秋の田の」を御製とみなす王朝貴族たちの心にも流れていたのではあるまいか。

このように考えると、かの大伴御行《おおとものみゆき》が壬申の乱平定後高らかにうたい上げた、

大君は神にしませば赤駒の　はらばふ田井を都となしつ（『万葉集』巻十九）

が天武系皇統への大讃歌《だいさんか》とすれば、「秋の田の」の一首こそ天智系皇統へのつつましやかな讃歌ともいえる。この歌を百人一首の巻頭においたのは、定家の意図はともかくとして、それより以前の四百年間貴族たちの心を流れていた人間的天皇観が、冥々《めいめい》のうちに作用したのではなかろうか。こう考えると、百人一首を王朝文化のすぐれた系譜たらしめる、これも一つの有力な因子だと思う。

二　春すぎて夏来にけらし白妙の　衣ほすてふ天の香具山　持統天皇
三　足引の山鳥の尾のしだり尾の　ながながし夜をひとりかもねむ　柿本人麿
四　田子の浦にうち出でてみれば白妙の　富士のたかねに雪はふりつゝ　山部赤人
六　かさゝぎのわたせる橋におく霜の　白きをみれば夜ぞふけにける　中納言家持

百人一首には天智天皇のほかに、四人の万葉歌人が入っている。幾度も書いたように、『万葉集』は平安時代には忘却された存在だったので、これらの万葉歌人が百人一首に組みこまれた理由も、王朝文化の系譜と直接つながるためとみることはできない。それは「足引の」の歌、「かさゝぎの」の歌が人麿・家持の作とは到底考えられない、という一点からも明らかであろう。だからたとえば、「百人一首における万葉歌人について述べよ」という試験問題が出されたと仮定して、近世以来の万葉学の最新の成果を洩《も》れなく用いて答案を書いても、及第点は与えられないのだ。では彼等は王朝文化の中でいかに変容され、いかに再生されたか、そしてその事は王朝文化にとっていかなる意義・効用があったのか。

万葉の盛期に君臨し、みずからも長・短歌数首を集にのこしている持統天皇も、勅撰集には新古今に至るまで一首も採られなかった。百人一首の「春過ぎて」はいうまでもなく万葉巻一の「藤原宮御宇《ふじわらのみやにあめのしたしらしめしし》天皇」朝の作品群のトップを飾る「春過ぎて夏来たるらし白栲の　衣乾したり天の香具山」が、新古今巻三夏に百人一首と同じ訓《よ》みで採録されたものだ。なお新勅撰の巻六羇旅《きりよ》にも、

　みよし野の山下風の寒けくに　はたやこよひもわがひとり寝む　　持統天皇

の一首が入った。これは万葉巻一の、「大行天皇、吉野の宮に幸しし時の歌」ではあるが、左注に従ってこれを「大行天皇」自身の作とみても、その「大行天皇」は文武であって持統ではない。しかし、新勅撰の撰者定家が持統天皇歌なるものに愛着をいだいていた間接の証明にはなる。

この定家の愛着は、おそらく「春過ぎて」の一首が、奈良・平安時代五百年を通じて

人々に愛唱されてきた伝統に負うところであった。もっとも、その間に「衣乾したり」という歯切れのよい眼前実景の直叙が、いつしか結句を詠嘆的に修飾する「衣ほすてふ」の形に変化した。万葉歌をながい間伝誦《でんしょう》しつつ、その単純で雄勁《ゆうけい》な調べをいつしか陰翳《いんえい》ゆたかな「よみ人しらず歌」化していったところに、先行文化を苦もなく呑《の》みこんで溶かしてしまう、王朝文化のポテンシャル・エネルギーの強さをみることができよう。

次に、「足引の」の人麿と「田子の浦に」の赤人は、古今の序に双璧《そうへき》として称揚された歌人だから、その名は王朝びとにもしかと銘記されていたことは疑いない。しかし、「足引の」の歌は万葉巻十一の「古今相聞往来歌類」の、

思へども思ひもかねつあしひきの　山鳥の尾の長きこの夜

という歌の左注に、「或本の歌に曰く」として付載されたもので、その作者不明歌が拾遺集恋三に「ひとまろ」の名で採られたのである。また「田子の浦に」は言うまでもなく万葉巻三の長歌「山辺宿祢赤人、不尽の山を望《みさ》くる歌」の反歌であるが、

田児之浦従《ゆ》　打出而見者　真白衣《ましろにぞ》　不尽能高嶺尓《に》　雪波零家留《ふりける》

が新古今の巻三冬に収められた時、晴天にかがやく白雪が山容をおおって雪降りしきる景に変り、まったく異なる陰翳をおびた。持統天皇歌の場合と同様の変容である。

家持は平安遷都の直前まで生きていた人だし、その性格や心情には、古代的なますらお

ぶりよりもむしろ王朝貴族風な繊細さがあった。したがって人麿・赤人よりもはるかに王朝びとに親近感をもたれそうなものだが、実はやはり忘却された。理由はおそらく万葉そのものが忘却されてしまった事情と関連がある。彼は延暦四年（七八五）、死の直後に起こった藤原種継暗殺の首謀者として、貴族の籍をうばわれた。ついで応天門の変で大伴氏は決定的に没落する。こうした暗い政情の連続が、家持とその歌への追憶をタブーとしたように思われる。四百年後ようやく百人一首に名は列《つら》ねたものの、肝腎《かんじん》の「かさゝぎの」は家持作でないのみか、万葉の作者不明歌にも源を見出せない、まったく正体不明の作であった。

「かさゝぎのわたせる橋」とは、『淮南子《えなんじ》』に「七月七日夜、烏鵲《うじやく》河を塡《うず》めて橋となし、以《もつ》て織女を度《わた》す」とある文に拠《よ》っていて、それならば七夕の銀河のこととなるが、歌はこれを霜冴《さ》える冬に転じている。『大和物語』百二十五に、近衛《このえ》大将藤原定国が左大臣時平のもとを夜ふけに訪れた時、いぶかる大臣に対して、供人の壬生忠岑《みぶのただみね》（三〇「有明の」）が御《み》階《はし》のもとにひざまずき、

かさゝぎの渡せる橋の霜の上を　夜半にふみわけことさらにこそ

と詠んだので、あるじはいたく興をさそわれ、酒宴がもよおされたという話がある。百人一首歌がこの忠岑歌と関係ふかいことは明らかだが、いずれが先か定かでない。いずれにせよ忠岑歌の「かさゝぎの渡せる橋」とは宮殿の階《きざはし》をさすもので、すると百人一首歌も、

近衛番長の忠岑と似たり寄ったりの下役人が宿直《とのい》の際にでも詠んだものということになろう。内裏では蔵人《くろうど》や近衛官人が夜どおし見廻《みまわ》って油差しや火の番を勤めていたから、彼等のうちで歌心のあるものが「かさゝぎの」のような作をものする機会は、毎夜のごとくあったはずである。つまりこれは、王朝的あまりに王朝的な素材であり、把握であった。

要するに三者三様ながら、三首とも人麿・赤人・家持の作とはいえないし、ひいては万葉歌ともいえないほど変貌《へんぼう》したものである。博学多識の定家は万葉にも相当な関心をいだいていたようだが、万葉作者三人を百人一首に入れたのは王朝風と対立的な古風を提示しようとしたわけではなく、反対に、王朝風の源流を求めて万葉へさかのぼったのであろう。そしてこの態度は定家個人の創意ではなく、古今以来長きにわたる王朝の万葉享受の伝統を、すなおに継承したにすぎない。その辺の流れをもうすこし追求してみよう。

人麿の雷名は古今勅撰のころにもとどろきわたっていて、その作七首が選ばれたが、彼の正体はすでに朧《おぼ》ろで、すべて「この歌、ある人のいはく、かきのもとの人丸がなり」と注記されて「よみ人しらず」扱いである。後に「足引の」と並んで人麿の名歌とされる、

ほのぐ\とあかしの浦の朝霧に　島隠れゆく舟をしぞ思ふ

もこの七首の中に入っている。他の六首も万葉巻十の作者不明歌などに似かよった繊細な詠風である。たとえば、

梅の花それとも見えずひさかたの　あまぎる雪のなべてふれゝば

は、万葉の、

梅の花それとも見えず降る雪の　いちしろけむな間使遣らば（巻十）
わが背子に見せむと思ひし梅の花　それとも見えず雪の降れゝば（巻八赤人）

などと同工異曲である。こうした歌風の先駆者は赤人や家持だったはずだが、古今撰者はむしろ人麿をそうした王朝ぶりの先達とみていたようである。

そうした王朝的人麿歌は、摂関時代に至ってブームをまき起こした。序章（三三頁）に記した公任と具平親王の貫之・人麿比較論争はそのブームの由来を語る。かくて『拾遺和歌集』に人麿作は百一首（『勅撰作者部類』による）も入り、しかもその半数は恋歌である。ここにそれらを列挙することはできないから、代りに例の『三十六人撰』の人麿十首を挙げてみよう。

人丸　十首

きのふこそ年は暮れしか春霞　かすがの山にはやたちにけり
明日からは若菜摘まむと片岡の　あしたの原はけふぞやくめる
梅の花それともみえず久かたの　あまぎる雪のなべてふれゝば
郭公なくや五月の短か夜も　ひとりしぬれば明かしかねつも
あすか川紅葉ばながるかつらぎの　山の秋風ふきぞしぬらし

ほの〴〵と明石の浦の朝霧に　島かくれゆく船をしぞ思ふ
頼めつゝ来ぬ夜数多になりぬれば　またじとぞ思ふ待つにまされる
足引の山鳥の尾のしだりをの　なが〳〵し夜をひとりかもねん
わぎも子がねくたれ髪を猿沢の　池の玉もと見るぞかなしき
ものゝふの八十うぢ川のはやき瀬に　漂ふ浪のよるべしらずも

このうち確実な人麻呂作は最後の一首（万葉集巻三）だけで、他の大部分は万葉巻十・十一等に収められた作者不明の歌である。これらの作や、拾遺集の百余首が人麻呂にかこつけられるまでの筋道や、現存の『人麿集』といかに関わるかを、究明する力を私は持たない。いずれにせよ、すでに万葉に「柿本朝臣人麻呂歌集」の歌が多く収まり、いまも流刑・水死の人といった奇説がひねり出されるほど、深い謎に満ちた人麻呂の魔力が、王朝貴族にも強力に作用していたのであろう。ただその場合、天武皇統への讃歌《さんか》を壮重にうたい上げた宮廷詞人の一面だけは完全に消滅していたことを、忘れずに指摘しなければならない。ともかく「人丸」はすでに「人麻呂」ではないのだ。

平安末期の元永元年（一一一八）、白河院の近臣として時めく修理太夫《すりのだいぶ》藤原顕季は、歌人たちを集めて、「柿本大夫人丸供《く》」という異色の行事をおこなった。大学頭《だいがくのかみ》藤原敦光の「柿本影供記《えいぐき》」によると、その次第は次のようであった。

まず正面に、烏帽子《えぼし》・直衣《のうし》すがたで左手に紙を右手に筆をとった、年の頃六十余りの人麿の肖像が飾られた。肖像の前に机を立て、つくりものの飯・菓子・魚鳥などが置かれた。その前に源俊頼（七四「うかりける」）・藤原顕輔（顕季の子、七九「秋風に」）・源顕仲（八〇「長からむ」の待賢門院堀河の父）・藤原為忠（大原三寂の父）などの歌人が会し、一同の前にお膳《ぜん》がすえられた。「初献《しょこん》は和歌の宗匠勤仕せらるべし」という主人顕季の発言で、俊頼が立って人麿の肖像に酒盃を献じ、にぎやかな宴となった。やがて肖像の前に文台をすえ、かねて用意した人麿讃を敦光が講じた（その文は『朝野群載』および『本朝続文粋』にみえる。人麿を「和歌の仙」とし、四百年来独歩、比肩する人なしと讃《たた》えている）。次に、「水風晩来」の題で一同の詠んだ和歌が披講された。顕季は興の高まるままに、「ほのぼのと明石の浦の朝霧に」の作を高らかに吟じ、敦光も「頼めつゝ来ぬ夜数多になりぬれば」の作を誦し、一同は後会を約して散会した。

この時掲げられた人麿の肖像は、これより先、藤原兼房という歌人が何とかしていい歌を詠みたいと心に人丸を念じていたら、夢に人丸があらわれた、覚めて後絵師に指示して描かせたというもので、兼房は死に臨んで絵を白河院にたてまつり、鳥羽の宝蔵に納められたのであった。顕季はたびたび院に願ってついに模写を許され、それを影供の本尊に用いたのだと、『十訓抄』（第四）が伝えている。この兼房という人は大した歌人ではないが、名だたる数奇《すき》者の能因法師（六九「あらし吹く」）に私淑していた形跡があるので、この画図を生んだのも、能因直伝の「数奇心」だったようである。そのような数奇心がやがて顕季の「柿本影供」に発展するのも自然のなりゆきであろう。

こういう異色の試みが流行を呼ぶのも自然の勢いで、俊恵法師（二三「よもすがら」）のもとに地下《じげ》歌人たちが結集した「歌林苑《かりんえ》」のグループ（七章参照）もこれを催した。下って新古今勅撰の頃には影供はいよいよ盛んになり、後鳥羽院の周辺で再々おこなわれたことは、『明月記』や『源家長日記』にみえている。「影供歌合」の作品もいくつか伝わっているが、それらはいま省く。ただ、何者かがこの行事について記した『柿本講式』というものに、祭神人麿について次のように強調されているのは、注意しなければならない。

（人丸は）生年も早世もつまびらかにあらず、先祖も後胤もかすかなりといへども、（中略）たゞ人《びと》にあらず。まことに知るべし、大権《だいごん》光をやはらげて我国に生をうけ、人倫に形をならべて和語をふたゝび起せりといふことを。（中略）こゝに知りぬ、大権の薩陲《さった》（菩薩）、教主（釈迦）の勅命をうけて来て、人丸と称して和国の風をひろめ給へりといふことを。

ここに記されたように、人麿はすでに歴史上の官人ではない。彼は和歌を弘めるためこの国に派遣された仏菩薩《ぶつぼさつ》の化身と見られるに至った。宗教思想としての本地垂迹《ほんじすいじゃく》説、文芸思想としての狂言綺語《きぎょ》説、そうした中世的観念の象徴に昇華してしまったのである。

定家は柿本影供をはじめた顕季の六条藤家《とうけ》とは対立する立場の御子左家《みこひだりけ》の人ではあるが、こうした人麿の神格化に違和感をいだいていた形跡はない。拾遺集以後勅撰に入らなかった人麿歌が二十三首も新古今に採られたのは、後鳥羽院と定家の合意の上のことであろう。

しかし新古今人麿歌二十三首の半ば近くは万葉巻十の作者不明歌、他もこれに準ずるもので、中には志貴皇子など他人の作も混じる。確実の人麻呂作は、わずかに、

笹の葉はみ山もそよに乱るめり　われは妹思ふ別れ来ぬれば（新古今羇旅）
夏野ゆくをじかの角のつかのまも　忘れず思へ妹が心を（同恋五）
もののふの八十宇治川の網代木に　いさよふ波のゆくへ知らずも（同雑中）

など、五首にすぎない。それも現代の万葉学の訓《よ》みとかなりずれているし、高市皇子《たけちのみこ》への挽歌が「奈良の御門を斂《おさ》めたてまつりける」時の歌とされているような例もある。いずれにせよ、これらは前後に配列された新古今歌人たちの作としっくり調和し、すこしも違和感をいだかせないほど、みごとに王朝の調べに変貌していた。なお、新古今は赤人・家持歌も拾遺集以後久しぶりに採ったが、これも人麿歌と同様な方式である。

私は七章に猿丸太夫・喜撰・蟬丸などの架空人物が百人一首に入った意味をさぐるつもりだが、人麿・赤人・家持の万葉歌人も、これらに匹敵するほど極度に実在性が稀薄になっていた。それは数百年の時の経過にともなって生じたひずみという、消極的・否定的意味でだけ理解すべきものではない。むしろ遠つ世の朧《おぼろ》げな記憶を逆手にとって王朝ぶりの伝統をみごとに延長・架上する、積極的・創造的ないとなみだったのではあるまいか。

二章　敗北の帝王——陽成院・三条院・崇徳院

一三　つくばねの峰より落つるみなの川　恋ぞつもりて淵となりぬる　陽成院
一五　君がため春の野に出でて若菜つむ　わが衣手に雪はふりつゝ　光孝天皇
二〇　わびぬれば今はた同じ難波なる　身をつくしてもあはむとぞ思ふ　元良親王

この三首は、十七歳で帝位を追放された陽成院と、その事件によって思いもかけず五十五歳で帝位に迎えられた光孝天皇と、もしこの廃立なかりせば皇位継承の第一候補だったはずの「陽成院の一の皇子《みこ》」元良親王の作である。したがって三首の背後には、国家体制の根幹をゆるがせた壮大な政治ドラマが横たわっている。歌そのものもそれぞれ名歌ではあるが、この背景をくわしく知ることなしには、十分な感銘を得るわけにいくまい。

これに三条院（六八「心にも」）、崇徳院（七七「瀬をはやみ」）、後鳥羽院（九九「人もをし」）、順徳院（一〇〇「百敷や」）をも合わせて、百人一首の帝王作者がすべて政治的敗者であったことは、そうした人びとに対する定家の特別な関心があったにせよ（その理由は終章でふれる）、根本的には王朝国家における――あるいは広く歴史上におけるといってもよかろうが――、政治と文化の宿命的・悲劇的な対立を象徴している。しばらく、これらの帝王たちの運命を追ってみよう。

陽成天皇の廃立をめぐる経緯について、正史『三代実録』は次のように記している。直接の史料はこれしかないのだから、虚心に読んでみる。

（元慶七年十一月十日条）散位《さんい》従五位下源朝臣《あそん》蔭の男益、殿上に侍して猝《そつ》然として格殺せらる。禁省（宮中）の事、秘して外人の知ること無し。益は帝の乳母《めのと》・従五位下紀朝臣全子の生む所なり。

（十三日条）大原野の祭を停《とど》む。此れより以後の祭祀《さいし》皆ことごとく停止す。内裏に人死するを以てなり。

（十六日条）新嘗《にいなめ》の祭を停め、建礼門前において大祓《おおはらい》を修す。内裏に人の死し、諸《もろもろ》の祀《まつり》停廃するを以てなり。時に天皇の愛好は馬にあり。禁中の閑処において秘して飼はしむ。右馬少允《うまのしょうじょう》小野清如《きよゆき》よく御馬を養ひ、権少属《ごんのしょうさかん》紀正直馬術をよくす。時時喚《め》されて禁中に侍す。蔭子《おんし》藤原公門《きみかど》階下に侍奉し、常に駈策《くさく》せらる。清如等の所行、はなはだ不法多し。太政大臣（藤原基経）これを聞き、遽《にわ》かに内裏に参り、宮中の庸猥《ようわい》の群小を駈逐せり。清如等もつともその先たり。

十日の記事にある「格殺」とは、俗にいうお手討ちである。武家時代ならばともかく、数百年も死刑のなかったこの時代では、衝撃的な事件であった。乳母子といえば異母兄弟などよりもはるかに親密な仲のはずだが、何が十六歳の天皇をして凶行をおこなわせたのか、「禁省の事、秘して」と、正史は黙して語らない。しかし、つづく一連の記述はこの事件の及ぼした衝撃と、天皇を取り巻く不良分子の存在、さらには太政大臣基経の宮中粛清などを挙げることによって、事件の背景は読者すべからく察せよと言いたげである。そしてその二か月後、廃立は断行される。

（二月四日条）是より先、天皇、手書して太政大臣に送呈して曰《いわ》く、「朕《われ》近ごろ身に病《やまい》しばしば発《おこ》り、ややもすれば疲れ頓《くるし》むこと多し。社稷《しゃしょく》（国家）の事重く、神器守りがたし。願ふところは速かに此の位を遜《ゆず》らん」と。（中略）宸筆再呈、旨忤《むねさから》ひがたし。この日、天皇綾綺《りょうき》殿《でん》より出でて二条院に遷幸したまふ。（中略）ここに於いて神璽宝鏡剣等を以って王公に付し、即日親王公卿歩行して、天子の神璽宝鏡剣等を今《きん》皇帝（光孝）に東二条宮に奉《たてまつ》る。百官・諸仗（護衛兵）囲繞《いにょう》して相従ふ。二条院（陽成院）と二条宮とは、相去ること東行数百歩なり。この夜、皇太后（藤原高子）常寧殿《じょうねいでん》（後宮の正殿）より出でて、二条院に遷りたまふ。

病気ということで表面をとりつくろい実は追放される陽成院と、群臣に迎えられる光孝天皇、その陰でひっそりと宮中を去る母后高子。その舞台となった二つの宮殿が相去ることわずかに「数百歩なり」とは、極度に筆を抑えた正史の筆者がわずかに洩《も》らした感慨である。

『三代実録』の成立は廃立十七年後の延喜元年（九〇一）のことで、八十二歳の長寿をたもつ陽成院はまだ健在であった。しかも、基経と光孝天皇はすでに世を去ったが、陽成院・母后高子と、光孝天皇の後を継いだ宇多天皇（すでに上皇）の間には、後に述べるように隠微な対立感情がくすぶっていた。『三代実録』は基経の子時平と宇多天皇の腹心菅原道真の協同作業のもとに編纂《へんさん》が進められたものだが、事件の真相は、あからさまに記すには余りになまなましかった。

しかし、後世の史書は右の乱行記事を根拠として、陽成院にきびしい筆誅《ひっちゅう》を加えた。鎌倉時代のはじめ、慈円（九五「おほけなく」）は、陽成院が「昔ノ武烈天皇ノゴトク、ナノメナラズアサマシクオハシマシケレバ」、基経が諸卿とはかって「コレハ御物怪《もののけ》ノカグ荒レテオハシマセバ、イカガ国主トテ国ヲモオサメオハシマスベキ」とて、帝を位より引き下ろしたと記した（『愚管抄』）。南北朝の北畠親房は、「此天皇、性悪ニシテ人主ノ器ニタラズミエ給《たまい》ケレバ、摂政ナゲキテ廃立ノコトヲサダメラレニケリ。（中略）此大臣（基経）マサシキ外戚ノ臣ニテ政ヲモハラニセラレシニ、天下ノタメ大義ヲオモヒテサダメオコナハレケル、イトメデタシ」（『神皇正統記』）と書いた。いずれも無条件に陽成院は悪玉、基経は善玉と裁定を下したわけだ。このような論断は、その後も『大日本史』その他史書のこぞって従うところとなる。

かくてきわめつけの悪役となった陽成院が、後世にのこした唯一の好印象は、百人一首「つくばねの」の恋歌である。もともと院は馬を乗り廻《まわ》したり鶏を闘わしたり、荒っぽい事ばかり大好きで、和歌などを愛好したとも思われない。もっとも、老境に入ってから歌合を主催したが(萩谷朴『平安朝歌合大成』一)、それは院自身が歌を詠んだ証《あかし》とはならない。家集ものこっていないし、勅撰集にも、「つくばねの」の一首が「釣殿《つりどの》の皇女《みこ》につかはしける」の詞書《ことばがき》で『後撰集』恋三に入っただけである。だからこの「つくばねの」も、「釣殿の皇女」に後朝《きぬぎぬ》の歌を贈らねばならなくなって、とりあえず何びとかに代作させたものではないかと、疑えば疑えないこともないが、そんなことよりも問題はこの歌を贈られた女性である。

「釣殿の皇女」はほかならぬ光孝天皇の皇女綏子《すいし》内親王で、母は班子女王。皇女はすなわち宇多天皇と同母の兄妹であった(『本朝皇胤《こういん》紹運録』)。したがって、陽成院と釣殿の皇女の婚姻にからむ「つくばねの」の歌は、廃立とその後の政情に直結した作ということになる。

陽成院の退位については、近年角田文衛氏が画期的な説を出された(『王朝の映像』)。氏によれば、譲位以前の陽成天皇のいわゆる「乱行」などは「いかにも少年らしい乱暴さに過ぎず、大人が真面目に採り上げるような種類のものではない」のであって、源益の「格殺」も「遊び相手と相撲をとり、打ちどころが悪くて益が死んだといった、過失致死程度のことであったかも知れない」。しかるにこういう事実を正史が書いたのは真相を隠すためで、真相は「基経のあくどい政権欲に根ざすもの」、また基経と妹高子（院の生母）との「権力闘争の結果として理解さるべきであろう」というのである。

正史が「過失致死」を「格殺」と記すことは、当時なお健在だった陽成院に対する名誉毀《き》損《そん》もいいところで、到底できることではあるまい。だから角田氏の記述にもやや勇み足があるだろうが、廃立を善玉・悪玉の単純な対立で片付けず激烈な権力闘争と解釈したのは、透徹した史眼といわねばならない。

これより先　貞観《じょうがん》十八年（八七六）、病身で政治に倦《う》んだ父（清和）の譲りをうけて九歳で位についた貞明親王（陽成）は、母后高子とその兄、摂政藤原基経の擁護のもとに成長した。ところが、太政官をひきいる兄と内廷を支配する妹との間には、水ももらさぬ連繋《れんけい》プレーがあってしかるべきものだが、事実はその反対で、これより数年、宮中と政府は事ごとに対立を深めていく。なぜなら基経は謹直な性格で、のちに宇多天皇の「詔」の「阿《あ》衡《こう》」の二文字にこだわって大紛糾をひき起こしたことでも分るように、学問好きで筋を通さねばやまない性癖をもっていた（坂本太郎『古典と歴史』）。対照的に、高子はとびきり奔放な人柄であった。当代きっての花形「在五中将」業平（一七「ちはやぶる」）をひいきにし、陽成天皇に近侍する蔵人頭《くろうどのとう》に抜擢《ばってき》した。業平は正史に「ほぼ才学無けれども、よく和歌を作る」と評された人物で、「才学」を重んずる基経に高く買われるはずもなく、この型破りの人事を推進したのは高子であろう（三章参照）。こうした、人事をめぐる宮中と政府との対立は正史に頻出し、その都度基経が摂政の辞表を出したり、政務を拒否したりすることがあった。対立がついに破局に達したのが、かの廃立である。

至尊を擁する妹の権威に立ち向うには、基経は公卿《くぎょう》の総意を結集しなければならなかった。したがって後継の天皇を選ぶにも、私心をはさむ余地などはない。彼の女子はすでに清和天皇の女御として皇子を生んでいたし、嵯峨天皇皇子の河原左大臣（源融・一四「陸奥の」）のように、「近き皇胤をたづねば、融《とおる》らもはべるは」（『大鏡』）などと露骨に自薦する者もいたが、基経がこれらを一顧もせず、皇族の長老時康親王（光孝天皇）に白羽の矢を立てたのは、情勢のきびしさに対応したものであろう。

とはいえ、そこには基経の深謀遠慮があった。光孝天皇は基経と母同士が姉妹で、意外に血統が近いし、彼等は長い年月の親友でもあった。しかも、天皇は「君がため」の一首にうかがえるような、いかにも温厚で優雅な人柄で、正史に「性、風流多し」と記されたのも文飾ではない。おそらく基経はこの君子の天皇との間にひとつの密約を結んだ。それは、即位後の天皇が基経に対して、「奏すべきこと下すべきこと、必ず先づ諮《と》ひ稟《う》けよ。朕《われ》まさに垂拱《すいきょう》（手をこまねく）して成るを仰がんとす」という詔を下して、政治の全権を委任してしまったこと、および二十九人もいた子供にすべて源氏の姓を与えて臣籍に下し、皇位をわが子孫に伝えない意志を表明したこと、この二事に明らかに示される。要するに光孝天皇は虚位を条件として帝位に迎えられたのであった。そうした点で、光孝天皇もある意味では敗者である。少なくとも勝者ではない。

光孝天皇の「君がため」の一首が親交ふかい基経に贈られたという証拠は別にないが、『古今集』春上の詞書によれば天皇がまだ「皇子にましましける時」の作だから、その可能性もないわけではあるまい。何にせよ、それは「君がため」若菜を摘む作者の篤実な人柄だけでなく、「衣手に雪」降りしきる季節のきびしさに、作者後年の運命がいみじくも暗示されているかに思われる。

さて、基経はこのような老熟した年齢と人格の候補を立てることによって、群臣の総意をまとめることができた。そして虚位に甘んじた老帝のもとに、その後三年間基経は存分に権力をふるう。しかし皇位継承の点では思惑がはずれた。天皇は死に臨んで第七皇子源定省《さだみ》を皇太子に立てることを強く望み、基経は定省を養子にしていた尚侍《ないしのかみ》淑子（基経の妹）の政治力にも押されて、渋々これを承認せざるをえなかった。その代りに、気鋭の新帝の出鼻をくじくべく「阿衡《あこう》」の紛議を起こし、一件落着した後ひきつづいて政権をにぎって寛平三年（八九一）の死去に至ったのだが、その辺は本題をはずれるから、くわしくは書かない。

百人一首の上掲三首に直結するのは、廃立の無念去りやらぬ陽成院・二条の后(高子)と、漁夫の利を得た形の光孝・宇多系統との険悪な対立である。『大鏡』によれば、宇多天皇の行列がある日陽成院の前を通った時、上皇は天皇がかつては一介の殿上人として行幸の際供奉《ぐぶ》したことを想いおこし、「当代は家人《けにん》（臣下）にはあらずや、悪《あ》しくも通るかな」

と、ふてぶてしく言い放ったという。「この成り上がり者め、避けて通れ」と言うのだ。

他方、宇多天皇の日記には陽成上皇の行状に対する非難がしきりに出てくる。

（寛平元年八月十日条）陽成院人の厄、世間に満つ。ややもすれば陵轢《りょうれき》（あなどり、ふみにじる）を致す。天下愁苦し、諸人嗷々《ごうごう》（非難する）たり。若し濫行《らんぎょう》の徒あれば、只彼の院の人と号す。悪君の極、今にしてこれを見る。

総論・概評はこうだが、具体的な情報も次々天皇にとどいている。馬を駆って六条あたりの下人の家に突入し、女子供があわてふためいて逃げ隠れたという、暴走族的行状。駿河介なにがしの女子を院人に追捕させ、いうことをきかないので、琴糸で縛って水底に漬けたという、暴力団的行状、などなど。中でも、「河原左大臣」が自慢の別荘を馬脚に踏み荒らされたりして、たびたび天皇に訴えており、どうも百人一首の十三番目と十四番目に並ぶ両作者は、悪縁で結ばれていたようである。

以上のエピソードは、宇多天皇と陽成院との間に敵意がつのっていたことを示すが、対立は寛平八年（八九六）、皇太后の廃立にきわまった。その年高子と東光寺（高子の建立した寺）の僧善祐との密通が暴露され、高子は廃位され、善祐は流された（『扶桑略記《ふそうりゃっき》』）。この年高子は五十五歳だから、とんだ老いらくの恋だが、実は二人の関係はずっと以前にはじまったことで、すでに七年も前の宇多天皇の日記に、皇太后が善祐の子をみごもったという噂を耳にし頭をかかえた旨が記されている。この善祐との古傷が七、八年も後に突如表沙汰《おもてざた》にされたのは、どういうわけであろうか。時あたかも宇多天皇が皇位をわが系統に確保するため醍醐天皇へ譲位する直前だったことを考慮に入れると、政治的策謀のにおいが強い。角田氏は、陽成院の帝位復帰の動きを封ずるためではなかったかと推定された。

こうして再び三たび政治の波間に翻弄《ほんろう》された高子は、延喜十年（九一〇）六十九年の生涯を閉じる。

二条のきさきの春のはじめの御歌

雪のうちに春はきにけり鶯の　こほれる涙いまやとくらん

死の五年前（延喜五年）撰進《せんしん》された『古今集』巻一に収められたこの作、「雪のうちに春」が来たとか「鶯のこほれる涙」がいまやとけるといった意味ありげな歌意は、何を寓《ぐう》意《い》したのであろうか。廃位によって彼女は今度こそ政治的権威をまったく失ったが、その後、腹心道真の追放によって宇多上皇も政治から切離されたため対立はおのずから解消し、太平の世がつづくことになる。歌はそのようにして得られた晩年のさびしい安らぎの述懐ではあるまいか。

宇多上皇が同母妹の「釣殿の皇女」を陽成院に婚嫁せしめたのも、こうした政情の安定をさらに定着させる目的ではなかったかと思う。その婚姻の成立年次は分らないが、延喜七年末に釣殿の皇女が夫陽成院の四十の賀をおこなったことが『日本紀略』にみえるから、その年以前だったことは　確かであろう。

さて「つくばねの」の歌意は、こうした背景が明かになった今、どのように解釈できるであろうか。筑波嶺は古来情熱的な歌垣をもって知られ（『常陸《ひたち》風土記』）、万葉の東歌「つくばねの岩もとゞろにおつる水　よにもたゆらにわが思はなくに」が本歌だと『改観抄』はいっている。このような地名を恋歌に取り入れたのはふさわしいけれども、「みなの川」とは余り聞かない名だ。宗祇の抄には、「嶺よりは真砂の下を通りて川とも見えず、一たゝへづつ流れて、末、川となるなり」という。つまり、院の皇女への思いは、当初はあるかなきか分らぬほど淡いものだったことが、この川の名を借りて告白されているのである。「政略でしぶしぶ結ばれ、はじめはあなたに愛情もおぼえなかったが、逢う瀬をかさねるうちに、今はとてもいとしくなりましたよ」という告白と、私は解釈したい。この告白は、まことに正直で飾り気がない。陽成院は寛仁大度の帝王の器ではなかったにせよ、愛すべき単純、率直な気質であったように思われる。その一面を示すこの一首には、正史の数百言を修正する重みがある。

さて「わびぬれば」の作者元良親王は陽成天皇廃位後に生れた第一皇子である。陽成院の子女は少ない。元良親王以下四人の親王、二人の内親王、それに三人の源氏と計九人で、一桁《けた》の子女数はこの前後の皇室系譜としては珍しい。たとえば政治上文化上に絶大な権威をもった嵯峨上皇に五十人もの子女があり、病弱だった清和上皇（陽成院の父）が「後宮において三十人ばかりの女性を相手にされた」などとは、まことに対照的である。角田文衛氏は、清和上皇の場合は「天皇の精力と関心を後宮に向けさせようとした良房の白痴化政策に一半の責任がある」（『王朝の映像』）とされるが、それにしても「清和天皇の異常に強い猟色心」は否定できない。陽成院はこの父と異なり、後宮の女性を相手にするよりは、男性の取り巻きと馬を乗り廻すようなことを好み、女色は淡白だったのであろう。ところが祖父の好色の血は隔世遺伝的に「陽成院の一宮元良《いちのみやもとよし》のみこ」に流れこみ、異様なはげしさで発動する。まず『元良親王集』の冒頭の詞書を引こう。

　陽成院の一宮元良のみこ、いみじき色好みにおはしましければ、世にある女のよしと聞ゆるには、逢ふにも逢はぬにも、文遣《や》り歌詠みつゝ遣《や》りたまふ。

これでは王朝の「色好み」というより、ドンファンという舶来語の方がピッタリする。右の引用は「源《げん》の命婦《みょうぶ》」という女房との贈答歌だが、この同じ女性とは、次のようなエピソードもあった。

　源命婦に、「方塞《ふた》がりたれば」などのたまひければ、女、
あふことの方はさのみぞふたがらん　一夜めぐりの君となれゝば
　と聞えたりければ、さはらでおはしにけり、又の日さておはせで、「嵯峨の院に狩しに」なんどのたまひければ、

大沢の池の水くきたえぬとも　さが（嵯峨、性《さが》）のつらさを何かうらみん

御返事もいかゞありけむ、忘れにけり

「一夜《ひとよ》めぐりの君」とは痛烈な仇名《あだな》を奉られたものだ。色好みといえばかの業平に止《とど》めをさすが、彼の特徴は、伊勢の斎宮や二条の后のような特殊な存在に身の破滅を賭《か》けて挑戦する情熱にあった。それが彼の死後『伊勢物語』の成長する過程で、やたら多くの女人と関係をもつ多情多恨な男に変貌《へんぼう》したものらしい（片桐洋一『伊勢物語の研究』）。この「許されぬ恋、挫折《ざせつ》する恋」の英雄像から「慕いよる女たちに恵みをたれたまう」蕩児《とうじ》像への変化は、元良親王の生きていた時代、すなわち業平その人の死後半世紀ほどの間におこなわれた。とすると「一夜めぐりの君」の奔放な行状も、『伊勢物語』の右の成長に何ほどかヒントを与えたのかも知れない。そんな想像をしたくなるほどのはげしさが、この親王の色好みにはあった。

『大和物語』は、天慶六年（九四三）五十四歳でなくなる元良親王の死後間もなく成立した物語だが、こんな話を伝えている。

志賀の山越の道に、いはえといふ所に、故兵部卿の宮（元良親王）、家をいとおかしうつくりたまうて、時々おはしましけり。いとしのびておはしまして、志賀にまうづる女どもを見たまふ時もありけり。おほかたもいとおもしろう、家もいとをかしうなむありける。

「志賀」の寺とは近江の崇福寺《すうふくじ》のことで、都からこの寺に詣《もう》でる女人が多かったことは、紀貫之（三五「人はいさ」）の、

志賀の山越えにて、石井のもとにて物いひける人の、別れける折によめる

むすぶ手のしづくに濁る山の井の　あかでも人に別れぬるかな（『古今集』八）

という名歌でも知られる。『大和物語』の「いはえ」という地は不明で、あるいは貫之の詠んだ「石井《いわい》」かも知れないが、いずれにせよ洛東白川から山越えして行く道中の、風光絶佳の所であったろう。このような地に山荘を営んだ親王の関心は、しかし風景よりも「志賀にまうづる女ども」の鑑賞にあったらしく、貫之の歌さながら、行きずりの女人との交渉が成立することもあった。

志賀に狩したまふ時の宿に、ある女まうでてあひて、柱に書いつけゝる

狩に来る宿とはみれどかさしゝ（ママ）の　おほけなくこそすまゝほしけれ

同じ所にて、つねに見たまふ女に、しの竹の節《よ》しげきをつゝみてたまけける

しの竹のふし葉あまたにみゆれども　よよ（夜、節）にうとくもなりまさるかな

歌そのものは他愛もないものだが、親王の洒脱《しゃだつ》な人柄が察せられる。要するに元良親王は、次の時代に「すき人」とか「数奇《すき》者」などと呼ばれるあのタイプに属していた。

『元良親王集』には、自六十余首が収められている。引用した冒頭の書きぶりでも分るように、親王の自撰ではなく他のだれかが編んだ集だが、すべて女性との間に交わされた贈答で、四季歌などは一首もない。この選歌には、どうやら親王を主人公として「歌語り」を作る意図がみえるから、詞書《ことばがき》をまるまる実話と信じてはなるまいが、ともかくも名を記された女性を拾ってゆくと、「源《げん》の命婦」「京極《きょうごく》のみやす所」「閑《か》院《いん》の大君・中の君・三の君」「山の井の君」「昇の大納言の女《むすめ》」「近江介中興《なかき》が女」「としこ」「右近」「桂の宮」といった人が三十人くらいもいて、右のうち「としこ」以下三名を除けば大体恋の相手である。ほかに「ある女」「こと女」「又こと女」「たゞしばしにてたえたまひにける人」「忘れたまひにける女」「やむごとなき女」といった姓名不詳の者も、二十名くらいいる。男性の名はわずかに二人だけという徹底ぶりだ。三品《ぼん》兵部卿元良親王五十余年の人生は、女に明け女に暮れたといってよい。中には「おひねの大納言の北の方」という人妻もいれば、「うかれ女たきゝ」という遊女もいるという次第で、トラブルの発生源には事欠かなかった。

たとえば、次のような三角関係。

琵琶の左大臣殿（藤原仲平。時平の弟）に、いは

や君とて、童《わらわ》にてさぶらひけるを、男ありとも知
りたまはで、御文つかはしければ
大空にしめ結ふよりもはかなきは　つれなき人をたのむなりけり
女
いはせ山よのひとこえによぶこどり　よばふときけば耳ぞなれぬる
（中略）
かくてこの女、こと人にあひて、宮のうらみたま
ければ
吉野川よしをむつかし滝つ瀬の　はやくいひせばかゝらましやは
宮、ことはりとて
秋風に吹かれてなびく荻の葉の　そよそよさこそいふべかりけれ
（下略）

十余首の贈答から抄記した。この三角関係では宮はおくれを取ったが、そもそも女は「一夜めぐりの君」の誠実など頭から信用していなかったようにみえる。『元良親王集』にはこの種の話が充満する。「いとあだにをはす」みことというのが、世の定評だったらしい。

いとあだにおわす「陽成院の一のみこ」には、しかし、ひとつの容易ならぬ恋があった。

もしこのひとつの恋がなかったならば、元良親王に筆をついやす興味は私には湧かなかったろう。その相手とは「京極のみやす所」である。

京極のみやす所を、まだ亭子院にをはしける時、懸想《けそう》したまひて、九月九日にきこえたまひける
世にあればありといふことを菊の花　なをすぎぬべき心ちこそすれ
夢のごと逢ひたまひてのち、帝《みかど》につゝみたまふとて、え逢ひたまはぬを、宮にさぶらひけるきよかぜがよみける
ふもとさへあつくぞありける富士の山　みねに思ひの燃ゆる時には

「京極のみやす所」の名は集中五か所にみえるが、右の引用が二人の恋の発端を示す。御《み》息所《やすどころ》は名を藤原褒子といい、左大臣時平の女である。母は在原棟梁《むねやな》の女だから、褒子は業平の曾孫《そうそん》に当る。母・棟梁女ははじめ時平の伯父《おじ》の妻だったのを、その美貌を知った時平が強引に奪い取った。この話は『今昔物語』巻二十二にみえ、近くは谷崎潤一郎が『少将滋幹の母』の素材とした。褒子は曾祖父業平と母・棟梁女の遺伝で容色をうたわれ、権威ならびなき宇多法皇の寵愛《ちょうあい》を受け、六条京極の河原院に置かれた。この河原院は故「河原左大臣」(二四「陸奥の」)が、作庭の粋を尽した豪邸である(三章参照)。
褒子が宇多法皇に召された時の話が『俊頼口伝《くでん》集』にみえる。彼女は醍醐天皇の女御《にょうご》と

して入内《じゅだい》することに決っていたのに、出発間際に父法皇がにわかに押し掛けて、有無をいわさずわが物にした。その報告を受けた天皇は衝撃に言葉もなかったという。これはまさに褒子の父時平が伯父の妻を奪った話と好一対である。『俊頼口伝集』にはまた、志賀寺の老上人が参詣《さんけい》した褒子に一眼惚《ひとめぼ》れした話もみえる。これらを実話とするのはどうかと思うが、褒子の並々ならぬ容色が話の核心となったことだけは推定できよう。

宇多法皇と時平が道真の左遷をめぐって真向から対立したのは周知の史実だから、褒子が延喜九年（九〇九）の時平の死以前に入内したとすれば、それは法皇との和解をもくろんだ父時平の政略によるものであろう。しかし、褒子は法皇との間に皇子三人をもうけているから、入内のいきさつはどうであれ、寵愛は深く、かつ永く続いたのであった。

『江談』に次のような話がある。法皇と褒子が月夜の河原院でむつまじく愛を交わしていたところ、殿中の塗籠《ぬりごめ》から河原左大臣の亡霊があらわれ、法皇の叱責《しっせき》を物ともせず御腰にしがみついた。京極のみやす所は恐怖のあまり失神してしまい、加持によってからくも蘇生《そせい》したという。『源氏物語』夕顔の巻の素材とみられる話だが、作り話とも思われないのは、『本朝文粋』巻十四に宇多法皇が河原左大臣の追善供養を営んだ願文が収められているからだ。文によると亡霊が法皇の「宮人」にとりつき、自分はいまや地獄の責苦を受けていること、時にはこの院に来て休息すること、いまに人に祟《たた》らぬとも限らぬことなどを告白した。そしてわがために七か寺で供養をしていただきたいと頼んだので、この仏事を営むのだとある。亡霊にとりつかれたという「宮人」が褒子か他の女房かは明らかでないが、少なくとも亡霊の出現は史実とみることができる。先の『江談』の話は、この事実と褒子への並々ならぬ寵愛を結びつけて構成された説話であろう。
さて『元良親王集』に話をもどすと、親王が「懸想」し、「夢のごと逢ひたまひて」後むごくも逢《お》う瀬をはばまれた「京極のみやす所」とは、実にこのような女性であった。別のことばで言えば、父の廃立によって皇位継承の第一候補たるべき地位を失った「陽成院の一のみこ」が、事もあろうに、父を追放した皇統の家父長・宇多法皇の眼を盗んで、その寵妃と密通したのだ。その直接の動機が、美貌のきさきに対する愛欲のうながしにあったとしても、つまる所は、時めく権力者に対して失意の蕩児が叩《たた》きつけた挑戦状でなくて何であろう。したがって密通がひとたび露顕すれば、いかに色好みに寛容な王朝貴族社会とはいえ、重大な政治色を帯びて来ないわけにはいかない。万一法皇の耳に達すれば、親王の身にどのような事が起こるかは、予断を許さぬ。祖母「二条の后」のスキャンダルが廃位の大事を招いたことは、まだ人々の記憶に新しかった。

事いできて後に、京極の御息所につかはしける
元良のみこ
わびぬればいまはた同じ難波なる　身をつくしてもあはんとぞ思ふ（『後撰集』恋五）

百人一首のこの作は、密通が事件となりかかった時親王から褒子へ贈られたものである。「難波なる澪標《みおつくし》」を修辞としつつ、破滅を賭けてもう一度逢いたいと訴えたのだ。固唾《かたず》を

呑《の》むような危機的状況のさなかに、この一首は詠まれた。

そういう状況を想う時、「わびぬれば今はた同じ」についての諸注には、納得できない所がある。宗祇の注は、「わびぬればとは、よろづの思ひのつもりて、やる方なきをいふなり、されば今は又あはずとも、立ちにし名は同じ名にこそあれ」と言い、契沖は、「侘ぬればとは、とかくいひさはがれてわびぬればとなり」と言った。現代の諸家では、「（みそかごとが露顕して）かくもわびしい歎きに悩んでいるので」（鈴木知太郎説）、「うわさが立って、わびしい嘆きに悩んでいるのですから同じことです」（島津忠夫説）。など。いずれも「わびぬれば」を、密通の噂が立ったことへの嘆きと解釈するのだが、私は上来語ってきた危機的状況に照らして、「どうせ生まれた時から陽の当らぬ運命をかこっている私だ、今この恋によってどうおとがめをこうむろうと、いっそ同じ事ではないか」という、ふてぶてしい居直りと解釈したいのである。

「わぶ」の語義について多くの用例は知らぬが、ひとつ連想するのは僧正遍昭（三「天つ風」）の、

　　雲林院の木のかげにたたずみてよみける

わび人のわきて立ち寄る木のもとは　頼むかげなく紅葉散りけり（『古今集』巻五）

の一首である。この時遍昭は、寵愛を受けた仁明天皇の急死に殉じて出家し、同じく天皇に殉じた「雲林院のみこ」常康親王らと「わび人」の交わりを結んでいた。この場合の

「わぶ」とは、明らかに運命に見放された不遇の境涯を指すので、元良親王の立場にごく近い。

「わびぬれば」という初句にそうした不遇の身の上への鬱屈《うつくつ》があらわれていると解釈するならば、寵妃との密通は、単に気まぐれな色好みとだけは言えなくなる。親王にとって、何を今さら噂ごときにおののくことがあろうか、それはむしろ覚悟の上ではなかったか。それでなければ、下の句の「身を尽してもあはむ」という激しい決意にはつながるまい。要するにこの恋は、父の廃立によって本来の地位を失った不遇の皇子が、得意わざを駆使して試みた、当代の権威への抵抗・挑戦であったと思う。

　それならば彼の奔放な色好みそのものも、同じく皇位継承から遠ざけられた平城上皇系に属する、あの在原業平の生き方に共通するのであろう。つまり彼等の色好みは、権力と栄達の政治世界の対極にある。業平の色好みへの傾斜は、祖父が薬子《くすこ》の変で失脚し父も承和の変で挫折《ざせつ》したことから来る、政治的なものへの抵抗が根本契機であろうと、私はかつて考えた（『在原業平・小野小町』）。それと同様な契機が、元良親王のデカダンスについても言えるのではあるまいか。

　とすれば業平における伊勢の斎宮や二条の后に匹敵する存在が、元良親王における京極の御息所である。しかし、業平はその報いで官位の昇進も止められたが、元良親王の身の上には、父陽成院や祖母二条の后の廃位につづく破局がおとずれた形跡はない。また相手の褒子にも、

法皇の御ぶくなりける時、鈍《にび》色のさいでに書きて
人におくり侍りける　　京極御息所
すみぞめの濃きも薄きも見る時は　かさねてものぞかなしかりける（『後撰集』哀傷）

という亡き法皇への哀傷歌があって、最後まで寵愛を全うしたことが知られる。ということは、「身をつくしても」の挑戦は、周囲の人々の必死の収拾策にはばまれ、闇から闇に葬られてしまったのであろうか。

元良親王はこうして悲劇の人となりそこね、いたずらに「一夜めぐりの君」の浮名ばかりを後世にのこしたが、この恋が体制をゆるがせた陽成廃位一件の、ひとつの余波だったことはおおうべくもない。

二百年後の後鳥羽院は『時代不同歌合』で、元良親王の作、

花の色は昔ながらに見し人の　心のみこそうつろひにけれ

を定家の、

さむしろや待つ夜の秋の風ふけて　月をかたしくうぢの橋姫

と合わせた。頓阿の『井蛙抄《せいあしょう》』（第六）によれば、定家はこれをはなはだ不満とし、「元良親王という歌よみのいたことは、はじめて知った」と憎まれ口をきいたそうだ。しかし、

後鳥羽院はつねに元良親王を殊勝の歌よみと仰せられていたから、悪い組合せとは考えられなかったのだろうと、頓阿は言っている。大物の定家と合わされては元良親王も荷が重すぎるから、院の配列は適切とは言いがたいが、ともかくも後鳥羽院という「敗北の帝王」が元良親王をそこまで認めていたのは興味ふかい。詠歌の背後にひそむ親王の破れかぶれの生き方に、院はことのほか共感するところがあったのかも知れない。

六八 心にもあらでうき世にながらへば　こひしかるべき夜半の月かな　　三条院

陽成院の廃立は平安前期の政治上の大波瀾《だいはらん》だったが、平安中期・後期にもそれぞれ一人ずつ悲劇的敗者となった天皇がある。三条院と崇徳院である。このうち崇徳院は一時期の歌壇の指導者で作品も多いから、その名は百人一首に逸すべからずといえようが、三条院の方は『後拾遺集』に「心にもあらで」の作を含めて三首、『詞花集』以下に五首、あわせて勅撰入集わずかに八首で、とても歌人などとは申しかねる。院が百人一首作者に加わったのは、ひとえに「心にもあらで」一首が後世につよく印象付けられたからで、しかもその理由は、表現技法の問題ではなく、詠まれた状況への深い同情によるのであった。

その状況は、『後拾遺集』雑一の詞書《ことばがき》には病気のため退位を決意したと記されているだけだが、後拾遺よりも五十年ほど先に成立したと思われる『栄花物語』にくわしい記事がある。

かゝる程に、御心地例ならずのみおはします。内（天皇）にも、物のさとし（前兆）などもうたてあるやうなれば、御物忌がちなり。御ものゝけもなべてならぬわたりにしおはしませば、宮の御前（中宮妍子《けんし》）も「物恐し」などおぼされて、心よからぬ御有様にのみおはしませば、殿の御前（藤原道長）も上《うえ》（道長の妻源倫子）も、これを尽きせず歎かせ給ふ程に、年今幾ばくにもあらねば（今年も残り少ないので）、心慌しきやうなるに、いと悩しうのみおぼしめさるゝにぞ、「いかにせまし」と（天皇）おぼしやすらはせ給ふ。師走の十余日の月いみじう明きに、上《うえ》の御局《みつぼね》（清涼殿）にて、宮の御前（妍子）に申させ給ふ、

心にもあらでうき世に長らへば　恋しかるべき夜半の月かな

中宮の御返し。（歌欠）

（王の村菊）

三条天皇の病気は寛弘八年（一〇一一）三十六歳で即位するずっと以前からはじまっていて、さまざまな症状や治療が史料に出てくるが、最もなやまされたのは眼病であった。『大鏡』によると、外見はすこしも常人と変らず、ひとみも澄んでいて、時として細かい物がみえることもあったという。現代医学では何と診断を下すのであろうか。

もともと多病の院はさまざまな療法を試みたようで、寒中冷水を頭からそそぐ荒療治を受け、人びとが正視にたえなかったようなこともある。金液丹という劇薬を用いたので、その副作用で眼を痛めたという風評もあった。ともかく情けない病身で、こういう場合当時の人はすぐ物怪《もののけ》のせいにする。桓算供奉《かんざんぐぶ》という僧侶が天狗《てんぐ》みたいな物怪となって出現し、「私が御くびに乗って、左右の羽で御眼を覆い申した、その羽ばたきする折に、すこしは見えることもあるのだ」と告げたと、『大鏡』は伝える。これは実にうまく症状と適合しているが、無論信用のかぎりではあるまい。

眼を病む三条院にとって、降りそそぐ月光を仰ぐことは何よりの慰めだったようで（その明るさは分ったのであろう）、勅撰にとられた八首の半ばは月を詠んだものである。

月を御覧じてよませ給ひける

秋に又逢はんあはじもしらぬ身は　今宵ばかりの月をだに見ん（『詞花集』秋）

題しらず

足引の山のあなたにすむ人は　またでや秋の月を見るらん（『新古今集』秋上）

みこの宮と申しける時、少納言藤原統理《むねまさ》、年ごろなれ仕うまつりけるを、世をそむきぬべきさまに思ひ立ちけるけしきを御覧じて

月影の山のはわけてかくれなば　そむくうき世をわれやながめん

みな「心にもあらで」の作と共通の孤独なムードをたたえていて、院の半ば心眼ともいうべきものに映った月影が、この世のものならぬ光を放っていたことがしみじみと共感される。

さて引用した『栄花物語』の場面は、天皇の眼病がいよいよ悪化した、長和五年（一〇一六）正月の譲位直前である。そして物語の著者（赤染衛門）によれば、症状の余りのはげしさに中宮妍子も恐怖におちいり、妍子の父母なる道長・倫子も歎きにくれたという。ここに記されたかぎりでは、天皇は周囲のあたたかい同情に見守られていたようにみえるが、実際にはきびしい政治的対立の渦中にあったことが、大納言藤原実資の日記『小右《しようゆう》記《き》』によって知られる。

三条院は名を居貞親王といい、冷泉《れいぜい》天皇と藤原兼家女超子との間に生まれた。寛和二年（九八六）実兄の花山天皇が兼家の謀略によって出家し、七歳の一条天皇が即位した時、その従兄《いとこ》に当る居貞親王は十一歳で皇太子に立てられた。兼家にとっては、一条天皇は円融上皇と女詮子の間に生まれた孫であり、皇太子も同じく外孫だから、外戚《がいせき》として権勢を確立したのである。ところが一条朝二十五年の間に兼家が世を去り、その長男道隆・道兼を経て道長（兼家の五男）が政権をにぎると、皇太子居貞親王の立場は微妙なものとなる。

一条天皇も必ずしも道長の意のままに従わなかったが、なにしろこの天皇の生母詮子は弟道長を政権につけてくれた大恩人なので、道長は天皇を敬重せざるを得なかった。ところが、皇太子の生母超子は、同じ姉でも道長との縁がうすく、道長は皇太子に負目がない。しかも彼は長女彰子（一条天皇の女御）の生んだ孫敦成《あつひら》親王（のちの後一条天皇）を早く天皇に立て、外祖父として権力をほしいままにしたいと待ち望んでいたから、年長の皇太子の存在は有難からぬものであった。

それでも道長は二女妍子を女御に入れ、外孫をつくる布石を抜かりなく打ったが、三条天皇にはすでに十年も前から美貌《びぼう》の女御娍子がいて、敦明親王ほか数名の子女を生んでいた。将来妍子がもし皇子を生むことがあるとしても、遠々しい話である。こういうわけで、道長は三条天皇を全力を挙げて補佐する忠誠心は持ち合わせなかった。

譲位前年の長和四年（一〇一五）になると眼病はいよいよ進んで、天皇は政府から奏される文書（これを「官奏」という）に署名できない日があった。道長はある日の日記（『御堂関白記』）に「今日は御目がことに暗いということで、官奏に奉仕しなかった」と記した。ところが同日付の『小右記』によると、大納言実資の得た情報では、当日天皇は扇の絵をみてその図柄をくわしく話されたといい、また「今日は気分はいいが、参入した左大臣（道長）は、機嫌が悪かった。これは私の気分のよいのをみて、むずかったのだろう」と仰せられたとある。記述がこう極端に食い違うところが、天皇と道長の疎隔をまざまざと示すわけである。

そして八月になると、天皇は代って官奏を覧《み》ることを道長に命じたが、道長はこれを辞退した。暗に天皇に対して、職務が遂行できなければ譲位なさるべきだと促したことになる。道長は正面から譲位を要請することも度々に及んだようだ。天皇はこれに抵抗し、次の皇太子にわが子敦明親王を立てることを譲位の条件とし、外孫敦成親王の立太子をもくろむ道長と対立した。道長は、ついに妥協して、敦明親王の立太子を認め、ようやく年を越えて、譲位は実現する。

長和四年、天皇と道長はこのように陰湿きわまる抗争をくり返していた。『栄花物語』はもっぱら道長を讃美《さんび》する史書で、この暗闘にはまったく言及していない。そこで『小右記』の記事が裏面の真相を示すとされているが、しかし考えてみると『小右記』の情報はすべて天皇側近に仕えている子・資平からのもので、道長側の言い分はほとんど記されていない。実資は道長よりも血統が上だと自負し、鬱憤《うつぷん》を日記に吐き出す癖があった。その辺を考慮すると、道長が無理無体に天皇を圧迫したと一方的には言えないので、執政能力を失いつつ何としても玉座に止《とど》まろうとする天皇のもとで、道長が国政に筋を通すのに苦労していた一面も認めるべきであろう。

三条院は間もなく世を去り、その直後に敦明親王は道長の圧力によって皇太子辞退に追いこまれた。ちなみに、

　　六六　もろともにあはれと思へ山桜　花よりほかに知る人もなし　　大僧正行尊

はこの敦明親王（小一条院）の孫、三条院の曾孫に当たる（百人一首で行尊が三条院より前にあるのは、配列の誤りであろう）。若くして仏門に入り、大峯《おおみね》山中でのきびしい修行の中

で、このあわれ深い一首を詠んだ。数奇《すき》と修行の微妙に融合した境涯によって、七章で語る遁世《とんせい》歌人たちに大きな影響を与えた人である。

さて、以上のように天皇と君臣の抗争をながめた上で、かの「心にもあらで」の歌意をかえりみると、天皇をして「心にもあらでうき世にながらへば」と悲痛な叫びをなさしめた所以《ゆえん》は、ままならぬ病身だったのか、それとも道長への恨みつらみだったのか。『栄花物語』によると中宮妍子に与えられた歌だから、そこに彼女の実父への憎悪をこめることはなかったはずだが、妍子の返歌がないのはいぶかしく、『栄花物語』に粉飾がなかったと断定もできない。ともかくこの切迫した調べは、年来の病気に加えて権臣の圧迫を受け、内裏の月をながめるのもいまや終りに近付いた非運への、千万無量の恨みなのであろう。

三条院を譲位に追いこんだ道長は、やがて栄華の頂点へのぼりつめるが、その頃から彼の健康も急速に衰え、浄土信仰にすがりつつ死を迎える。げにも病気と死は怨親《おんしん》平等に到来するわけで、「心にもあらで」の切なる響きは、そうした生の深淵《しんえん》をのぞかせてくれる名歌ではなかろうか。

七七　瀬をはやみ岩にせかるゝ滝川の　われても末にあはむとぞ思ふ　崇徳院

それより約一世紀半後、保元の乱に敗れて讃岐《さぬき》に配流された崇徳院の悲劇は、三条院と道長の対立とは比較にならぬほど有名だから、政治史上の推移を細かに述べることは省きたい。この院と三条院との相違はもうひとつ、崇徳院の御製が、院みずから勅撰を下命した『詞花和歌集』に五首、院の恩顧をこうむった藤原俊成（八三「世の中よ」）の編んだ『千載和歌集』に二十三首その他、勅撰入集七十九首にも及んでいることである。つまり崇徳院は後鳥羽院以前では最大の天皇歌人で、それだけに歌道の見識は高く、自作に対しても批評眼はきびしかったらしい。『詞花和歌集』は清輔の父左京大夫顕輔（七九「秋風に」）が院の勅命によって編纂に当り、天養元年（一一四四）六月奏覧したものだが、これを受け取った院は自作を含めて何人かの作を容赦なく削除したという（『袋草紙』）。勅命を下すだけでなく選歌そのものに介入したという点でも、崇徳院は後鳥羽院の先駆をなした帝王である。

『詞花和歌集』は『金葉和歌集』成立後わずか二十余年しか経ていないので顕著な特色を出すに至らず、また選歌に対する不満が歌人たちから続出する有様だったので（井上宗雄『平安後期歌人伝の研究』）、崇徳院はさらに本格的なアンソロジーへの意欲を燃やしたようで、それが『久安百首』詠進の下命となった。それは院自身や側近の徳大寺公能・藤原教長ら十余人の作を集めたものである。久安六年（一一五〇）ひとまず奏覧されたものを、詠進者のひとり藤原顕広（のちの俊成）に命じて部類させ、さらに補訂を加えるなど、執念をもって完成に努めたが、保元の乱の勃発《ぼっぱつ》によって完成本はついに奏覧されるに至らなかった。

西行（八六「歎けとて」）の『山家集』に、

新院百首歌めしけるに奉るとて、右大将公能のもとよりみせにつかはしける、返し申すとて

家の風吹きつたへけるかひありて　散ることの葉のめづらしきかな

返し

家の風吹きつたふとも和歌の浦に　かひあることの葉にてこそ知れ

とあるのは、この百首の撰進にかかわる応酬である。栄えある詠進者に選ばれた人々の周囲に、遁世以前は公能の父に仕えていた西行など、有名無名の数奇者たちが、胸ときめかして成果を見守っていたことがわかる。

それだけに、『久安百首』には秀逸が多い。百人一首の、

七七　瀬をはやみ岩にせかるゝ滝川の　われても末にあはむとぞ思ふ　崇徳院
七九　秋風にたなびく雲のたえまより　もれ出づる月のかげのさやけさ　左京大夫顕輔
八〇　長からむ心も知らず黒髪の　みだれてけさはものをこそ思へ　待賢門院堀河

の三首は、いずれも『久安百首』中の作である（もっとも、百首では崇徳院歌は初句「ゆき

なやみ」とあり、顕輔歌は二句「たゞよふ雲の」とある)。院の作の激情的な表現は、父鳥羽法皇との疎隔や関白藤原忠通の策謀などによって追いつめられつつあった実生活の苦悩が、恋歌に名を借りてほとばしり出たものとも解しえようか。

院政期の文化史『今鏡』は、崇徳院の歌壇への指導力を、

帝の御心ばへ、絶えたることをつぎ、古きあとを興さむと思し召せり。幼くおはしましけるより歌を好ませ給ひて、朝夕に侍ふ人々に、隠し題詠ませ、紙燭《しそく》の歌、金椀《かなまり》打ちて響きのうちに詠めなどさへ仰せられて、常は和歌の会をぞせさせ給ひける。

と讃《たた》えた。しかしそれは保元元年(一一五六)、鳥羽法皇の死後たちまち起こった大乱によって、一挙に崩壊する。

世の中に大事出できて、新院(崇徳)あらぬさまにならせおはしまして、御ぐしおろして、仁和寺の北院におはしましけるに参りて、兼賢阿闍梨《あざり》いであひたり。月あかくてよみける

かかる世にかげもかはらずすむ月を　みる我が身さへうらめしきかな(『山家集』)

院の浅からぬ恩顧をこうむった西行の悲痛な嘆きは、多くの歌人の共鳴するところであ

った。歌壇は火の消えたようになってしまった。これも西行の作だが、

讃岐におはしまして後、歌と云ふことの、世にい
と聞こえざりければ、寂然がもとへいひつかはし
ける

ことの葉のなさけ絶えたる折節に　ありあふ身こそかなしかりけれ

かへし　寂然

しきしまの絶えぬる道になくなくも　君とのみこそ跡を忍ばめ

「大原三寂」兄弟のひとり寂然法師と交わしたこの贈答は、状況を率直に語っている。寂然は、院の生前ひそかに讃岐の配所を訪ねたし、西行も崇徳院側近の女房と音信を交わしていた。

讃岐にて、（上皇）御心ひきかへて、のちの世の
御つとめひまなくせさせおはしますと聞きて、女
房のもとへ申しける。この文《もん》を書きぐして、「若《シ》
人不《ンバ》ニ嗔《（いか）リテ》打《タ》一　以《テカ》レ何《ヲ》修《セン》ニ忍辱《（にんにく）ヲ》一」

世の中をそむくたよりやなからまし　うき折ふしに君があはずば

これもついでに具してまゐらせける

あさましやいかなる故のむくいにて　かかることしも有る世なるらむ
ながらへてつひにすむべき都かは　此の世はよしやとてもかくても
まぼろしの夢をうつつに見る人は　眼も合はせでや夜を明かすらむ
かくてのち、人の参りけるにつけてまゐらせける
その日より落つる涙をかたみにて　おもひ忘るる時のまもなし
かへし　女房
目の前にかはりはてにし世のうさに　涙を君もながしけるかな
松山の涙はうみにふかくなりて　はちすの池にいれよとぞ思ふ
波のたつ心の水をしづめつつ　さかむはちすを今は待つかな

長々と引用したのは、これらの贈答が崇徳院の配流後の心境を代弁していると思うからである。院は変り果てた境遇を悲しみ、この世はともあれ来世こそはと願うものの、なかなか悟りに到達することができなかった。その心境への同情が、やがて院の怨霊《おんりよう》説となって都の人びとを畏怖《いふ》させることとなる。

『保元物語』によれば、院は「今生はしそんじつ」と後悔し、せめて後生菩提《ごしようぼだい》のために五部大乗経（法華経など）を血書し、これを都のしかるべき寺に奉納したいと願ったが、乱後に政権をにぎった入道信西が、たとえ手跡でも都へ入れることはまかりならぬと、抑止した。怒り心頭に発した崇徳院は、その後は髪もくしけずらず、爪もはやし放しにして

「生きながら天狗の姿にならせ給」い、写経を「三悪道」（地獄・餓鬼・畜生道）に抛《な》げい

れ、魔王となって国家を傾けようと呪いをかけたという。

この呪いの血書経は院の崩後、高野山に住する故院の皇子・元性法印の房に保管されたようである。年を経て寿永二年（一一八三）、木曾義仲が都に攻め上り平家一門が西海に走る直前、それが暴露され、朝野の人びとをふるい上がらせる。怨霊を鎮めるために保元の古戦場跡に粟田宮が創祀され、西行の子・慶縁が別当のひとりに選ばれた（『源平盛衰記』）。

西行に慶縁という子のいたことは明証を欠くが、西行と崇徳院の心の交わりからみて、子の別当選任もありうることである。なぜなら、『雨月物語』にも書かれたように、西行は崇徳院の崩後はるばると讃岐に渡り、白峰の墓に参って院の亡魂を慰めた。女房との音信や元性法印との接触を通じて、彼は早くから崇徳院の心境の平かならぬことを憂えていたのであろう。

讃岐にまうでて、松山の津と申す所に、院おはしましけむ御あとたづねけれど、かたもなかりければ

松山のなみにながれて来し舟の　やがてむなしくなりにけるかな
松山のなみのけしきはかはらじを　かたなく君はなりましにけり
白峰と申しける所に御墓の侍りけるに参りて

よしや君昔の玉の床《ゆか》とても　かからむ後は何にかはせむ（『山家集』）

この最後の「よしや君」という鎮魂の一首は、『久安百首』の「羇旅《きりよ》」十首の中で院の詠んだ、

松がねのまくらもなにかあだならむ　玉の床とて常の床かは

に唱和したものであろう。金殿玉楼も常住のものではないとの無常観を、院は旅寝の歌に託して吐露したのだが、その時には、まさか還るすべなき配流の旅に果てる身になろうとは、思い設けなかったにちがいない。いま怨念のむらむらと立ちのぼる墓にむかって、西行は昔の無常観を亡魂に想起させ、呪いを解いて成仏するよう勧めたのであった。

かやうに申したりければ、御墓三度まで震動するぞ怖しき。

と、『保元物語』は伝えている。

『保元物語』はこの西行の白峰行きを結末としているのだが、その前に蓮誉という「諸国一見の聖」が讃岐の配所を訪ねたとか、平康頼（『宝物集』の著者）が院の状況視察に派遣されたとかの話をのせている。こうした話の伝わるのは、崇徳院の配流を嘆き惜しむ者が、西行のほかにも多かったことを示すのであろう。やがて歌壇の中心に進出する俊成（八三「世の中よ」）もその一人で、家集『長秋詠藻』には、院の崩後「御供なりける人」から宸《しん》

筆《ぴっ》を受け取ったとして、院から贈られた長歌を収録している。歌意は、思わぬ配流の身となり去る者日に疎くなったさまを嘆き、「心の水し浅ければ　胸のはちす葉いつしかとひらけむ事はかたけれど」と未《いま》だ悟りを得ぬことを訴え、しかしその切なる願いを「まことの法となさむまで　あひ語らはむことをのみ　思ふ心を知るや知らずや」と結んでいる。俊成は、院が自分を思い出して下さったことに感銘し、「人知れず御返事を書きて、愛宕《おたぎ》の辺になむ遣らせ」たという。俊成の返歌は省略するが、それを「人知れず」供養して故院を弔ったというところには、西行のような自由な遁世者とちがい、乱後の体制の中で用心ぶかく保身に努めざるを得ない苦衷がうかがわれる。

松山へおはしまして後、都なる人のもとに遣はさせ給ひける　崇徳院

思ひやれ都はるかにおきつ波　立ちへだてたる心細さを（『風雅集』旅）

讃岐へ送られてのちの詠草は少なく、ましてや和歌に怨念をあらわに吐くことはなかったが、この一首などは院の万斛《ばんこく》の涙を汲《く》みとるに不足はないであろう。俊成の子定家が崇徳院を百人一首に加えたのは、思えば偶然のことではないのである。

三章　賜姓王氏の運命——良岑父子と在原兄弟

百人一首の天皇作者がそろって政治的敗者であることは、定家の選定方針の結果であって、ただちにこれを天皇歌人全体をおおう特徴とするわけにはいかない。現に後鳥羽院の『時代不同歌合』は、代々の勅撰集《ちょくせんしゅう》を下命した延喜帝（古今）・花山院（拾遺）・白河院（後拾遺）・崇徳院（詞花）および院自身（新古今）に敬意を表して、その作を入れた。定家がこれに異を立てたのは、承久の乱に敗れて隠岐《おき》に流された後鳥羽院への挨拶《あいさつ》の意味があると思う（終章参照）。しかし、後鳥羽院がフォーマルな役割を重視して選んだ五天皇さえ、延喜帝と白河院を除けば、帝王としての地位を全うしたとはいえない。そこに、平安時代の天皇の置かれた困難な政治的立場がある。

それはこういう理由であろう。わが国古代の政治史には、「藤原氏」という巨大な権力集団が力強く貫通していた。この氏族は、祖先鎌足の敢行した大化改新と不比等の編纂《へんさん》した大宝律令によって形成された律令国家体制を、その高官を数百年間独占しつつ懸命に擁護した。その一方、藤原氏は代々女子を後宮に入れ、天皇家にヒタと密着しつつ、貴族としての最高位を確保した。この律令官僚的立場と宮宰的立場の矛盾が結局古代国家の下降・衰退をもたらす。しかしその大きな政治的エネルギーは、周囲に絶えず大きな波紋を及ぼしたので、この氏に擁立された諸天皇の運命も例外ではありえなかった。ましてや藤原氏以外の貴族、すなわちいわゆる賜姓王氏や、古代氏族の末裔《まつえい》や、藤原氏の中でも政治性に欠けるタイプの人びとは、その大波に翻弄《ほんろう》されつつ生きなければならなかった。彼等はあたかもその困難な生き方の証《あか》しとして、詩を作り歌を詠んだ観がある。

政治と文化を対立的にのみとらえるのは単純すぎるけれども、近代以前の社会では、政治の無慈悲な拘束・抑圧に対して、文化が根源にひそむ創造的意志によって、体制を逸脱し抵抗する方向を取るのは、必然の仕儀であった。百人一首の作者たちもこの政治との宿命的対立にしたがって、それぞれ悲劇的な生き方をしなければならなかったのである。私は彼等の悲劇をこんなふうに理解する。そこでまず姓を賜わって臣籍に降下した皇族作者から語っていこう。専門語ではこれらの皇子・皇孫を「賜姓王氏」という。桓武平氏や嵯峨源氏など代々の源氏が代表的だが、百人一首にはなばなしく名をのこすのは良岑《よしみね》氏と在原氏である。

一二　天つ風雲のかよひ路吹きとぢよ　乙女のすがたしばしとゞめむ　僧正遍昭
二一　今こむといひしばかりに長月の　有明の月を待ち出でつるかな　素性法師

「天つ風」の作は、『古今集』の詞書《ことばがき》に「五節の舞姫をみてよめる　良岑宗貞」とあって、遍昭が出家する以前に詠まれたこと、俗名を良岑宗貞といったことが知られる。その子素性の俗名は知られていない。良岑氏の祖は遍昭の父良岑安世で、桓武天皇が女嬬《にょうじゅ》（下級女官）に生ませた皇子である。母系の卑しさのためかと思うが、彼は良岑朝臣《あそん》という姓を賜わって皇族の籍を脱けさせられた。しかし器量はなかなかのものだったらしく、しかも生母はこれより先藤原内麻呂と結ばれて異父兄冬嗣《ふゆつぐ》を生んだ人だから、藤原氏（北家）興隆の時勢にも合い、大納言まで昇進した。勅撰の『経国集』の撰者となり、最澄の比叡山《ひえいざん》草創を熱烈に後援したこの人は、はなやかな弘仁文化の推進者のひとりである。

その子宗貞は弘仁七年（八一五）の生まれで、仁明天皇のふかい寵愛《ちょうあい》をうけ、近衛《このえ》少将や蔵人頭《くろうどのとう》といった颯爽《さっそう》たる官職を経た。「天つ風」の作には、気鋭の官人が新嘗《にいなめ》の節会《せちえ》に奉仕して、天女のような舞姫たちにうっとりと見ほれている、天衣無縫の明るさがある。古代史にまれな三十年間の太平と寵児宗貞の個性は、こよなくマッチしていた。

ところが思いがけず、四十の賀を盛大に祝われたばかりの仁明天皇が急逝する。少壮三十五歳の宗貞は初七日を期して決然と出家した。大葬運営の役職に任ぜられていたのに、これを果さず先帝に殉じたのは乃木大将のような行動で、『文徳実録』はこれを評して、「宗貞は先皇の寵臣なり。先皇の崩後、哀慕已《や》むことなし。自ら仏理に帰し、以て報恩を求む。時人これを愍《あわれ》む」と感銘ふかげに記している。

たらちめ（母）はかかれとてしもうばたまの　わが黒髪を撫でずやありけむ（『後撰集』巻十七）

というのが、剃髪《ていはつ》に当っての悲痛な述懐であり、

みな人は花の衣になりぬなり　苔のたもとよ乾きだにせよ（『古今集』巻十六）

というのが、翌年先帝の喪があけて都に花の装いがもどったのを、はるか比叡山上で思いやっての心境である。

これらの歌を「天つ風」の軽やかなウイットと比べると、宗貞のうけた衝撃のほどが思いやられる。この遍昭と同様に仁明天皇を悼むあまり出家した人に、天皇の子常康親王が、いて、その旧居を寺とした雲林院《うりんいん》が、遍昭・親王や承均《そうく》法師・幽仙法師・素性法師ら遁世《とんせい》歌人の交わりの場となった。

雲林院の木のかげにたたずみてよみける　僧正遍昭

わび人のわきて立ち寄る木《こ》の下《もと》は　たのむかげなく紅葉散りけり（『古今集』巻五）

は、この歌交のしめやかなムードを推察させる作で、ここで遍昭は、みずからの境涯を「わび人」と観じていたのである（二章七九頁参照）。

この一群の「わび人」の交わりは、古今歌風成立への源流の一つとなった。しかし遍昭歌の世に知られた特質はこのような憂愁ではない。かの「天つ風」のような、あるいは女郎花を擬人化して興じた、

名にめでて折れるばかりぞ女郎花　われ落ちにきと人に語るな（『古今集』巻四）

秋の野になまめき立てる女郎花　あなかしがまし花もひと時（同巻十九）

房《ぼう》の前栽見に女どもまうで来りければ

ここにしも何匂ふらむ女郎花　人の物いひさがにくき世に（『拾遺集』巻十七）

などのような、軽妙なウイットに富んだ、野放図に明るい詠風であろう。その特質は出家以前だけでなく、晩年まで通じてみられる。

このことは、その後の遍昭の生き方に原因を求めることができる。彼は数年間比叡山上で台密の修行に没頭し、五十代に入るや、験力《げんりき》あらたかな名僧として再び宮廷に迎えられる。彼を皇太子貞明親王（のちの陽成院）の護持僧《ごじそう》（玉体安穏の祈禱《きとう》をする僧）に任じたのは、生母二条の后であった。やがて陽成天皇（三「つくばねの」）が廃されて光孝天皇（一五

「君がため」）が立つが、この大変動も遍昭には幸いした。光孝天皇は遍昭の母を乳母《めのと》として育ったらしく、つまり「君がため」の作者と「天つ風」の作者は、竹馬の友だった。そこで遍昭は光孝朝になるといよいよ重く用いられ、七十の賀を天皇みずから内裏で催されるほどの厚遇を受けた。

こうした栄達は、二条の后や光孝天皇のおかげだけではなく、遍昭が仏教界の指導者たるにふさわしい手腕家だったためである。僧正は、僧侶の統制機関「僧綱《そうごう》」の最高責任者で、遍昭は天台宗から出た最初の僧正である。そして遍昭の名によって発布された法令は数多く、僧侶の綱紀粛正とか殺生の禁断など重要案件をテキパキ指示している。また寺院経営にも彼は敏腕をふるい、二条の后の発願になる元慶寺《がんぎょうじ》（通称花山寺《かざんじ》）をあずかって、大規模に発展させた。

こうした後半生の華麗な活動の中で、遍昭の和歌は生み出された。彼は例の雲林院を休養のための住房としたが、そこで生まれた詠歌に、もはや「わび人」の愁いがにじみ出さなかったのは自然であろう。中世的美意識の先駆ともみるべき「わび人」という生き方では、遍昭は龍頭蛇尾に終ってしまった。のちの『新古今集』に収められた、

末の露本《もと》のしづくや世の中の　おくれ先立つためしなるらむ（巻八）

夕暮に蜘蛛のいとはかなげに巣がくを、常よりも

あはれと見て

ささがにの空にすがくもおなじこと　またき宿にも幾代かは経む（巻十八）

などが、かりに遍昭の作に紛れもないとすれば、この人にもつよい無常観が存したことになるけれども、仏教者としては当然の話である。「末の露」のような秀歌がなぜ『古今集』に入らなかったのか、『新古今集』の撰者たちは不思議がったというが（久保田淳『新古今和歌集』上）、実は新古今撰者が感銘したほど、遍昭自身は情をこめて詠ったわけではないのだろう。心の底から湧く無常感が人の心を占めるには、遍昭の生きた時代はまだ早すぎた。

僧正遍昭の翳《かげ》りなき明るさとその故に奔り出るウイットは、このあとに述べる業平（一七「ちはやぶる」）・行平（一六「立ち別れ」）らの同時代人よりも、次代の紀貫之（三五「人はいさ」）らと体質的に近いように思われる。その事は、素性においてなお考えてみたい。いずれにせよ、『古今集』の知的詠風への再評価が進みつつある昨今、遍昭はもうすこし検討を加えるべき存在ではないだろうか。

素性は遍昭の子である。良岑宗貞の子には、素性と由性の二人の僧侶がいた（『本朝皇《こう》胤《いん》紹運録』）。由性が兄で、父の出家した年に十歳くらいだから、弟素性はまだ物心もつかぬ年頃だろうが、ともに父に従って仏門に入った。由性は延暦寺別当・律師・少僧都など立派な経歴をもつので、官僧として精進したようだが、素性の方は一風変った生き方をつらぬいた。

『大和物語』百六十八段の遍昭出家譚《たん》には、遍昭が「法師の子は法師になるぞよき」と言って共に出家させた子は、「心にもあらでなりたりければ、親にも似ず、京にも通ひてなむし歩《あり》きける」とある。つまり、子は自発的に出家したわけでないから道心がうすく、市中で色好みなどにふけったというのである。これは由性のことか素性のことか不明で、説話的潤色がはなはだしく、確かな記述ではないけれども、後人に「延喜の遊徒」（『本朝文粋』藤原有国）などと呼ばれた素性の生き方は、およそそんなものだったろう。そもそも素性には抹香くさい作がまったくない。春風駘蕩《たいとう》たる現世の雰囲気だけがあふれている。

いま春風駘蕩といったが、『古今集』に採られた素性の三十六首の中で、質量ともに圧巻をなすのは春の歌である。

よそにのみあはれとぞ見し梅の花　あかぬ色香は折りてなりけり
散ると見てあるべきものを梅の花　うたて匂ひの袖にとまれる
　山のさくらを見てよめる
見てのみや人に語らむ桜花　手ごとに折りて家づとにせん
　花ざかりに京をみやりてよめる
見わたせば柳桜をこきまぜて　みやこぞ春の錦なりける（以上巻一）
　さくらの花の散りはべりけるを見てよみける

花散らす風のやどりはたれか知る　我にをしへよ行きてうらみむ

雲林院のみこのもとに、花見に北山の辺にまかれりける時によめる

いざけふは春の山辺にまじりなん　暮れなばなげの花の影かは

春の歌とてよめる

いつまでか野辺に心のあくがれむ　花し散らずは千世もへぬべし

おもふどち春の山辺に打ちむれて　そこともいはぬ旅寝してしが（以上巻二）

列挙すると梅花二首、桜花五首、他一首で、舶来の梅より山野自生の桜へという、時代の好みの移りゆきを典型的に示している。それはまた、梅花を暗香浮動の詩趣でとらえる唐風から、桜狩りのうたげで歌詠む和風への、文化的転換をも示している。「思ふどち」連れ立って「春の山辺」に「旅寝」し、そこに咲く「山のさくら」を見て興ずる。これが素性の出家生活の実態であった。

「延喜の遊徒」の称は、げにこの生態にふさわしい。

右の「いざけふは」の歌の詞書に、「雲林院のみこのもとに」云々とあるように、素性もかの常康親王と父遍昭を中心とする雲林院の「わび人」の群に加わって作歌にはげんでいた。前述のように、この交わりは陽成・光孝朝における父遍昭の栄達とともに解消するが、素性はひとり京を去って大和国石上《いそのかみ》の「良因院」に隠棲《いんせい》した。石上の地は遍昭の母の

里だったらしく、通称を石上寺《いそのかみでら》という良因院も、良岑氏ゆかりの寺だったのであろう。この隠棲は、素性が父や兄とは異なる「わび人」の生活を、終世つらぬいたことを意味する。しかし素性の隠遁は、のちの桑門歌人に比べて道心の薄かったことも否めない。

いづくにか世をばいとはん心こそ　野にも山にも迷ふべらなれ（『古今集』巻十八）

これは素性の率直な告白である。厭離《えんり》の念に徹して山中深く跡を没する心境には遠い。彼は俗界の周辺で、迷悟の間をむしろたのしげに徘徊《はいかい》していた。実際に素性歌の詞書には、「二条の后」に屏風歌《びょうぶうた》を召されたとか、「寛平の后宮《きさいのみや》の歌合」に出詠したとか、「本康のみこ」（仁明皇子）の七十の賀に詠進したなど、宮廷・貴紳の用命に応じる売れっ子ぶりを示すものが多い。『後撰集』（巻十六）には、「延喜の御時、御馬をつかはして、早く参るべきよし仰せつかはしたりければ」早速参上したなどともみえ、晩年まで宮廷の恩顧に浴していた。

素性の人気を示す逸話は、昌泰元年（八九八）宇多上皇の宮滝御幸の際のことである。譲位後文事と仏事にふけっていた上皇は、菅原道真（二四「このたびは」）・紀長谷雄《きのはせお》らお気に入りの側近大勢をしたがえ、馬に騎《の》って京を出発し、供奉《ぐぶ》の官人を左右に分けて狩りを競わせながら南下した。そのさまは紀長谷雄の筆（『紀家集』）に詳述されているが、たとえば赤目御厩《みうまや》での一夜、数百羽の獲物に意気上がった一行は徹宵痛飲し、平好風（色好みの平中の父）が座に侍る遊女たちの「懐《ふところ》を探り口を吮《す》う」などして戯れた。長谷雄は馬に

脚を踏まれてやむなく帰京したが、一行はさらに南都を経て吉野を目指した。『扶《ふ》桑略記《そうりゃっき》』にいう、

上皇馬上に勅して曰《いわ》く、「素性法師まさに良因院に住すべし。使を馳《は》せて路次に参会せしめよ」と。即ち右近番長《うこんのばんちょう》・山辺友雄を差してこれを請ふ。法師、単騎路頭《ろとう》に参会す。上皇感嘆したまふ。法師、笠を脱ぎ鞭を揚げ、前駆して行く。勅して曰く、「相随ふはすべてこれ白衣の禅師なり。称もすべからく仮りに俗法に随ふべし」と。よりて号して良因朝臣《りよういんのあそん》といふ。住所の名を取るなり。

石上寺に隠棲していた素性は、馬をとばして上皇の召しに応じ、たわむれに良因朝臣の俗称をもらって供奉したというのだ。上皇はこの「和歌の名士」の首唱のもと一同に作歌させて旅の興とし、ついに万葉の名所宮滝に至った。その帰路の記述をも引く。

この日山水興《きょう》多く、人馬漸く疲る。素性法師・菅原朝臣・（源）昇朝臣等の三騎、銜《かん》尾《び》（一列縦隊）して行く。素性法師問ひて曰く、「此の夕べいづこにか宿りを致すべき」と。菅原朝臣声に応じて誦して曰く、「前途いづこにか宿するを定めず。白雲紅樹、旅人の家なり」と。山中幽邃《ゆうすい》にして、人の、句を連ぬるもの無し。菅原朝臣高声に呼びて曰く、「長谷雄いづくにか在る」と。再三止めず。けだしその友を求むるならむ。

和歌の素性と詩の道真の二作者が、古今勅撰の事実上の推進者・宇多上皇をめぐって交

わした風流は、このようなものであった。しかも、

二四 このたびはぬさもとりあへず手向山《たむけやま》　紅葉のにしき神のまにまに　菅 家

という一首は、『古今集』（巻九）に「朱雀院《すざくいん》（宇多上皇）の奈良におはしましける時に、手向山にてよめる」とあるとおり、奇しくもこの時に詠まれたのだ。

一行が龍田山を越えて河内国《かわち》に入り、住吉の浜に至るまで供奉した素性は、そこで御衣と御馬を賜わって、名残を惜しまれつつ石上に帰った。この一事にみられるような、俗界と即《つ》かず離れずの隠遁《いんとん》生活こそ、彼の軽快な詠風を生んだ秘密であろう。

前引の春の歌の中で、後世もっとも愛唱されたのは「見わたせば」の一首である。蔵中スミ氏（「素性小考」）によれば、「作者は眼前の桜に重ねて、漢詩の世界を二重に重ね、いわゆる『あやの世界』に想を馳せて、自由に遊び得たのである」という。また氏によれば、素性歌を高く再評価した定家は、なかんずく「見わたせば」の一首を愛したらしく、これを本歌とした定家の作は生涯を通じて多いという。

その定家が百人一首に、これとは別の恋歌を入れたのは何故だろうか。かげりなきウイットを本領とする素性は、恋歌をあまり得意としなかったようで、質量ともに貧弱である。たとえば、

こよひ来む人にはあはじ七夕の　久しきほどに待ちもこそすれ（『古今集』巻四）

牽牛《けんぎゅう》・織女のように一年も待つことになっては困るから、七夕の今夜会うのはよそうや――ここには恋歌に必須の感動が、はじめから欠けている。だから秋の歌にはなっても恋歌とはならない。

音にのみきくの白露よるはおきて　ひるは思ひにあへず消《け》ぬべし（同巻十一）
秋風の身に寒ければつれもなき　人をぞたのむくるる夜ごとに（同巻十二）
今来んといひしばかりに長月の　ありあけの月を待ちいでつるかな（同巻十四）
秋風に山の木の葉のうつろへば　人の心もいかがとぞ思ふ（同）
そこひなき淵やはさはぐ山河の　浅き瀬にこそ仇浪は立て（同）

これが『古今集』恋部に入った素性歌のすべてである。「秋風の」の作は、「秋」に「飽き」を掛ける。この発想はまだ後世のように手あかにまみれていなかったが、身をぬくめる布団代りにされては、恋人も興ざめであろう。「そこひなき」の作のように乙に澄ますのも、通俗的教訓歌とした後世の受容はさておき、恋愛にふさわしからぬ醒《さ》めた意識が鑑賞の邪魔になる。ただ古今撰者の眼には、こうした乾いた詠み口が新鮮に映ったらしく、素性作が三十六首も入集した理由はそこにあった。そして『後撰集』に七首、『拾遺集』にわずか二首、その後は『新古今集』まで完全に忘られたのも、その好評の反動であろう。

そうした忘却の中で、「今こむと」の一首だけは不思議に永い生命をたもった。出発点はこの作が壬生忠岑（三〇「有明の」）の歌論『和歌体十種』に、「余情体」の模範として採

られたことにある。貫之の、

思ひかね妹がり行けば冬の夜の　川風寒み千鳥なくなり

のような名歌と並べて、「この体、詞一片を標して義万端に籠る」とされた。素性にしては珍しくすなおな作である。

一六　立ち別れいなばの山の嶺に生ふる　まつとしきかば今かへり来む　中納言行平
一七　ちはやぶる神代も聞かず龍田川　からくれなゐに水くゞるとは　在原業平朝臣

遍昭・素性が桓武天皇の血をひくのに対して、在原兄弟は桓武の嫡子平城天皇の子孫である。この二皇孫が在原朝臣の姓を賜わって臣籍にくだったのは、天長三年（八二六）であった。その年彼等の父阿保《あぼ》親王は、兄高丘親王の子が先年在原朝臣となった例にならいたいと朝廷に請願したが、この請願の背景にはきわめてきびしい政治状況が横たわっている。

阿保親王はこれより十六年前の弘仁元年（八一〇）、父平城上皇と嵯峨天皇の対立によって起こった薬子《くすこ》の変に連坐《れんざ》して大宰府《だざいふ》へ流され、十五年後、父上皇の死によってようやく帰京を許された。この間の弘仁九年（八一八）、三男行平王がおそらく大宰府で生まれ、帰京の後、正妻と思われる伊都《いと》内親王（桓武の皇女）から五男業平王が生まれた。阿保親王が流謫《るたく》の日々を送る間、平安京では嵯峨天皇のもとに弘仁文化の華がひらいていた。平城上皇は奈良の古京に幽閉の身であり、薬子の変まで皇太子だった高丘親王はその地位を追われた後、仏門に入って真如と名乗った。真如親王は後年入唐し、さらに天竺《てんじく》に渡ろうとしてむなしく異境の土となるが、彼はこれより先おそらく弘仁の末頃、その子善淵王・安貞王らを臣籍に下すことを朝廷に請願したのであった。

その事情はおそらくこういうことだったろう。親王が先帝の嫡流である以上、自身は廃太子の身であってもその子たちには皇位継承の資格がある。資格があるということは、善淵王らをめぐって陰謀の企てられる危険がつねにあるということである（現に後年阿保親王がその危険にまきこまれる）。そこで親王はいわゆる明哲保身の策として自身は仏門に帰し、子は臣籍に下して、私どもは皇位に何の野心も持ちませぬという態度を表明したのだ。私はそう推測している。

高丘親王がこうした処置に出た直後、嵯峨天皇は皇太弟（淳和天皇）に譲位するとともに、わが子正良《まさら》親王（仁明天皇）を皇太子に立てることによって、皇位を嵯峨・淳和両系統交互に伝える方針を明示した。そして翌年平城上皇が崩じて、嵯峨上皇の権威は揺るぎないものとなる。こういう状況の下に帰京を許された阿保親王が、わが子行平王・業平王らを臣籍に下そうと請うたのは、敗者の身としてやむを得ざる配慮であったろう。

行平・業平はこういう星の下に生まれた。そして彼等が成長して二十五歳と十八歳になった時、また一つの危機が彼等を襲う。すなわち「承和《じょうわ》の変」である。承和九年（八四二）七月、ながい年月絶大な権威をもっていた嵯峨上皇が病んで死を迎えようとしていたある夜、春宮坊帯刀《とうぐうぼうのたちはき》・伴健岑《とものこわみね》と但馬権守《たじまのごんのかみ》・橘逸勢《はやなり》という二人の下級官人がひそかに阿保親王を訪ね、「いまや待望の乱が起ころうとしています、さあ東国へ参りましょう」と謀反《むほん》をそそのかした。親王は狼狽《ろうばい》し、数日苦悩した末、ついに密書を嵯峨太后（橘嘉智子）に送り、一件を暴露することによって身の潔白を訴えた。

太后は中納言藤原良房にこれを示し、良房はただちに兵を動員して健岑・逸勢を捕えた。さらに皇太子恒貞親王（故淳和上皇の子）も謀反に責任ありと称してこれを廃し、その侍臣を流罪にした。代って良房の妹（藤原順子）の生んだ道康親王（文徳天皇）が皇太子に立てられ、これを機として外戚《がいせき》良房は政権への大道を歩きはじめる。

良房の策略によって事態がこのように意外な方向へ急展開するのを、阿保親王はかたく門をとざして見守っていたが、密告の三か月後に忽然《こつぜん》と世を去った。死因が何であったかは知るよしもない。朝廷は密告によって大乱を未然に防いだ功ありとして一品《いっぽん》（親王の最高位、太政大臣と同格）を追贈したが、その栄光と裏腹に、親王自身の心中は密告者の屈辱にまみれていたであろうし、自滅にも似た父の死を見守る行平・業平二青年の心事も、挫折《ざせつ》感に打ちひしがれていたのではなかろうか。

私はかつて「在原業平の歌人的形成」(『平安文化史論』)という論文に、「彼等のその後の精神と行動に、必ず事件は深刻な影響を及ぼすであろう。行平の剛直と政治性、業平の放縦と非政治性は一見正反対に見えるけれども、ともに亡父のみじめな敗北を切実な教訓として、より強烈により自由に生きようとした結果ではなかったか」と書いた。その考えは今も変らない。彼等の対照的な生き方を追ってみよう。

百人一首の「一六 立ち別れ」の歌は、作者行平が因幡守《いなばのかみ》として赴任するさいの離別の詠である。在任は文徳朝の斉衡《さいこう》二年(八五五)から二年間くらいで、三十代の終り頃だ。それまで武官のエリートコースを歩いてきた作者にとって、おそらくはじめての地方官で、淡々たる挨拶《あいさつ》のかげに都への未練が隠しきれず漂う。別に左遷というわけではなくとも、喜び勇んで遠い地方へ出かける気にはなれぬ王朝貴族共通の感情に、作者も支配されているようだ。

しかしこの地方体験は、行平を当代屈指の民政家たらしめる。二十年ほど後に、行平は大宰《だざいの》権帥《ごんのそち》として赴任し、九州の民情をつぶさに視察し、さまざまな欠陥を是正する意見を中央政府へ具申した。正史に記載されたそれらの事実は、ここで説明するには難解すぎるので省くが、たとえば当時も九州諸国から「防人《さきもり》」が対馬《つしま》へ派遣されていた。昔は現地で結婚し漁法を学んで土着した者も多かったが、当節は逃亡者が多くて、いたずらに良民を失うだけになっている、だからこの際諸国からの派遣を止めて現地人を雇うことにするがよかろう。こういった実態を鋭くつかんだ献策がいろいろある。

平安初期には、民生安定に一家言をもち敏腕をふるった良吏が多く出た。次の時代の、収奪に狂奔しただけの受領《ずりょう》とは対照的だが、行平は良吏の中でも屈指の大物であった。

良吏のひとりに橘良基という者がいた。信濃守《しなののかみ》の時土豪の争いに介入したため政府から責任を問われ、取り調べ中に獄死してしまう。くわしい事情は残念ながら分らないが、彼は清貧の硬骨漢で、その死は心ある者の同情を呼んだらしい。これに対して敢然と私財を投じて盛大に葬儀をいとなませたのが、わが行平であった。この一事は、政府の意向などをはばからぬ稜々たる気骨を示している。

こういう人物だから、行平はやがて公卿《くぎょう》に昇って国政にたずさわった際には、しばしば少数意見を主張して、関白藤原基経の権勢に抵抗した。たとえば石見《いわみ》国で郡司が国司を襲撃する事件が起こり、これを取り調べた刑部省《ぎょうぶ》がおざなりな喧嘩《けんか》両成敗の判決を出したところ、中納言行平は参議橘広相《ひろみ》とともに異論を唱えて譲らず、半年後ようやく文書に署名したことがある。橘広相は後に宇多天皇の腹心として、関白基経と真向から対決する人物だから、場合によっては行平もそうした立場に追いこまれる危険性を秘めていたことになるだろう。

いや現実に行平が苦境に立った事実が、次の作によって知られる。

田むらの御時（文徳朝）に、事にあたりて摂津《つ》の

国の須磨といふ所にこもり侍りけるに、宮のうち
に侍りける人につかはしける　　在原行平朝臣
わくらばに問ふ人あらば須磨の浦に　藻塩《もしお》垂れつゝわぶとこたへよ

行平は何か不首尾があって須磨《すま》に籠居《ろうきょ》しなければならなかった。その時期も原因も、今では推測の手がかりさえない。ただ須磨に退いたのは、そのあたりに在原氏の所領があったためらしい。いま芦屋《あしや》市内に阿保親王の墓と伝えられるものがあったり、『伊勢物語』に摂津国の地名がよく出ることなどからおぼろげに推定されるし、八十七段に、

むかし、おとこ、津の国むばらの郡、芦屋の里にしるよしして（領地があって）、行きて住みけり。

と記されたのも、虚構とばかりはいえない。この八十七段は「昔男」とその兄の一行が布引の滝を見に行って歌詠みかわす話だが、そこには行平とおぼしき「衛府《えふ》の督《かみ》」の、

わが世をばけふかあすかと待つかひの　涙の滝といづれ高けん

という作が入っている。身の不遇に悲涙を流したこの歌と似た作はもう一首、『古今集』（巻十七）に、

布引の滝にてよめる　　在原行平朝臣

こきちらす滝の白玉ひろひをきて　世のうき時の涙にぞ借る

というのがある。いずれも「わくらばに」の歌と共通な鬱情《うつじょう》につらぬかれていて、行平の剛直な性格が、彼を苦境におとしいれた事実を裏付ける。この布引の滝での風流は、須磨籠居の徒然をなぐさめるもよおしであったらしく、行平・業平兄弟の和歌は、そうした波《は》瀾《らん》の実生活の中から生まれ育ったものである。行平の場合は政治行動による波瀾、業平の場合は色好みによる波瀾という、大きな違いはあるにしても。

『源氏物語』須磨の巻がこの行平の籠居をヒントに構想されたことは、あまりにも有名である（序章一五頁参照）。

（光源氏の）おはすべき所は、行平の中納言の、藻塩たれつつわびける家居近きわたりなりけり。海づらはやや入りて、あはれにすごげなる山中なり。垣のさまよりはじめてめづらかに見たまふ。茅屋ども、葦ふける廊めく屋など、をかしうしつらひなしたり。所につけたる御すまひ、やう変りて、かかるをりならずは、をかしうもありなましと、昔の御心のすさび思し出づ。

須磨には、いとど心づくしの秋風に、海はすこし遠けれど、行平の中納言の、「関吹き越ゆる」と言ひけん浦波、夜々はげにいと近く聞こえて、またなくあはれなるものは、かかる所の秋なりけり。

御前にいと人少なにて、うち休みわたれるに、独り目をさまして、枕をそばだてて四方の嵐を聞きたまふに、波ただここもとに立ちくる心地して、涙落つともおぼえぬに枕浮くばかりになりにけり。

こうした『源氏物語』のしめやかな叙述が、行平の籠居のさまをどの程度反映するのかは分らないが、定家が行平を百人一首に選んだ時、物語の名場面が実在の行平像と溶け合っていたことは間違いあるまい。文中の「関吹き越ゆる」の歌は、鎌倉中期勅撰の『続古今集』(羇旅《きりよ》)に、

津の国すまといふ所に侍りける時よみ侍りける
中納言行平

旅人は袂すゞしくなりにけり　関吹きこゆる須磨の浦波

として採られている。壬生忠見の家集にも入っているので、はたして行平の作か否か疑問があるが、誤りの多い私家集よりも「日本紀の局」とうたわれた紫式部の引用の方を信用して、行平の作とみたいと思う。ともかく、『伊勢物語』と『源氏物語』を経て形成された行平中納言のイメージは、百人一首からさらに謡曲「松風」へと受けつがれた。つまり行平は、単に弟業平の七光りで後人の心にのこったのではない。

もっとも文芸史上の行平は、右の剛直の官人、述志の作者のほかに、もう一つの面をも

っている。「在民部卿歌合《ざいみんぶきょう》」という一巻が伝わっていて、彼は現存最古の歌合の主催者という光栄をになう。今のこるのは、ほととぎすを題とした二十首（左右各十首）と恋歌四首（左右各二首）だけの断片にすぎないし、作者も惜しいことにすべて「読み人しらず」である。しかし田園の風情をあらわした「洲浜《すはま》」（飾りつけ）などが用いられ、のちの優雅な歌合行事の工夫がすでにされていたようにみえる。

弟業平はこの歌合のおこなわれる二十年も前に世を去ったが、老境の行平はひたひたと迫りくる古今勅撰の気運に、積極的に加わっていたのであろう。つまり彼は前述の硬骨政治家の半面に、みやびな宮廷貴族としての好尚をもっていた。逸話をひとつ紹介すると、彼は早く女子を清和天皇の後宮に入れ、男女各一人が生まれた。元慶六年（八八二）、皇太后高子の四十の賀宴が催された時、八歳の貞数親王は陵王《りょうおう》をみごとに舞い、群臣を感心させた。舞台の下で見守っていた外祖父行平は、悦《よろこ》びのあまり幼ない親王を抱きかかえ、こおどりして退出したと正史にある。

行平は藤原氏の「勧学院」に対抗すべく、王氏の子弟の勉学施設として「奨学院」を創設したりして、源氏・平氏を含む賜姓王氏のリーダーたる自負をいだき、あわよくば外戚《がいせき》として政権をとろうとする覇気も秘めていたのであった。しかし冷酷な策士タイプでない彼は、海千山千の藤原氏の敵ではなく、晩年には貴族文化のリーダーを役どころとするに至った。歌合という新しい行事の先駆も、この人にふさわしい。古今真名序は「風流、野《や》宰相《さいしょう》（篁）の如く、軽情、在納言《ざいとうげん》（行平）の如しといへども、皆他の才を以て聞こえ、この道（和歌）を以て顕はれず」と、その出現の早すぎたことを惜しんだが、しかし行平の国風再興への寄与は小さくはなかったと思う。

行平・業平兄弟の悲劇的な生涯のうち、筆を前者についやしすぎた。弟の「在五中将」業平はもとより兄よりもずっと重要な存在だが、私は『日本詩人選』にくわしい評伝をものし（『在原業平・小野小町』）、他にも論文や啓蒙《けいもう》的文章をしばしば書いたので、このたびは百人一首の「ちはやぶる」の一首の背景にふれるにとどめたい。

これは『古今集』に、「二条の后の春宮《とうぐう》のみやす所と申しける時に、御屛風にもみぢ流れたるかたをかけりけるを題にて詠める」（巻五）という詞書《ことばがき》で、素性の作と並べられた歌である。「二条の后」高子が皇太子（清和天皇）のもとに入内した後屛風歌を召され、業平・素性らはこれに応じたのだ。これは高子の後宮が国風の勃興《ぼっこう》に寄与したものとして注目されるが、それよりも、当時も後世の人びとも、高子と業平との有名な恋を歌の裏面に探ろうとする誘惑を禁じえなかった。

歌には「神代も聞かず」とあるが、これについて角田文衛氏は、「神代」とは、遠い昔二人に「特殊な関係があったこと」を示しているのだといわれた。この二人の「特殊な関係」が、『伊勢物語』第四段の、

月やあらぬ春や昔の春ならぬ　わが身ひとつはもとの身にして

の一首をめぐる、失われた恋人をしのぶ話、第五段の、

　人知れぬわが通ひ路の関守は　よひ〳〵ごとにうちも寝ななむ

をめぐる初々しい恋の話、あるいは第六段の、恋人が鬼に食われた芥川《あくたがわ》の話などを指すことは言うまでもない。

　実は、私はむかし論文（「在原業平の歌人的形成」）の中で、「スキャンダルが火の無いところに煙が立たぬとしても、如上の伊勢物語各段に描かれた人を高子に比定したのは、十世紀以後の何びとかではなかろうか」と疑い、高子も業平もともに奔放な性格で、しかも後年高子が業平を贔屓《ひいき》にしたことから、「二人の若き日のロマンス」が「針小棒大」に噂されることになったのかも知れないなどと書いた。そこで角田氏に、「二人の情事の史実性を否定する立場」を取る、気の利かぬ「一部の学者」の代表にあげられ、「物語に見えるが故に史実性を一切認めぬと言うのは、あらゆる説話の内容を頭から信ずるのと同様、いささか武断に過ぎるのではなかろうか」と叱られてしまった。しかし、私といえども業平・高子の若き日の恋を頭から否定したわけではない。ただその論文は、それまで漠然と「昔男」と混同していた業平の伝記を、『伊勢物語』の虚構から極力引き離すことによって、より確実に基礎付けようという方法論に立っていたために、「針小棒大な噂」の部分に疑問をさしはさまざるを得なかったにすぎない。

　持ち前の「閑麗」な容貌《ようぼう》と「放縦不拘」（『三代実録』）の情熱のため色好みの典型ともて

はやされ、その報いとして出世の裏街道を歩いた業平を、突如として蔵人頭《くろうどのとう》という要職に抜擢《ばってき》した異色の人事は、まさしく皇太后高子の業平への愛情を抜きにしては考えられない。そうでなくとも乱行がすぎる高子と陽成帝の宮廷に、名だたる色好みの業平中将が一枚加わったことに、太政大臣基経などは眉《まゆ》をひそめたにちがいない。業平が間もなく起こる陽成帝の廃立の前に世を去ったのはしあわせであった。

業平の生涯をいろどるロマンスは、この「二条の后」との若き日の悲恋をはじめ、伊勢の斎宮と一夜のちぎりを結んで関係者を周章狼狽《ろうばい》させた行動、また弟（清和天皇）との皇太子争いに敗れた失意不遇の惟喬《これたか》親王との風流の交わり、また「身を用なきものに思ひなして、京にはあらじ、東《あずま》の方に住むべき国求めにとて行きけり」（『伊勢物語』第九段）という東下りなど、どの一つを取っても際立った冒険的性格を帯びている。実際の東下りは必ずしも「身を用なきもの」と絶望し、都へもどらぬなどと決意した流浪ではなく、公務を放り出してののんきな物見遊山的要素もたっぷり含まれていたとみられ（拙著『漂泊』）、物語作者による大幅な悲劇的脚色があったのだろう。しかしそうした虚構へ物語作者を誘惑したのは、実在の業平の歌の強烈な魅力であったはずだから、物語は業平の履歴などよりもはるかに彼の内面の真実や歌の魅力の根源を語ってくれるであろう。二十年前に実在の業平像を『伊勢物語』の「昔男」と区別しようとする目的で論文を書いた私は、それがほぼ学界に認められたように見受けられる現在では、逆にこのように述べてもよいと考える。それは私のささやかな満足でもある。

さて「月やあらぬ」の作はすでに引いたが、惟喬親王に随《したが》った渚院《なぎさのいん》の桜狩で詠まれた、

　　世の中にたえて桜のなかりせば　春の心はのどけからまし

や、比叡山麓に隠棲《いんせい》した親王のわび住いを訪ねての、

　　忘れては夢かとぞ思ふ思ひきや　雪踏みわけて君を見んとは

や、隅田川のほとりで望郷の思いを詠いあげた、

　　名にし負はばいざ言問《ことと》はむ都鳥　わが思ふ人はありやなしやと

など、業平の絶唱はいくらもある。それらの中から、公任は「世の中に」を推し（『三十六人撰』）、また中世になると「月やあらぬ」は模倣も許されぬほど神聖視されたのに、定家はあえて「ちはやぶる」の一首を選んだ。しかも「からくれなゐに水くくるとは」は、定家の解釈したように紅葉の下をくぐって水が流れる意味ではなく、紅葉散りしく水面を水の「くくり染め」と形容したのだという真淵（『宇比麻奈備』）の意見が正しいようである（島津氏説）。どのみち定家の選歌は、わが意を得たものとは言うことができない。

　しかし、ここでそれをとやかく言っても仕方がない。もともと定家は純粋に独自の美学を構築しようとしたのだし、私は百首に便乗して勝手な夢を描こうというのだから、代表作としたい作が一致するわけもない。「ちはやぶる」の歌が二条の后との大ロマンスに関

わる作だということに、いまは満足すべきなのであろう。

一四　陸奥のしのぶもぢずり誰ゆえに　みだれそめにし我ならなくに　河原左大臣

賜姓王氏の中心は代々の源氏である。弘仁五年（八一四）のこと、子沢山の嵯峨天皇は、これをみな親王に待遇しては国家財政がもたないという理由から、男女八人に「源朝臣」の姓を賜わり、臣下とした。いわゆる嵯峨源氏である。この賜姓は、在原氏のような窮境におちいっての処置ではなく、むしろ官界でのびのびと才能を発揮する機会を与えられたのだ。だから源信《まこと》、同常《ときわ》、同融《とおる》らの兄弟はみな左大臣・右大臣に昇進し、北家藤原氏と並ぶ偉容を呈した。しかし、それは官位の高さだけのことで、あくどい野心や手のこんだ策略などに不得手な源氏の公達《きんだち》は、良房・基経の対抗馬となるべくもない。信が応天門の変に巻きこまれたり、融が陽成廃立や阿衡《あこう》事件に関わったりしたように、とかく受身で政治の波間に翻弄《ほんろう》され、そうしたわずらわしさを厭《いと》うて仏門に帰した者も何人かいる。

この温厚な君子たちの中で最も個性的な人物が、「陸奥の」の歌の作者、「河原左大臣」こと源融である。この通称は、彼が賀茂《かも》川のほとりに「河原院」と呼ばれる豪奢《ごうしゃ》な別邸を営んだことによる。融は他に嵯峨にも「棲霞観《せいかかん》」（いまの釈迦堂《しゃかどう》）、宇治にも名称不明の別荘を構えたが、中でも河原院は陸奥の名所塩釜《しおがま》に似せた形の池を造り、難波の海からわざわざ海水を運んで海の魚介を飼育したというほど、贅《ぜい》を尽した（『今昔物語』）。「陸奥の」の一首は女に身の証《あか》しをたてた恋歌だが、「陸奥のしのぶもぢずり」という修辞は、はるかな陸奥への憧《あこが》れをしのばせ、河原院の造園趣向といかにもよく対応する。「河原左大臣」は、こうした豪奢な生活と放胆な気象で、賜姓王氏一般のもつ陰翳《いんえい》に富んだ生き方の例外にさえみえる人だが、彼も基経が陽成天皇の摂政となる際に、眼の上のこぶとして引退を強いられたことがある（『三代実録』）。『後撰集』（巻十五）に、

　家に行平朝臣まうで来たりけるに、月の面白かりける夜、酒などたうべてまかりたたむとしけるほどに　　　　河原左大臣

照る月を正木の綱によりかけて　あかず別るる人をつながむ

　かへし　　　　行平朝臣

かぎりなき思ひの綱のなくばこそ　正木のかづらよりもなやまめ

という贈答がある。集の配列からみて失意の境遇を慰め合った作だから、融にも行平の須磨のわび住いに似た時期があったようである。

融の死後さしもの豪邸河原院も急速に荒廃の一途をたどり、しかもその廃園が不遇をか

こつ賜姓王氏の人びとの風流の場となってゆくが、その末路のさまは六章で語ろう。

四章　古代氏族の没落——小野氏と紀氏と

七 あまのはらふりさけみれば春日なる　三笠の山に出でし月かも　　安倍仲麿
一一 わたのはら八十島かけて漕ぎ出でぬと　人には告げよ海人の釣舟　　参議篁

　この二首は、『古今集』九羇旅《きりよ》の冒頭に、それぞれ、「もろこしにて月を見てよみける」と、「隠岐の国に流されける時に、舟に乗りて出で立つとて、京なる人のもとにつかはしける」という詞書《ことばがき》を付して収められている。前者は望郷の思い、後者は流謫《るたく》の歎《なげ》き、また前者は奈良時代、後者は平安初期の人など状況に差はあるが、安倍（正しくは阿倍）朝臣《あそん》も小野朝臣も大和朝廷に仕えた有力な古代氏族で、次に述べる諸氏族ともども、百人一首の作者たちの頃には急速に没落の道をたどっていた点は共通である。

　ついでに古代氏族出身の百人一首作者を並べてみれば、

九　花の色はうつりにけりないたづらに　我が身よにふるながめせしまに　小野小町
二二　吹くからに秋の草木のしをるれば　むべ山風をあらしといふらむ　文屋康秀
二三　月見れば千々にものこそ悲しけれ　我が身ひとつの秋にはあらねど　大江千里
二四　このたびはぬさもとりあへず手向山　紅葉のにしき神のまにまに　菅家
二九　心あてに折らばや折らむ初霜の　おきまどはせる白菊の花　凡河内躬恒
三〇　有明のつれなくみえし別れより　暁ばかりうきものはなし　壬生忠岑
三一　朝ぼらけ有明の月と見るまでに　吉野の里にふれる白雪　坂上是則
三二　山川に風のかけたるしがらみは　流れもあへぬ紅葉なりけり　春道列樹
三三　久方の光のどけき春の日に　しづ心なく花の散るらむ　紀友則
三五　人はいさ心も知らずふるさとは　花ぞむかしの香に匂ひける　紀貫之
三六　夏の夜はまだ宵ながら明けぬるを　雲のいづくに月やどるらむ　清原深養父
三七　白露に風のふきしく秋の野は　つらぬきとめぬ玉ぞ散りける　文屋朝康
四一　恋すてふわが名はまだき立ちにけり　人知れずこそ思ひそめしか　壬生忠見
四二　契りきなかたみに袖をしぼりつつ　末の松山なみ越さじとは　清原元輔
四六　由良の門を渡る舟人かぢをたえ　ゆくへも知らぬ恋の道かな　曾禰好忠
四九　みかきもり衛士のたく火の夜はもえ　昼は消えつゝものをこそ思へ　大中臣能宣

以上十三氏、十八人。人麿・赤人・家持を別としても、百人一首の前半五十首の三分の

一、以上もの作者が、源平藤橘の名門以外の、雑多な氏の名を負うている。
　平安時代の前半二百年の文化の潮流の中に、これら古代氏族の末裔《まつえい》の、歴史の水面にかくもただよう姿を見失ってはならない。十八首は恋歌、述懐歌、叙景歌、贈答歌などさまざまで、作者の知名度や作品の評価にはとかくの議論がある。しかしそれよりも興味ふかいのは、この十八人の背後に、古代国家数百年の歴史に大なり小なりの政治的役割を果し、いまやおしなべて衰亡の一路にさしかかった諸氏族の運命をみることである。後半五十首の詠まれた平安後期ともなれば、これらの氏族の大部分は歴史の水底深く影を没してしまう。彼等十八人は、あたかも氏々の地上にのこす墓標のごとく、百人一首にその作をとどめた。この事は、定家の選定意図をはるかに越えた、おそるべきミューズのはからいだったのではあるまいか。もとより一首それぞれの内容が氏の歴史に直接かかわるとは言えないが、詠歌の背後にはげしい生のドラマが展開していたことは、当然予想される。

　この十三の古代氏族は、勢力の大小も系譜の長短も一様ではない。たとえば阿倍氏は蘇我氏が打倒された際、阿倍倉梯麻呂《くらはしまろ》が改新政府の首席にすわったほどの名族である。四道将軍大彦命の子孫と伝え、東海・北陸道から陸奥にかけて同族は広く分布した。水軍をひきいて蝦夷《えぞ》を討った阿倍比羅夫《ひらふ》と、唐に留学し玄宗に仕えて、李白《りはく》・王維ら盛唐の詩人と交わった「朝衡《ちょうこう》」こと阿倍仲麻呂は、この大氏族が生んだ文武の双璧《そうへき》である。仲麻呂が海波にさまたげられて帰朝を果さなかったのは、阿倍氏の運勢の傾く予兆であった。

　これと対照的に、春道宿禰《すくね》や曾禰連《そねのむらじ》は群小氏族もいいところである。曾禰氏は武勇を誇った物部氏の末流で、天武朝の曾禰連韓犬《からいぬ》以下、奈良時代から平安前期にかけて中・下級の官人がポツポツ出ている。そうした古い小氏族の末端に、かの偏屈をもってきこえた曾禰好忠が出る。しかし、好忠のことは六章で語ることにしよう。

> 三　山川に風のかけたるしがらみは　流れもあへぬ紅葉なりけり　　春道列樹

この春道列樹《つらき》という、古今・後撰に五首しか作品をのこしていない作者が百人一首に入ったのはなぜかと、古来多くの人が首を傾げた。

七八　淡路島かよふ千鳥のなく声に　幾夜ね覚めぬ須磨の関守　　源兼昌

の作品なども、金葉・詞花・千載に四首しか採られていない点で同様だが、兼昌はまだしも歌人を輩出した名門村上源氏の人である。ところが、列樹は個人が無名だっただけでなく、その春道宿禰も曾禰連以上におぼつかない存在なのだ。記・紀にも出ず、承和元年(八三四)従七位下の川上造《みやつこ》某が春道宿禰を賜わったとあるのが、史にみえたはじめである。曾禰連と同様名門物部氏の末と称していた。春道永蔵《ながくら》という者が遣唐使に「知乗船事」すなわち船長として乗り組んでいて、帰朝後五位の官人として活躍したことくらいが、列樹以外の春道氏のささやかな足跡である。

列樹はこの永蔵とどういう関係かわからない。延喜十年（九一〇）文章生として官途についたが、同二十年壱岐《いき》国への赴任を前に死んだ（『古今和歌集目録』）。つまり夭折《ようせつ》したらしく、生前は運に恵まれなかった人だが、たまたま「志賀の山越えにてよめる」叙景歌一首が定家の愛唱するところとなって、まずは不朽の名をとどめた。それは列樹ひとりのためというよりも、物部氏末流の小氏族のために、ゆくりなくも一炷《しゅ》の香華《こうげ》を手向けたことになる。

こういうわけで、十三の氏にはそれぞれ故事来歴があるが、一々述べ立ててもはじまらない。百人一首の作者としての足跡に重点を置いて、主なる人々について語ろうと思う。まず小野氏から。

二　わたのはら八十島かけて漕ぎ出でぬと　人には告げよ海人の釣舟　　参議篁

先に春道永蔵が船長として遣唐使船に乗り組んでいたと書いたが、この遣唐使は難行苦行の果てに目的を達したもので、「わたのはら」の一首はその一件の渦中から生まれた。

仁明朝の承和二年（八三五）の暮れ、遣唐副使に任命された文人小野篁《たかむら》は、はなばなしい送別の宴に送られて翌春都を発ち、四隻の船が九州を船出した。しかし間もなく難破し、とくに第三船は対島に漂着して、大部分の乗組員が行方不明となった。翌年三隻の船で出発したがまた失敗し、三回目にようやく揚州《ようしゅう》へ着いたが、この中に副使篁の姿はなかった。それはなぜかというと、第一回の難破の際、大使藤原常嗣の船がひどく損傷したので、常嗣は朝廷に請うて副使篁の乗船と交換した。篁は強硬に抗議した。その抗議文は、『文徳実録』の記事から大意を口語訳すると、こんなふうになる。

朝廷の方針は実にいいかげんであります。元来一番いい船を選んで大使に割当てておきながら、難破して損じたからといってその危ない船を私に押付けられるとは、人情にそむいたやり方です。部下に対しても面目が立ちませぬ。そも私めは家は貧しく親は老い、自身も病身でございます。野に下って水を汲み薪を採り、親孝行に専念させていただきます。

篁はこうして断乎《だんこ》渡航を拒否し、「西道謡《せいどうよう》」という一詩を作って遣使をそしった。しかもこの詩がやんやの喝采《かっさい》を博したので、さしも篁の詩才を愛していた嵯峨上皇も大いに怒り、篁の官位を奪い、死罪一等を減じて隠岐国へ遠流《おんる》にした。流されて隠岐へ船出する時の作が、「わたのはら」の一首で、第三句の字余りと下の句の呼びかけに千万無量の思いがこもる。

『文徳実録』によれば、篁は道中で「謫行吟」七言十韻を賦し、これまた人びとに愛唱されたという。篁の詩文を集めた『野相公集《やしょうこう》』は惜しいことに伝わらず、わずかに『和漢朗詠集』に、

渡口の郵船は風定まって出づ
波頭の謫処《たくしょ》は日晴れて看《み》ゆ　　野

とあるのが、その貴重な断片らしい。和歌では本土への別離をうたい、詩は未知の謫地に思いを馳《は》せる。そしてどちらにも、篁一流の男性的抒情がはげしく流露する。

ところでこの乗船拒否の一件は、篁にあまり好意的な評価が与えられていない。辻善之助は「遣唐使と国民元気の萎縮」(『海外交通史話』)と題して、「この様に船を取あひする程、当時の人は航海を恐れて居た」とし、それも無理はないことだが、「時の朝廷なり国民なりに、進取の気性が乏しかった」ためだと評した。森克己(『遣唐使』)も、これを「遣唐使の入唐忌避の風潮」の一例に挙げた。しかし、この臆病者《おくびょうもの》扱いは、いささか篁に酷だと私は思う。責めらるべきは乗船交換を申請した大使と、この身勝手を認めた朝廷であり、篁の渡航拒否は詩人が理不尽なものに発した公憤であろう。理が篁にあったからこそ、嵯峨上皇もわずか一年後に赦免の処置をとったのである。

百人一首作者のうち、隠岐に配流されたのは篁と後鳥羽院である。『野相公集』五巻は

鎌倉時代まで伝わっていたから（『本朝書籍目録』）、後鳥羽院は篁の「讁行吟」を読んでいたであろう。「わたのはら」の歌は院の『時代不同歌合』にも採られている。流人の先輩篁に対して、隠岐の後鳥羽院には切実な感想があったにちがいないが、それが聞けないのは残念な気がする。両者はその激情的かつ行動的なタイプにおいて、かなり似た性格の詩人だったと思うから。

篁は嵯峨天皇の勅を奉じて『凌雲集《りょううんしゅう》』を撰した参議小野岑守《みねもり》の子である。父岑守が弘仁の初め陸奥守となった時、少年は父に随行し、もっぱら辺境の山野で弓馬の技にはげみ、都に帰っても学業を顧りみなかった。嵯峨天皇がこれを耳にして、あの好文の岑守の子にして何ということかと慨嘆した。篁はふかく恥じて学に志した。そして鋭鋒《えいほう》はたちまちあらわれ、詩にすぐれ能吏の誉れをも得た。篁の詩才が白楽天に匹敵するという説話が生まれたことは、世に知られていよう。とくに逸事を多く載せているのは『江談《ごうだん》』である。篁が百鬼夜行に遇ったとか、閻魔《えんま》庁の冥官《みょうかん》になっていたとか、嵯峨天皇をそしる落書をすら解読したため、かえって作者ではないかと疑われたとか、大部分は荒唐無稽《むけい》の話にすぎない。しかし中に、

故老伝へて云はく、野相公は人となり不羈《ふき》にして直を好む。世その賢を妬《ねた》み、呼びて野狂《やきょう》となす。

と述べられたのは興味ふかい。篁はまさしく「野狂」と呼ばれるような、激越なパッショ

ンの持ち主であった。

『古今和歌集』には、篁の作六首が入っている。

梅の花に雪のふれるをよめる

花の色は雪にまじりてみえずとも　香をだににほへ人の知るべく

いもうとの身まかりにける時よみける

なく涙雨とふらなん渡り川　水まさりなばかへり来るがに

諒闇の年、池のほとりの花を見てよめる

水のおもにしづく花の色さやかにも　君がみかげのおもほゆるかな

題しらず

しかりとてそむかれなくに事しあれば　まづなげかれぬあな憂《う》世の中

隠岐の国に流されて侍りける時によめる

思ひきや鄙の別れにおとろへて　海人《あま》のなはたきいさりせんとは

右の五首と「わたのはら」である。第一首、梅花と雪の美を結びつけるのは、『古今集』冬歌の大部分を占める趣向だが、これに暗香浮動の詩趣を配したところは、海彼《かいひ》の詩に学んで和歌に新味を出そうとした古今歌風の先駆者たるに十分である。延暦二十一年（八〇二）に生まれ、仁寿二年（八五二）に没した篁は六歌仙よりも先輩だから、『古今集』に姓名を明記された人としては、最も早い。唐風と国風の接点をなしたという名誉は、六歌仙よりも篁に与えられるべきであろう。

これに対して最後の一首は、隠岐で送った一年間の流人生活の辛《つら》さを如実に伝えている。この作だけでなく、他の哀傷歌二首と述懐歌一首も、軽やかな古今和歌とは一味ちがう深沈たる憂愁につつまれている。これが真名序にいう「野宰相」の「風流」の特質なのであろう。この篁と行平の名を特筆した真名序の見識は、これを欠く仮名序にすぐれること数段であると思う。

しかし古人は詩人篁に対して、こうした「野狂」の一面だけを観なかった。『篁物語』は、そうした別の観方の結晶として生まれた。

――ある所に、両親が「内侍になさん」とまで望みをかけている才媛がいた。女の身につけるべき芸はすべて習わせ尽し、「今は書《ふみ》読ませせん」とて、この娘の異母兄なる大学の学生《がくしょう》に漢籍を教えさせた。はじめは「すだれ越しに、几帳《きちょう》たててぞ読ませける」が、「すこし馴れゆくまゝに、顔を見え物語などもして」、やがて肉親の情とも師弟愛とも異なる愛情が芽生える。

二人の恋歌の贈答がつづく。この女をみそめたある人の求婚を、男はさまざまに苦心して妨げる。ついに二人は結ばれ、女はみごもる。父は許したが、母が女を閉じこめて逢わせない。女は物も食べなくなり、ついに息絶える。男は親に捨てられた女を葬ってやり、女の魂と夜な夜な語らいを交わす。――

篁が時の右大臣の三人の娘に求婚する話が唐突に末尾に付加され、物語の統一を乱しているが、その部分をしばらく別にしても、この短い物語の作者や成立年代はまだ明らかでない。主人公の学生は「篁」と呼ばれてはいるが、はたして当初から篁であったかも疑問である。ただ物語の中で交わされた歌が『新古今集』に篁の作として入っているから、定家の時代にはすでに成立していた。

つまり篁は、かの業平や平中のように、「色好み」の物語の主人公たるべき、特殊な魅力をそなえた人であった。この異母妹との悲恋譚《たん》のヒントは、前に引いた古今歌、

いもうとの身まかりにける時よみける

なく涙雨とふらなん渡り川　水まさりなばかへり来るがに

という一首の哀切さへの感銘にあったのだろう。詩才・恋愛・怪異など多様な説話の発生源になったこの魅力的なキャラクターに、私は「最初の古今歌人」という冠を捧《ささ》げたいと思っている。

九　花の色はうつりにけりないたづらに　我が身世にふるながめせしまに　小野小町

話が前後してしまうが、小野氏は歴史を遠くさかのぼれば和邇臣《わにのおみ》系に属する。和邇氏は大化前代には葛城氏や蘇我氏らと並んだ大氏族で、大和国の東部（いまの天理市の辺）を本拠としていた。それが飛鳥時代に春日・大宅・粟田・柿本それに小野などの諸氏族に分れ、そのうち小野氏は山背《やましろ》国から近江国まで発展した。遣隋使の小野妹子、万葉歌人の小野老《おゆ》など著名の人物を出しつつ、岑守・篁に及ぶ。この父子二代の参議は小野朝臣の最後を飾るもので、その後も名将とうたわれた古今歌人小野春風や書道の名手道風など、人材はなお輩出するが、公卿《くぎょう》への道はほとんど閉ざされてしまう。この小野氏の没落の兆しを顕著に示す人は、いうまでもなく小町で、彼女の恋歌の、あの逢《お》う瀬のむつかしさへの嘆きは、それを象徴するかのようである。

百人一首の作者列伝に小野小町を省くわけにはいくまいが、私は十年前に『日本詩人選在原業平・小野小町』でこの正体不明の美女と付き合って悪戦苦闘の限りをつくし、その後何も新しい材料をもたない。小著の後に角田文衞氏の『王朝の映像』、片桐洋一氏の『小野小町追跡』、山口博氏の『閨怨《けいえん》の詩人小野小町』などの好著が続出し、いずれも興味ふかく読ませてもらったが、それは各氏がそれぞれ独自の学風でこの難物に挑戦した武者ぶりがおもしろかったので、小町その人は依然としてはるか彼方に、モナリザのような微笑をうかべているとしか思えなかった。

おのれを含めてこうした群盲象を撫《な》でるにも似た（失礼）研究状況をみると、近代的な学問はこの特異な女流歌人にはまったく無力だという感を深くする。それよりも、平安中期に書かれた『玉造小町子壮衰書《たまつくりこまちこそうすいしょ》』から中世の謡曲七小町に至るまでの伝説の成長・発展、つまり絶世の美女が年老いて無残な零落におちいるというあの絶妙の図式こそ、百人一首の小町歌をもっとも自然に増幅した、卓抜な伝記なのであろう。そこには小町個人のはかない生涯だけにとどまらず、古代氏族小野氏全体の運命が正確に描き出されているように思われてならぬ。ここで話題を紀氏に移そう。

延喜の御時、倭歌《やまとうた》知れる人を召して、昔今の人の歌奉らせ給ひしに、承香殿《じょうきょうでん》の 東《ひんがし》なる所にて歌撰《よ》らせ給ふ。夜の更《ふ》くるまでとかう云ふほどに、仁《じ》寿殿《じゅうでん》のもとの桜の木に時鳥《ほととぎす》の鳴くを聞し召して、四月の六日の夜なりければ珍らしがりをかしがらせ給ひて、召し出でて詠ませ給ふに奉る

異夏《こと》はいかが鳴きけん時鳥　今宵《こよい》ばかりはあらじとぞ聞く

これは『貫之集』第九にみえる、きわめて興趣ふかい一首である。なぜ興趣ふかいかといえば、和歌がはじめて勅撰《ちょくせん》されることになったあの『古今集』の編集作業のさまと、撰者の中心人物・紀貫之（三五「人はいさ」）の心境をまざまざと再現してくれるからである。私は小著『紀貫之』（人物叢書）を書いた時、この一首とその詞書を見出し、なかなかと

らえがたかった貫之の顔がはじめてアリアリとみえたような気持ちになった。

この時代の内裏は、正殿・紫宸殿《ししんでん》の北に天皇の住居・仁寿殿、さらにその北に宴の場となる承香殿がある。そして「承香殿」の東の一角に書物を管理する「内御書所《うちのごしょどころ》」が設けられ、そこが勅撰の編集室に当てられていた。さて天皇のつねの住いは仁寿殿であったが、その西に造られた清涼殿にこの頃変ったらしい。そこで清涼殿に坐《ざ》す醍醐天皇には、夜の闇越しに仁寿殿の建物が見え、その庭の桜の上を、季節にはまだ早いホトトギスの一声高く鳴きわたるのが聞えた。折しも程近い内御書所で歌人たちが作業をつづけているのを思い出した天皇は、まかり出て一首を詠めという仰せを、蔵人《くろうど》を通じて伝えさせたのである。

この歌の詠まれた延喜五年（九〇五）、貫之は三十代の半ば頃で、御書所の預《あずかり》（事務長）を勤めていた。しばしば宮廷・貴族の用命を受けて屏風歌《びょうぶうた》を詠進するなど、すでに当代随一の人気作家になっていたが、突然勅命を承ったとなると緊張に胸のふさがる思いがしたにちがいない。「異夏はいかが聞きけん」と怪しんだ所に、いまの事態が貫之をはじめ友則・躬恒・忠岑ら四人の撰者にとって夢のように晴れがましく思われたことが、率直に告白されている。

序章でいったように、勅撰は律令格式・正史・詩文などについておこなわれた重々しい手続きで、大臣・納言が勅を奉じて指揮に当る。「好色之家」「乞食之客」の玩弄物《がんろうぶつ》扱いされていた和歌にはこれまで無縁のことであった。しかもこの際勅命を奉じた四人は、先輩の紀友則が六位相当の大内記で、ほんの少々地位が高いが、貫之は御書所預、躬恒は前甲斐少目《しょうさかん》、忠岑は右衛門府生《うえもんのふしょう》の卑官にすぎなかった。彼等の抜擢《ばってき》は、いかに画期的だったことか。さこそ、「今宵ばかりはあらじ」の、この手放しの歓びようなのだ。

異例の抜擢を受けた四人の古今撰者は、そろって古代氏族の末裔《まつえい》である。これは偶然のことではなく、少なくとも友則・貫之二人を出した紀氏には、まことにしかるべき理由があった。もともと紀氏は大和朝廷に仕えた屈指の大氏族である。その本拠は紀ノ川の流域で、大阪湾東岸に本拠を占める大伴氏と近接していた。『日本書紀』には、かの有名な長寿の武内宿禰の子がはじめて紀氏を名乗ったとあるが、つづいて五世紀から六世紀にかけての朝鮮半島への出兵に紀氏が大将軍として活躍したことが、しばしば記されている。大伴氏が大和朝廷の陸の親衛隊だったのに対して、紀氏は海の機動部隊であった。

陸の軍事力を誇った大伴氏は、新興の藤原氏に追いつめられてゆく間に、『万葉集』を後世にのこした。それと同様に、海の軍事力なる紀氏も、やがて衰退してゆく過程で多くの古今歌人を生み出すことになる。もっとも七、八世紀の紀氏は、まだ順調な勢力を保っていたし、詩集『懐風藻』にも数名の作者がみえる。しかも、奈良時代末期に皇統が天武系から天智系に移ると、たまたま光仁天皇の母が紀氏の出だったために、光仁・桓武朝の外戚《がいせき》としてすこぶる羽振りがよかった。紀氏が衰退の運に転ずるのは、北家藤原氏（良房・基経）の縦横の政略のあおりによる。昔鎌足が藤原の姓を賜わった時、紀氏の人が「藤かゝりぬる木は枯れぬるものなり。今ぞ紀氏は失せなんずる」と嘆いたという話（『大鏡』）は、その頃から現実のものとなった。

衰運を決定付けたのは、文徳天皇の更衣紀静子（古今歌人「三条の町」）の生んだ惟喬《これたか》親王が、藤原良房女の生んだ弟（清和天皇）に越えられて、皇太子となれなかったことにある。この陰湿な権力闘争の考証は旧著（『在原業平・小野小町』）に譲っておくが、夢敗れた惟喬親王の周囲に集う伯父《おじ》の紀有常、その有常女を妻としていた在原業平（一七「ちはやぶる」）らが、憂愁を消すすさびとして和歌に打ちこんでいくさまは、『伊勢物語』にうつくしく描かれた。のちに貫之が土佐から帰京する途に淀川《よどがわ》をさかのぼりつつ、

かくて舟曳き上るに、渚《なぎさ》の院といふ所を見つつゆく。その院、昔を思ひやりて見ればおもしろかりける所なり。しりへなる岡には松の木どもあり。中の庭には梅の花咲けり。ここに人々のいはく、「これ、昔名高く聞えたる所なり。故惟喬の親王《みこ》の御供に、故在原の業平の中将の、

世の中にたえて桜の咲かざらば　春の心はのどけからまし

といふ歌よめる所なりけり。」いま今日在る人、所に似たる歌よめり。

千代経たる松にはあれど古の　声の寒さはかはらざりけり

また、ある人のよめる、

君恋ひて世を経る宿の梅の花　昔の香にぞなほ匂ひける

といひつつぞ、都の近づくをよろこびつつ上る。（『土佐日記』）

と回顧したのは、貫之の詩心の根源がどこにあったかを明らかに示している。没落しつつ

ある紀氏出身の歌人は、『古今集』作者の二〇パーセントほどにも上る（小著『紀貫之』）。和歌はこの古代氏族の「白鳥の歌」だったといってよいだろう。

三三　久方の光のどけき春の日に　しづ心なく花の散るらむ　　紀友則

紀友則と貫之は従兄弟《いとこ》である。彼等の曾祖父《そうそふ》興道《おきみち》は、女子を後宮に入れて衰運挽回を計った兄弟・名虎《なとら》のような野心家ではなく、名虎の系統が惟喬親王立太子をめぐって藤原氏に権力闘争を挑んだようなドラマは、興道系には生まれなかった。彼の系統は平凡な中・下級官人の道をたどり、ともすれば不遇をかこつことになる。友則は貫之よりも二十歳くらい年上と思われるが、その藤原時平と交わした贈答が『後撰集』巻十五にみえる。

紀友則まだ官《つかさ》たまはらざりける時、事のついで侍りて「年はいくらばかりにかなりぬる」と問ひ侍りければ、「四十余《よそじ》りになむなりぬる」と申しければ　　贈太政大臣

今までになどかは花の咲かずして　よそとせあまり年きりはする

かへし　友則

春々の数は忘れずありながら　花さかぬ木を何に植ゑけむ

友則はそろそろ老境とされる四十歳を越えるまで、ろくな官職にも就けなかったらしい。やがて内記に任ぜられたのは、彼の不遇を哀れんだ時平の推挙なのかも知れない。しかし内記は詔勅の起草に当る要職で、詩文の教養がすぐれていなければ勤まらない。従弟貫之も追いかけて内記となるから、彼等はそろって詩文に堪能《たんのう》だったようだ。その漢才が彼等を古今歌風のリーダーたらしめたわけだが、情けないことに、俗才が伴わない限り漢才も出世にはつながらない。「花咲かぬ木を何に植ゑけむ」と、みずから怪しむほど、友則の才能と閲歴は並行しなかったのである。

久方の光のどけき春の日に　しづ心なく花の散るらむ

の澄明な詩境を私は大好きである。ただこの一首は公任にも後鳥羽院にも選ばれず、ひとえに定家の再評価によって後世にのこったのだという（島津忠夫『百人一首』）。古今特有の技巧を弄《ろう》さない淡白さのため注目されなかったのだろうが、それは友則の地味な人柄――貫之の絢爛《けんらん》たる才気と対照的な――を象徴するようだ。時平に対して、わが身の不遇の原因を「花咲かぬ木を何に植ゑけむ」と自問自答した友則は、ここでも「しづ心なく」

云々と、のどかな春にそむいて散りいそぐ花の行方につつましく首を傾げている。彼は『古今集』の完成に先立って身まかったらしく、その惜しい最期にも、「しづ心なく花の散る」に似た哀れさがある。

三五　人はいさ心も知らずふるさとは　花ぞむかしの香に匂ひける　　紀貫之

友則の歌の淡々たる抒情と好対照をなすのは、貫之のこの一首である。『古今集』春上には、

長谷に詣づるごとに宿りける人の家に、久しく宿らで、程へて後にいたれりければ、かの家のあるじ、「かくさだかになん宿りはある」と言ひいだして侍りければ、そこに立てりける梅の花を折りてよめる

ひとはいさ心も知らずふるさとは　花ぞむかしの香に匂ひける

とあって、長谷寺詣《もう》での途中での旧知との間髪をいれぬ応酬と知られる。文字通り打てば響くような才気のあらわれだ。それこそ貫之その人の全人間像をも象徴するもので、この一首が百人一首に採られたのは貫之自身にも本懐なのではあるまいか。この旧知の相手が男か女か、そういうことはこの際どちらでもいい。

こうした才気を存分に発揮しつつ、貫之は延喜・延長三十年間、太平の世の花形として生きた。私はそのあらましを小伝『紀貫之』に書いた。二十数年前のまことに未熟な著作だが、「貫之の長い生涯を、寛平・延喜から承平・天慶にかけての古代政治社会の一大屈折の上に浮彫りすること」を目指した叙述の大筋は、今もほぼ肯定できる。それを別の言葉でいえば、貫之には壮年期の輝かしい名声の後、晩年には不遇沈淪《ちんりん》の嘆きが付きまとうに至った、ということである。

『古今集』の完成とともに到来した和歌の全盛期に、貫之は独歩の地位をほしいままにした。内記の要職を経たことはすでに述べたが、醍醐天皇の外戚で風流人でもあった「三条右大臣」藤原定方（二五「名にしおはば」）と、その従兄弟の中納言兼輔（二七「みかのはら」）の庇護《ひご》を受けたことも幸いした。定方と兼輔については（五章）、後にふれるからここでは彼等と貫之の身分の隔たりを越えた交わりを、『後撰集』巻三の贈答によって示すだけにしておく。

　やよひのしもの十日ばかりに、三条右大臣、兼輔

の朝臣の家にまかりて侍りけるに、藤の花咲ける遣水《やりみず》のほとりにて、かれこれ大御酒《おおみき》たうべけるついでに

限りなき名に負ふ藤の花なれば　そこゐも知らぬ色の深さか　三条右大臣
色深くにほひしことは藤浪の　たちも返らで君とまれとか　兼輔朝臣
さほさせど深さも知らぬ藤なれば　色をば人も知らじとぞ思ふ　貫之

琴・笛などして遊び、物語りなどし侍りけるほどに、夜ふけにければまかりとまりて

昨日見し花のかほとてけさ見れば　ねてこそさらに色まさりけれ　三条右大臣
ひと夜のみねてしかへらば藤の花　心とけたる色見せんやは　兼輔朝臣
あさぼらけしたゆく水はあさけれど　深くぞ花の色はみえける　貫之

右は三条右大臣定方が、貫之と主従の契りを結んでいた中納言兼輔邸を訪れた時の応酬に、貫之がさらに唱和したのである。客は遣水《やりみず》のほとりに咲く藤の花を賞《め》で、主は名残を惜しんでしきりに引き留め、そして従者は主の歓待の心ばせの深さをたたえている。

こんなにいきの合った三人の周囲には、親王・公卿・受領など多くの人びとが集まり、そのサロンは一つの別天地を形成していた。そして延喜の太平の中で、貫之はこの別天地を足場にのびのびと歌才を伸ばすことができた。不遇・沈淪に悩む摂関時代の文人・歌人

がこの時代を「聖代」と呼び理想の世と憧《あこが》れたのも、もっともであろう。

しかし延長八年（九三〇）、天皇の御前への大落雷を機として、「菅家」（二四「このたびは」）の怨霊《おんりよう》の祟《たた》りがしきりに取沙汰《とりざた》され、さしもの太平も急激に暗転する。折しも土佐国へ赴任していた貫之の留守中、醍醐天皇も宇多法皇も三条右大臣も中納言兼輔も、はかなく世を去る。その後は、太政大臣藤原忠平が子の実頼・師輔を左右大臣として随《したが》え、全盛をほこる時代となる。その忠平は若き日には宇多上皇寵愛《ちようあい》の侍臣であった。大堰川《おおいがわ》への御幸に供奉《ぐぶ》して、

二六　小倉山峰のもみぢ葉心あらば　今ひとたびのみゆき待たなむ　　貞信公

と詠み、歌に心動かされた醍醐天皇が追いかけて行幸したという、みやびな挿話をのこした人である。老境の貫之は、この新しい権力者にさまざま心を尽して身の上を訴えねばならなかった。

官《つかさ》給はらで歎くころ、大臣殿（忠平）のもの書かせ給ふ奥によみてかける

思ふこと心にあるをあめとのみ　頼める君にいかで知らせん（『貫之集』巻九）

三月二つある年、左の大臣実頼の君に奉る

あまりさへありて行くべき年だにも　春にかならずあふよしもがな（同）

官《つかさ》なくて歎くあひだに、正月《むつき》のころほひ、坊城《ぼうじよう》の右衛門督《うえもんのかみ》（師輔）のもとに、「大臣殿（忠平）のよきさまに申し給へ」と申し奉るついでに、「これ奉り給へ」とて奉る

朝日さすかたの山風いまだにも　身のうち寒き氷解けなん

返し

枯れ果てぬ埋れ木あるを春はなほ　花のゆかりに避《よ》くなとぞ思ふ

埋れ木の咲かで過ぎにし枝にしも　降り積む雪を花とこそ見れ

あら玉の年よりさきに吹く風は　春ともいはず氷解きけり

『貫之集』（巻九）には忠平・実頼・師輔三者に官職への斡旋《あつせん》を頼みこんだ歌が、こんなふうに並ぶ。第二首の詞書《ことばがき》は、『後撰集』巻三には「やよひに閏月ある年、司召《つかさめし》のころ、申文《もうしぶみ》にそへて左大臣（実頼）の家につかはしける」となっていて、事情がなおよく分るのだが、要するにこれらの歌はいわば韻文形式の「申文」（官職申請）にほかならない。詩人は特技をふるって官職の申請に迫力あらしめんとしたのだ。

ご覧のように、ほとんど文学的価値などない凡作だが、ここではそうした芸術的評価はさておいて、王朝貴族社会で和歌の果した社会的機能の大きさに注目しなければなるまい。さしずめ現代、詩歌に多少なりともこんな世俗的効用を想定できるであろうか。王朝和歌

のそうした効用は、そもそも詩の頽廃《たいはい》・俗化なのだろうか、それとも貴族社会の優雅さを示すのだろうか。ともあれ、一代の巨匠の晩年がかくもうらぶれたのは情けない。衰退をたどる紀氏の末路に、燈火の消える前のかがやきのように巨匠貫之はあらわれたのであった。

二九　心あてに折らばや折らむ初霜の　おきまどはせる白菊の花　凡河内躬恒

躬恒《みつね》を生んだ古代氏族凡河内《おおしこうち》氏は、さかのぼれば河内の国造《くにのみやつこ》かと思われるが、紀氏のような中央の大物氏族ではない。したがって、末裔《まつえい》の躬恒の身分もはなはだ低く、諸国の掾《じょう》・目《さかん》などを転々としたにすぎない。むしろ卑官にしてあれほど歌才が豊かだったのが、目覚ましい。彼は内裏の御厨子所《みずしどころ》に出仕していたから、おのずから宮廷の文雅にふれて歌作る術《すべ》を会得したのであろうか。しかし、内裏のお台所である御厨子所の「膳部《かしわで》」は、貫之の御書所預よりも地位が一段と劣る。他方、『古今集』によって歌人躬恒の評価は大いに高まり、延喜十三年に催された華麗な「亭子院《ていじいん》歌合」では、貫之をもしのぐ花形となっていた。

この身分と名声の大きなギャップは、躬恒に身の不遇を痛感させる。彼はしばしばこれを人に訴えた。

延喜の御時にみづし所にさぶらひける時、沈める
ことを嘆きてある人に送りける
いづことも春の光は分かなくに　まだみ吉野の山は雪ふる（『躬恒集』）
ある所の侍《さぶらい》に酒たびけるに召し上げられて、ほと
とぎすを詠めと侍りければ
かれはてんことをば知らで夏草の　ふかくも人をたのみけるかな（同）

これらの歌では泣訴した相手が分らないが、友人貫之を通じて中納言兼輔に名簿《みょうぶ》を呈し庇護を求めたこともあって、それは次の歌でわかる。

もとより友達に侍りければ、貫之にあひ語らひて
兼輔朝臣の家に名簿《なつき》を伝へさせ侍りけるに、その
名簿にそへて貫之におくりける　　躬恒
人につくたよりだになし大荒木の　森の下なる草の身なれば（『後撰集』巻十六）

また、隠然たる権威をもつ宇多上皇にもすがった。
躬恒が院によみてたてまつりける

たちよらむ木のもともなきつたの身は　ときはながらに秋ぞかなしき（『大和物語』三十三段）

そして延喜十六年の石山寺御幸の時、和泉権掾の躬恒は近江介の兼輔に呼ばれ、院への贈物にする屏風・障子に名所の歌を詠みかつ書かせられた。躬恒はこの栄誉に感激し、

和泉にて沈みはてぬと思ひしを　今日ぞ近江に浮ぶべらなる

と、浮き浮きした一首を詠んだ（『躬恒集』）。躬恒の家集には、「心あてに」のような古今的美学の所産と、こうしたなまなましい生態の告白がないまぜに入っている。ハレの行事を荘厳する作品と、わが身を詠嘆するケの作品との落差の大きさは、貫之にも躬恒にも共通である。万葉の人麻呂にも同様な点がみられると思うが、これは古代における宮廷詩人の宿命であろうか。

三〇 有明のつれなくみえし別れより　暁ばかりうきものはなし　壬生忠岑
四一 恋すてふわが名はまだき立ちにけり　人しれずこそ思ひそめしか　壬生忠見

『古今和歌集』のもう一人の撰者・壬生忠岑《みぶのただみね》とその子忠見の壬生氏は、大化前代の親衛軍を構成していた氏族で、その証拠に宮城十二門のひとつに壬生門の名が付けられていた。小氏ながら、「大君の御門《みかど》の守り、我れをおきて人はあらじ」（『万葉集』巻十八、大伴家持）と誇る精鋭であった。この氏の誇りは忠岑の心にも秘められていたらしく、現実にも彼は近衛《このえ》の番長を勤めていた。ある夜たまたま右近衛少将藤原敏行が近衛の陣に来て、「陣には誰かさぶらふ」と問いかけた。この敏行は百人一首の、

一八 住の江の岸による波よるさへや　夢の通路人めよくらむ　藤原敏行朝臣

の作者だが、序詞や懸詞をごたごた用いたこの歌よりも、『古今集』秋上の巻頭をかざる、

秋来ぬと目にはさやかに見えねども　風の音にぞおどろかれぬる

の名歌で知られた人で、また神護寺の「三絶の鐘」の銘を書いた能書の人でもある。紀名

虎の女を母とし、また名虎の子有常の女を妻とした。同じく有常の女を妻とした在原業平の義弟というわけで、そんな事情からか藤原氏には珍しく和歌に没頭し、古今歌風興隆期の屈指の歌人となった。

さてこの右近衛少将敏行の問いに、折しも居合わせた忠岑が「番長壬生忠岑」と名乗ると、敏行はこれを連歌の下《しも》の句に聞きなして、

つがひのをさ（番長）に壬生のただみね

と高らかに吟じて通りすぎようとした。そこで忠岑はただちに、

なははしの絶えぬ所にかつらはし

と付けたという（『俊頼髄脳』）。

この付合の意味は私にはよく分りかねるが、千切れそうな縄の橋とたのもしい葛橋《かずらばし》におのれと敏行を寓《ぐう》したもので、すかさず敏行の引き立てを求める心を付句に托《たく》したのでもあろうか。ともかく将官と下士官の身分は遠く隔たるものの、歌人同士格別の親しみをもって交わっていた。

こうして、忠岑は九重の奥ふかく仕えていたのに、老境に入って右衛門府生《ふしょう》に転任させられた。内裏の警備体制は三重になっていて、天皇の御座所近くを近衛府、中ほどを兵衛府、外まわりを衛門府が分担していた。主上の身辺を守ることを誇りとしていた忠岑とし

ては衛門府行きを左遷と感じたらしく、一首の長歌を詠み、

（上略）かくはあれども　てる光　近き衛《まも》りの　身なりしを　誰かは秋の　くるかたに　あざむき出《いで》て　みかきより　外《と》の重《へ》もる身の　みかきもり　おさおさしくも（はかばかしいとも）　おもほえず（下略）（『古今集』雑体）

と、心の打撃を告白している。彼はともに古今勅撰に当った貫之・躬恒のように脚光を浴びることもなく、しだいに影の薄い存在となってしまう。

忠岑の歌才はその子忠見に伝えられた。と同時にその不遇も受けつがれた。『忠見集』（歌仙家集本）に、

京の便りなかりければ、津の国に住まむとて行く道に、知りたる人あひて、「なにしにかくは行くぞ」と問ひければ、

都にはありわびぬれば津の国の　住吉と聞く里へこそゆけ

かれより京へ云ひおこす

津の国の我が頼みこし住吉も　便りなみこそ間なく立ちけれ

とあって、ある時期の忠見がかの行平や光源氏のように、津の国にわび住いしたことが分る。わび住いはかなりの年月にわたったらしく、やがて幸いに「先の帝」の耳に入って都

に召し上げられた。『忠見集』に、

前代の御時凡河内躬恒が候ひけむ例にて、御厨子所に候へと仰せごとありしを、その後宣旨《せじ》の遅かりければ、奏せよとおぼしくて、蔵人のもとにやる

桜花高き梢の靡《なび》かずば　返りやしなむ折りわびぬとて

御返し

折りわびて返らむものをきしかげの　山の桜は雲居なりとも

さて宣旨給はりて御厨子所に候ひて参らす

年を経て響の灘に沈む舟　波のよするを待つにぞありける

という、ある蔵人《くろうど》との贈答がある。かつて延喜の代に躬恒が不遇を嘆じた御厨子所の勤務さえ、一時代後の忠見にとっては、宣旨の下るを待ちこがれるほど高嶺《たかね》の花になっていたのだ。

忠見が御厨子所の膳部《かしわで》に選ばれたのは天暦八年（九五四）のことである（『三十六人歌仙伝』）。延喜につづく聖代とされた村上天皇の治世で、間もなく史上有名な天徳内裏歌合がはなばなしく催された。百人一首歌「恋すてふ」は、この歌合の二十番左歌として、右歌の、

四〇 しのぶれど色に出でにけり我が恋は　ものや思ふと人の問ふまで　平兼盛

と合わされたのであった。この時判者を勤めた左大臣藤原実頼は、双方とも抜群の秀歌なので勝敗を定めかね、次に控える大納言源高明に譲ったが、高明も敬屈して答えず、ついに天気をうかがった。村上天皇は勅判を賜わらなかったが、御簾《みす》の中でひそかに右方の歌を口ずさまれた。実頼・高明は「どうも主上の思召しは右らしいね」とささやき合って、兼盛の勝と定めた。しかし、実頼は後日になっても、さてあれでよかったのかナと首を傾げていたようだ。

以上は『袋草紙』に引用された実頼の日記の記す裏話だが、この両歌がそろって百人一首に採られたのは、二百年後の定家もいずれ劣らぬ名歌と判断したことになる。

実頼はなお、勝った兼盛がほかの自作の勝負はもうどうでもよいとばかり、サッサと一礼して退出したと書いている。逆に言えば、微妙な判定で敗れた忠見の失望落胆は大きかったはずで、こういう場合古人は必ず説話をつくり出す。鎌倉時代の『沙石集《しゃせきしゅう》』によれば、忠見は胸ふさがって「不食の病」となり、ついに身まかったという。不遇の身で必死にすがっていた歌道の誉れを失っては、げに精も根も尽き果てたろうと、説話はいいたげである。

文人・歌人の不遇・沈淪《ちんりん》の度も、せめてもと燃やした歌道への執心の度も、忠岑・忠見父子の生きた延喜・天暦の世につづく藤氏全盛期になると、ひとしお増大する（そのことは六章に書く)。その時期を経て、忠見の敗北譚《たん》に尾ひれがついたのであろう。

話は天暦の世まで下ったが、元へもどして、『古今集』の古代氏族末裔《まつえい》歌人にもう二、三人登場してもらおう。

二二　吹くからに秋の草木のしをるれば　むべ山風をあらしといふらむ　　文屋康秀
三七　白露に風のふきしく秋の野は　つらぬきとめぬ玉ぞ散りける　　文屋朝康

六歌仙のひとり康秀とその子朝康の文屋氏は、天武天皇の子孫である。天皇の孫が文室《ふんやの》真人《まひと》の姓を賜わって臣籍に降下した。すなわち大納言文室真人浄三《きよみ》・同大市《おおち》で、ともに万葉の歌人だが、その生涯は平穏無事ではなかった。大市の伝(『続日本紀』)には、「(天平)勝宝以後、宗室枝族《そうしつしぞく》、辜《つみ》に陥《おちい》る者衆《おお》し。邑珍《おおち》(大市)髪を削つて沙門《しやもん》となり、以て自ら全うするを図《はか》る」とあり、奈良時代後半の陰謀続発する政局の中で、保身のため出家したことさえあったらしい。最も有名な話は、称徳女帝の崩後、藤原氏の陰謀によって光仁老帝の即位が実現した時、浄三・大市が当て馬にされたことである。

平安時代の初めには武官の綿麻呂《わたまろ》らが出て、文室氏はなお栄えていた。しかし承和十年

（八四三）、貿易に活躍していた文室宮田麻呂《ふんやのみやたまろ》という者が、新羅人と結んで謀反《むほん》を企てたとして流罪に処せられた。莫大《ばくだい》な財産を没収され、伊豆の配所で果てた宮田麻呂は、死後怨霊《おんりょう》として怖れられるが、それは政治の波間に翻弄《ほんろう》されつづけた文室氏の末路を象徴する観がある。

文屋康秀はこの宮田麻呂に一世代遅れて、貞観から元慶にかけて生きた人といわれている（『古今和歌集目録』）。文室真人の主流との関係は分らないが、おそらくしがない傍系で、六位以下を転々していた。古今真名序などに「文琳《ぶんりん》」という唐風の字《あざな》で呼ばれているところをみると、詩文にもすぐれていたようだ。同序に六歌仙のひとりとして特筆されたのに、古今に採られたのはわずか四首にすぎないから、作品の大部分はすでに散逸していたのであろう。つまり官人としては世に出ること余りに遅く、歌人としては逆に余りに早すぎた不運の人といえようか。

『古今集』にみえる四首の中には、

二条の后の春宮《とうぐう》の御息所《みやすどころ》ときこえける時、正月三日御前に召して仰事《おおせごと》あるあひだに、日は照りながら雪の頭《かしら》に降りかかりけるをよませ給ひける

文屋康秀

春の日の光にあたる我なれど　かしらの雪となるぞわびしき（春上）

二条の后、春宮の御息所と申しける時に、めどに
削り花挿せりけるをよませたまひける
文屋康秀
花の木にあらざらめども咲きにけり　ふりにしこのみなる時もがな（物名）

の二首がある。いずれも老境に入って不遇に過ぎゆく身の上を、嘆き訴えた作である。かの二条の后高子が「春宮の御息所」と呼ばれていた貞観の頃、康秀はもう白髪の目立つ年齢だったらしい。また『後撰集』雑三には、

時にあはずして身をうらみて籠り居はべりける時
文屋康秀
白雲のきやどる峰の小松原　枝しげけれや日の光見ぬ

とある。これも不遇の恨みである。康秀歌の『後撰集』に入ったのはこの一首だけだが、古今の上掲二首と合わせて、現存の作の大半がこうしたモチーフなのだから、康秀の生活と心事もおおよそは想像が付く。

要するに、摂政藤原良房が権力をにぎった九世紀半ば貞観の頃、名族文室氏はかの紀氏と同様に、勢力衰退の過程で和歌に心を寄せるに至ったのだ。

貞観の御時、「万葉集はいつばかり作れるぞ」と

問はせたまひければ、詠みてたてまつりける

神無《かんな》月時雨《づきしぐれ》降りおけるならの葉の　名に負ふ宮の古事《ふるごと》ぞこれ（『古今集』雑下）

文屋有季

この歌の有季は康秀との間柄は分らないけれども、万葉の著作年代について清和天皇の御下問を賜わるほど、その道に堪能《たんのう》な人物だったらしい。そして康秀の子朝康も、宇多天皇の時催された『是貞親王歌合』に、父の「吹くからに」の歌と並んでその作を選ばれた。朝康の作は、

秋の野におく白露は玉なれや　つらぬきかくる蜘蛛の糸すぢ（『古今集』秋上）

というもので、彼の百人一首歌とよく似た、見立ての趣向である。勅撰入集歌はわずか三首だが、他の一首も、

浪わけて見るよしもがなわだつみの　底のみるめももみぢ散るやと（『後撰集』秋下）

という、のんきなウイットの作である。たまたまそうした傾向の作しか後世にのこらなかったといえばそれまでだとしても、朝康にはもはや父のように不遇を嘆き訴える念もなく、淡々と下級官人の身に安んじてしまったのか。こうして、文室真人という貴種が歴史から影を没する日も、遠くはないのであった。

二三　月見れば千々にものこそ悲しけれ　我が身ひとつの秋にはあらねど　大江千里

大江千里が宇多天皇の勅命を奉じて『句題和歌』一巻を撰進《せんしん》したのは、『古今集』成立の十年ばかり前のことである。漢詩の詩句を題として、その翻訳のような和歌を詠んだもので、つまり漢詩を模範として、和歌の美意識と技法を向上させようというトレーニングであった。前年には菅原道真（二四「このたびは」）が同じ試みで、『新撰万葉集』を奏上している。千里に勅命を伝えたのも道真らしいが、自信満々たる道真とちがって、若輩の千里には勅命は荷が重かった。『句題和歌』の自序によれば、彼は「命を奉じて以後、魂神安臥せず、重痾《じゅうあ》延べて以て今に至る」有様だったという。それでも病いをおして二か月ばかりの間に業を終えたのは、「儒門の余孽《よげつ》（子孫）」としての自負と責任感のなすわざだったろう。文章道の大立物だった父音人の子として、道真に遅れを取るまいという意地があった。

大江氏はさかのぼれば土師《はじ》氏と称していた。相撲と埴輪《はにわ》の伝承で有名な野見宿禰《のみのすくね》を祖とし、土器作りや葬祭を業として来たが、氏の運勢はしだいに振るわなくなった。そこで、奈良時代末に氏人は請願して菅原朝臣と改姓した。もっとも改姓したのは土師氏のごく一部だが、たまたま次の桓武天皇の外祖母が土師氏の出だったために、この系統には大枝《おおえ》朝臣の姓を賜わることとなった。

つまり、道真の菅原氏と千里の大江氏はもともと同族で、改姓後はともに文章道の家として発展することになる。道真が祖父清公・父是善以来三代にわたる私塾・菅家廊下《かんけろうか》を主宰したことは、有名な事実である。これに対する大江氏の方は、千里の父音人が頭角をあらわし、やがて文章道の学生の学ぶ文章院の東曹は大江氏、西曹は菅原氏が管理することとなった。

この音人は、かの在原行平・業平の異母兄に当る。ふつうの系図には、平城天皇―阿保親王―大江本主―音人と記されているが、阿保親王と音人の年齢差はわずか十九年しかないから、祖父と孫であるはずがない。実は音人は阿保親王とその侍女を父母として生まれたのだが、胎内にあった時たまたま薬子《くすこ》の変が起こって父が大宰府《だざいふ》に流された（経緯は三章に書いた）。そこで親王家に仕えていた大江本主に母とともに預けられ、本主の子として育ったのであろう。こういう不運な星の下に生まれた音人は幸いに非凡の学才に恵まれ、また御落胤《ごらくいん》ということも暗黙のうちに世に知られていたらしく、要職を歴任して公卿《くぎょう》に昇進する。

大江千里はこの参議音人の子だから、血筋からいえば行平・業平の甥《おい》に当るわけだ。しかし父音人はすでに世を去り、阿保親王の血筋も公然とは認められないから、彼の前途は明るくなかった。だから、「月見れば」の一首も、『白氏文集』の「燕子楼の中霜月の夜秋来唯一人の為に長し」の「翻案」にすぎないことは、契沖（『改観抄』）以来指摘されているとおりだとしても、歌意が千里その人の千々に物思う境涯に根ざすことも、汲《く》みとってやらねばなるまい。金子彦二郎氏（『平安時代文学と白氏文集』）によれば、『句題和歌』の詩は過半が白楽天の作で、しかもそのうち二十二首が老を嘆き、歳月の速さをかこつ詩句だという。金子氏はそれらに深刻味が乏しく、むしろ明朗な生活謳歌《おうか》があるとされたが、山口博氏は基調が嘆老と不遇にあることを力説された（『王朝歌壇の研究』）。明るさはむしろ千里の生きた時代相の反映であり、千里個人はまさしく山口氏のいわれる心境にあったろうと、私は思う。

そのような観方を裏付けるものは、千里が『句題和歌』の巻尾に添えて奉った「自詠十首」である。その綿々たる哀訴の半ばを抄出する。

春毎にあひてもあはぬ我が身かな　花の雪のみ降りまがひつつ
春のみや花は咲くらむ谷寒み　うづもる草は光をも見ず
あし田鶴《たづ》のひとりをくれて鳴く声は　雲の上まで聞へつがなん
天雲や身をかくすらん日の光　我が身てらせど見るよしもなき
年ごとに春秋とのみかぞへつつ　身はひとときにあふよしもなし

まことに山口氏の言われるように、「千里における和歌は単なる風流韻事ではない。敗者からの脱却という悲願をになっている」。

「月見れば」の作は、「是貞親王歌合」の作である。同じ頃の「寛平御時后宮歌合」でも、千里は藤原興風（三四「誰をかも」）や紀友則に次ぎ、貫之や源宗于《むねゆき》（二八「山里は」）などに匹敵する数を詠進したから、古今前夜における歌歴は、うだつの上がらぬ官歴よりましだったらしい。

『文集』嘉陵春夜詩に、「不レ明不レ暗朧朧月」と
いへることをよみ侍りける　大江千里
照りもせず曇りも果てぬ春の夜の　おぼろ月夜にしくものぞなき

のごとく、白詩をたくみに換骨奪胎《かんこつだったい》して、ながく日本人の琴線にふれる作をのこした千里は、詩文をモデルとして和歌の向上を図った寛平期にふさわしい才能であった。しかし、間もなく宇多上皇が風流三昧《ざんまい》から仏道三昧へと生活を転じたために、古今勅撰の下命は上皇愛顧の歌人ではなく、後継者醍醐天皇の眼鏡にかなった、新進歌人たちに委《ゆだ》ねられてしまう。

二八　山里は冬ぞさびしさまさりける　人めも草もかれぬと思へば　源宗于朝臣
三四　誰をかも知る人にせむ高砂の　松もむかしの友ならなくに　藤原興風
三六　夏の夜はまだ宵ながら明けぬるを　雲のいづくに月やどるらむ　清原深養父

の三首や、千里の「月見れば」を読むと、置き去りにされたこれら寛平歌壇の作者たちの恨みつらみが、草に托し松に托し月に托して詠われているように思われてならぬ。

宗于・興風・深養父《ふかやぶ》や大中臣頼基（四九「みかきもり」の大中臣能宣の父）など、貫之らに先立って活躍した寛平の歌人たち（清原氏も大中臣氏も古代氏族）については筆を省くが、千里の場合にはなおふれるべきことがある。

　世の中の心にかなはぬなど申しければ、ゆく先たのもしき身にてかかる事あるまじと人の申し侍りければ

流れての世をもたのまず水の上の　泡にきえぬる憂き身と思へば

　罪なかりしかども、人の事につきてしばらく籠居すべきよしありしころ、式部大輔《しきぶのだいぶ》のもとへこまやかに申し送りし文のおくに

都まで波立ち来《く》とも聞かなくに　しばしだになど身の沈むらん

　返し　　千古《ちふる》朝臣

沈む身と聞くから袖に波かけて　うしろやすくはいかで思はん（類従本『句題和歌』附載）

という、何やら曰《いわ》くありげな贈答によると、千里は何かの事件に連坐《れんざ》して籠居《ろうきょ》させられた

ことがあるらしい。贈答の相手の千古は千里の兄である。ただし彼は四位の式部大輔まで昇ったから、五位にもならなかったらしい弟より経歴はずっと順調である。してみれば千里の不遇は平城上皇系全体に付きまとう非運だけでなく、かの業平の場合と同様に、世に容《い》れられぬ個人的理由があったのか。あるいは夭折《ようせつ》したのかも知れない。

　病ひにわづらひ侍りける秋、ここちのたのもしげなくおぼえければ、よみて人のもとにつかはしける　　　　大江千里

もみぢばを風にまかせて見るよりも　はかなきものは命なりけり（『古今集』哀傷）

はかない命をみずから傷んだこの哀傷歌をみれば、千里は『古今集』成立以前に没したようである。そしてその前後に、文章道の一方の雄・菅原氏の道真は、得意の絶頂から急転直下政界を追放される。「一栄一落は是れ春秋」とは、配流の道で明石の駅長に与えた名高い詩句だが（『大鏡』）、それは道真個人を越えまた菅原氏を越えて、古代氏族全体の一栄一落を集約した感慨ともいえる。この古代氏族没落史の終末をいろどる悲劇については、旧稿「菅原道真の謎」（『王朝のみやび』所収）に譲っておく。

五章　藤氏栄華のかげに——夭折の貴公子たち

藤原氏の栄華を主題とした『大鏡』は著作意図を説明して、「ただ今の入道殿下（道長）の御ありさまの、世にすぐれておはしますこと」を叙述の中心にすえ、さかのぼって藤氏《とうし》一門の歴史をたどるのだと述べている。そのとおり、王朝貴族社会は北家藤原氏の主流を軸として発展し、道長の栄華によってその頂点に達した。しかし、百人一首には「この世をばわが世とぞ思ふ」と誇らかに詠った道長は入っていない。百人一首にみえる藤氏の権力者は、

二六　小倉山峰のもみぢ葉心あらば　今ひとたびのみゆき待たなむ　　貞信公

七六　わたの原こぎ出でてみれば久方の　雲居にまがふ沖つ白波
法性寺入道前関白太政大臣

この忠平と忠通だけだが、この二人は道長を中にはさんで好対照の位置にある。つまり、忠平は延喜親政の後をうけて藤氏全盛時代の幕を開け、忠通は保元の乱によって栄華の時代の幕を閉じたのであった。

この間約二百年、藤氏の主流はいくつかの家筋に分れて、はげしい権力闘争をくり返す。そして、

良房―基経―忠平―師輔―兼家―道長―頼通―師実―師通―忠実―忠通

とつづく摂関家主流の栄華のかげには、忠平の兄の時平流、師輔の兄実頼の小野宮流、兼家の兄伊尹《これただ》・兼通流、道長の兄道隆流、さらには忠通の弟頼長流など、多数の系統が次々に敗北し脱落していった。（一八七頁略系図参照）

身は時めく北家藤原氏に生まれながら、政権をとるに至らなかった敗者たちとその子孫の心情は、おのずから複雑な陰翳《いんえい》を帯びざるをえない。『大鏡』もこの事を、

いひもていけば、同じたね、ひとつ筋にぞおはしあれど、門《かど》わかれぬれば、人びとの御心もちゐも又、それにしたがひてことごと（異）になりぬ。

と指摘している。そして百人一首に名を列《つら》ねた藤氏主流の人びとは、例によって（！）かの忠平・忠通以外はすべて、栄華のかげに置き去りにされた非運の存在である。

二五　名にしおはば逢坂山のさねかづら　人にしられでくるよしもがな　三条右大臣
二七　みかのはらわきてながるる泉河　いつ見きとてか恋しかるらむ　中納言兼輔
四三　あひ見ての後の心にくらぶれば　むかしはものを思はざりけり　権中納言敦忠
四四　逢ふ事のたえてしなくはなかなかに　人をも身をも恨みざらまし　中納言朝忠

四五　あはれともいふべき人は思ほえで　身のいたづらになりぬべきかな　謙徳公

五〇　君がため惜しからざりし命さへ　長くもがなと思ひぬるかな　藤原義孝

五一　かくとだにえやはいぶきのさしも草　さしも知らじなもゆる思ひを　藤原実方朝臣

五二　明けぬれば暮るるものとは知りながら　なほうらめしき朝ぼらけかな　藤原道信朝臣

五五　滝の音は絶えて久しくなりぬれど　名こそ流れてなほきこえけれ　大納言公任

六三　今はただおもひ絶えなむとばかりを　人づてならでいふよしもがな　左京大夫道雅

六四　朝ぼらけ宇治の川霧たえだえに　あらはれわたる瀬々の網代木《あじろぎ》　権中納言定頼

この十一名。定家が彼等の政治的立場などをまったく計算に入れずに選んだにちがいないのに、いずれの人生にも挫折《ざせつ》した者のもつ「もののあはれ」の陰翳が濃く落ちている。彼等の織りなす栄華の裏面史をたどってみよう。

二五　名にし負はば逢坂山のさねかづら　人にしられでくるよしもがな　三条右大臣

二七　みかのはらわきてながるる泉河　いつ見きとてか恋しかるらむ　中納言兼輔

この「三条右大臣」定方と中納言兼輔には、四章の貫之を語った所で、少しばかり言及しておいたが、改めて氏素性から説明すれば、二人は藤原良房の弟・良門を祖父とする従兄弟《いとこ》同士である。良門は夭折したようで、遺子の利基（兼輔の父）も高藤（定方の父）も前途はさして有望ではなかったが、不思議な運命の手が、高藤を醍醐天皇の外戚《がいせき》の地位に押し上げることになる。

『今昔物語』巻二十二に出ている話だが、青年の高藤は鷹狩《たかがり》に出て嵐に遭い、南山科《やましな》のある豪族の家に宿りを求めた。そして給仕に出たうら若い女性を引き寄せて一夜の契りを結んだ。数年経っても女のことが忘れられず訪ねてみると、彼女の傍らには自分によく似た美しい女の児がいた。高藤は「前世の契り深くこそはあらめ」と感動して、母子を伴って帰った。この家の主は宇治《うじ》郡の郡司で、その家の跡に建てられたのが今の勧修寺である。

この話は平安末期にはあまねく流布していたが、清楚《せいそ》な庭園に王朝美のなごりをのこす勧修寺の縁起譚《たん》で、そのまま事実とは決めかねる。ただ、この一夜の契りで生まれた胤子《たねこ》が宇多天皇の女御《にょうご》となったために、父高藤が一躍三位《さんみ》に昇り、次いで胤子の生んだ息子（醍醐天皇）の世に内大臣に任ぜられたのは、紛れもない事実である。

宇多天皇は在位わずかに十年にして譲位した。これは痛い目にあわされた故関白基経の女の腹に皇子の生まれる前に、醍醐天皇に皇位を伝えようとした深謀遠慮であろう。そのことは裏返しにいえば、外戚高藤が故基経やその子時平とちがい、政治的野心のまるでない好人物だったからであろう。もっとも、高藤の子定国は父よりも俊敏な政治家だったが、これは早く世を去る。その弟が「三条右大臣」定方である。

定方は父高藤と同様いかにも温和な、政治よりも風流を好む人であった。彼が従兄弟の中納言兼輔と共にくりひろげた風流は、貫之の所(四章一四七頁)で一端を述べたとおりである。

『権中納言兼輔卿集』には、次のような贈答もある。

三条の右大臣殿のまだ若くおはせし時、交野《かたの》に狩し給ひし時追ひてまうでて

君が行く交野はるかに聞きしかど　慕へば来ぬるものにぞありける

急ぐことありて先立ちて帰るに、かの大臣《おとど》の水無瀬殿《みなせどの》の花おもしろけれぱ、付けて送る

桜花匂ふを見つつ帰るには　しづ心なきものにぞありける

京に帰りたるに、かのおとどの御返事

立ちかへり花をぞわれは恨み来《こ》し　人の心ののどけからねば

「水無瀬殿」や「交野」の桜狩といえば、だれしも『伊勢物語』に描かれた業平と惟喬親

王のそれを想起するであろう。実際また最後の一首には、業平の名作、

世の中に絶えて桜のなかりせば　春の心はのどけからまし

に触発された痕跡《こんせき》がみえるが、業平らの心が権勢から疎外された憂愁に満ちていたのに対して、定方と兼輔の遊びには、延喜の太平の恵みをだれよりも受けた者にふさわしい、駘《たい》蕩《とう》たるのびやかさがある。

兼輔に臣従した歌壇の第一人者貫之がこれに加わり、三人の主役の周囲にはさらに、

三一　朝ぼらけ有明の月と見るまでに　吉野の里にふれる白雪　坂上是則

の是則や、

一九　難波がたみじかきあしのふしの間も　あはでこの世を過ぐしてよとや　伊勢

の伊勢との間に一女中務《なかつかさ》（歌人）をもうけた「好色無双」の敦慶《あつよし》親王（醍醐天皇の弟）など、風流人士が集まっていた。藤岡忠美氏はこの定方・兼輔のグループについて、「外戚血縁の関係によって政治的権威の確立をはかる藤原閥族にあっては、一つの異例であった」とし、これを「古代風で浪漫的な色彩を帯びた一つの小世界」と呼ばれた（『平安和歌史論』）。

つまり三条右大臣と中納言兼輔は勝者・敗者というよりも、はじめから戦う意志も必要

もない幸福な人びとであった。戦いはもっぱら、宇多上皇や道真や時平にまかせておけばよかったのだ。延喜・延長三十年間の奇蹟《きせき》的な平和が、この「異例」の幸福を彼等にもたらした。

それだからこそこの小世界は、醍醐天皇という一本の「支柱」を失えば、ただちに崩壊の危機に直面する。その危機を迎えた時の定方・兼輔のかなしみは、『三条右大臣集』の綿々たる贈答がありのままに語ってくれる。

　延長八年九月、みかど御病《おおんやまい》重くならせ給ひて、
　御位さらせ給はんとしける時、よみ給へりける
変りなん世にはいかでかながらへむ　思ひやれどもゆかぬ心を
　兼輔の中納言、これを聞きて和し侍りける
秋ふかき色かはるとも菊の花　きみが齢《よわい》の千代しとまらば
　おなじころよみ給へりける
色かはる萩の下葉のしたにのみ　秋き(ママ)うきものと露やをくらん
　かくて帝《みかど》、九月二十九日かくれさせ給ひにけるを
　嘆きて、中納言兼輔のもとにいひつかはし給へる
人の世の思ひにかなふものならば　わが身は君に遅れましやは
はかなくて世にふるよりは山科の　宮の草木とならましものを

かへし

山科の宮の草木と君ならば　われもしづくにぬるばかりなり

「天皇の死がいかに彼の根底をゆり動かしたか、その虚脱のほどがうかがわれる」（藤岡氏説）。こうした「虚脱」に打ちひしがれたように、二年ばかりの内に定方も兼輔も相ついで身まかる。貫之は相継ぐ悲報を任地の土佐で耳にし、「支柱」を失った落莫《らくばく》たる思いで都へ帰る。そして兼輔亡き旧邸を訪ねて、

ある上達部《かんだちめ》（兼輔）の失せ給へる後、久しくかの殿に参らで参れるに、琴ども淋しくあはれに鳴りわたるに、前栽の草木ばかりぞ変らずおもしろかりける。秋のもなかなり。風寒く吹きて、竹・松などのおもしろければ、詠みて上《うえ》（兼輔夫人）に奉り入るる

松もみな竹も別れをおもへばや　涙の時雨降るここちする（『貫之集』）

と詠んだ。その後、貫之が不遇の老境に沈んだことは、前章に述べたとおりである。ちなみに、紫式部（五七「めぐり逢ひて」）は中納言兼輔の曾孫《そうそん》に当る。彼女は『源氏物語』の時代設定を、曾祖父の生きた延喜の世に置いて執筆したのだから、三条右大臣と曾祖父をめ

ぐる風流は、当然つよく念頭にあったにちがいない。『源氏物語』を考える場合、これは看過できない視点の一つであろう。

四四 逢ふ事のたえてしなくばなかなかに　人をも身をも恨みざらまし　中納言朝忠

この未練たっぷりの恋歌をのこした朝忠は、「三条右大臣」の五男である。父を失ったのは二十二歳の時だが、その後平凡な官歴を経て五十七歳で終る。『権中納言朝忠卿集』には、本院侍従や右近《うこん》など当時知られた女流との贈答があって、一かどの色好みだったようである。

『大和物語』六段によれば、朝忠の中将はある人妻とひそかな関係をつづけていたが、女は国司として地方へ下る夫に同行することになった。朝忠も女もいたくかなしんだが術《すべ》もなく、女の出発する日に、

たぐへやるわがたましひをいかにして　はかなき空にもてはなるらむ

という歌を贈ったという。せめてわが魂をあなたに同行させようと思うのに、どうして置いてけぼりになさるのですか、といった意味であろうか。無論、女を責めているわけではなく、どうにもならぬ現実を前に駄々をこねているのだ。

かの「逢ふ事の」の一首も、本来は「未逢恋《いまだあわざる》」の歌だったのに、定家によって「逢不逢恋《あうてあわざる》」と解釈されたものと島津氏はいう。いかにもこの定家の解釈は、『大和物語』の伝

える未練がましい朝忠の風貌《ふうぼう》とよく似合う。つまり同じ「色好み」であっても、朝忠には業平や元良親王のような灼熱《しやくねつ》の情念はない。「人をも身をも恨み」かこつ、女々しい情緒がくすぶる。それは斜陽の運命に生きた朝忠の、血の衰弱といったものなのであろうか。

四三　あひ見ての後の心にくらぶれば　むかしはものを思はざりけり　権中納言敦忠

定方と兼輔が嘆きの歌（前引）を交わした醍醐天皇の譲位と死は、延長八年（九三〇）六月清涼殿の大落雷で天皇の御前に居並んだ公卿《くぎよう》数人が死傷するという、前代未聞の珍事に端を発した。衝撃によって病床に臥《ふ》した天皇は、九月、年わずかに八歳の朱雀《すざく》天皇に位を譲り、その伯父《おじ》なる「貞信公」藤原忠平（二六「小倉山」）を摂政として後事を委《ゆだ》ね、数日後に崩じた。

その落雷は、後年道真と雷と天神信仰が結び付けられる端緒になったが、無実の罪で配所に果てた道真の怨霊《おんりよう》の祟《たた》りは、これより以前から取沙汰《とりざた》されていたらしい。延喜二十三年（九二三）時平の妹（中宮穏子）の生んだ皇太子保明親王が二十一歳の若さでなくなった時、「世を挙げて云ふ、菅帥《かんのそち》（道真）の霊魂の宿忿《しゆくふん》（つもるいかり）の為す所なり」と

『日本紀略』は記している。あるいはこれより先延喜九年（九〇九）、時平が働きざかりの三十九歳で夭折した頃、すでに流言が出はじめたのではあるまいか。ともかく若き皇太子の急死に衝撃を受けた朝廷は、道真を左遷した二十年前の詔書を破棄して名誉回復をおこなったが、その効もなく、二年後、故皇太子と時平の女との間に生まれた皇太子慶頼王がわずか五歳で夭折した。そのさらに五年後が大落雷である。

追放の主謀者時平の子たちは、菅家の怨霊を格別に怖れざるを得ない立場であった。そして祟りを証明するがごとく、時平の嫡男・大納言保忠が承平六年（九三六）、四十七歳でなくなる。彼は父なき後政権の座に着いた叔父《おじ》忠平に次ぐナンバー・ツウの位置にあった。人呼んで「賢人大将」とたたえたくらいで、毛並みの良さだけでなく人物も尊敬されていたから、保忠の死は世に衝撃を与えた。『大鏡』によれば、病床で薬師経を読んでいた祈禱《きとう》僧が、声張り上げて「宮毘羅《くびら》大将」と唱えたのを、保忠は「我を絞《くび》るとよむなりけり」と思い違いして、そのまま息絶えてしまったのだという。およそ「賢人大将」らしくもないお粗末な最期だが、話の源は京童《きようわらんべ》の口さがなき噂ででもあったか。

嫡流・保忠の死は庶流・忠平の政権を永続させることになった。保忠をはばかって延ばされていたらしい忠平の太政大臣昇進がただちにおこなわれた。そして、やがて長男（実頼）・次男（師輔）を左右大臣として従え、「貞信公」一門は全盛を誇ることになる。時平の次男顕忠と三男敦忠はまだ官位も低く、対抗すべくもなかった。しかも顕忠は怨霊を怖れるあまり、夜毎庭に出て天神を拝み、生活も極度に質素を旨とした。「どうぞ生命ばかりはお助け願いたい」というわけで、こう萎縮《いしゆく》していては政権争いには加われない。「あひ見ての」の作者敦忠は、こうして敗退する時平一門のしんがりにいたのである。しかしその生き方には、政界に重きをなした長兄も、ひたすら保身につとめた次兄とも異なる所がある。

敦忠は時平がその美形に魅せられて叔父から奪った在原棟梁女《むねやな》（業平の孫）を母とし、血筋にたがわぬ美貌、しかも「世にめでたき和歌の上手」で、管絃にもすぐれていた。琵琶《びわ》の名手「博雅三位《はくがのさんみ》」こと源博雅《ひろまさ》は、敦忠の姉妹を母とする人だが、彼が欠席すると宮中の宴がしばしば停止された。すると古老たちは、「世の末こそあはれなれ」、もし敦忠中納言が生きていたら博雅もこれほど大事にはされなかったろうにと惜しんだという（『大鏡』）。

また次のような話もある。敦忠はつねづね妻にむかって、「われは命みじかき族《ぞう》なり、かならず死なんず（早死にするでしょう）」といい、私の死後、あなたはわが家の家司《けいし》・播磨守《はりまのかみ》某を夫とするでしょう、と語っていたが、はたしてそのとおりになったと（『同』）。これも作り話にちがいないが、時平の子として敦忠が命短しと覚悟していたことは、すなおに納得される。

美貌と才能に恵まれ、しかも短命を自覚していたとなれば、この貴公子が「色好み」に傾くのは、水の低きに流れるように自然であろう。西本願寺本『三十六人集』の『敦忠集』には、百四十五首の歌が収められているが、四季歌は一首もなく、哀傷・離別歌など数首以外はことごとく恋歌である。恋の相手は、「あだ名立つ人」「やむごとなき人」「しのびたる人」「たえたる人」「年月へてちぎりながら、さもあらざりける人」など、名も知れない女性が多いが、名や系譜の知られる人もいる。まず、女房の右近。

三八　忘らるる身をば思はずちかひてし　人のいのちの惜しくもあるかな　　右近

この一首の作者は太后穏子（忠平妹・醍醐后）に仕えていた。『大和物語』の八十一段から八十四段までは、右近と「故権中納言の君」すなわち敦忠との恋物語で、とかく離《か》れ離《が》れになる敦忠にむかって、右近は恨みのたけを訴える。

忘れじとたのめし人はありと聞く　言ひし言の葉いづちいにけむ（八十一段）
栗駒の山に朝たつ雉よりも　かりにはあはじと思ひしものを（八十二段）
思ふ人雨とふりくるものならば　わがもる床はかへさざらまし（八十三段）

どの段にも短い歌語りが付いているが、その引用は省く。つづく八十四段が「忘らるる」の歌で、これも右の諸段と同じく敦忠の浮気が元になって生まれた。つまり敦忠は、自身百人一首の歌人であるだけでなく、百人一首歌の相手にもなったほどの色好みなのだ。ただし『大和物語』には、「返しはえきかず」とだけで、右近の切ない女心に敦忠がどう答えたかは伝わっていない。

右近への愛ではどうやら誠実さに欠けた敦忠も、次の贈答ではいささか名誉を回復するであろう。

助信が母身まかりて後も、時々かの家に敦忠朝臣のまかりかよひけるに、桜の花の散りける折にまかりて、木のもとに侍りければ、家の人いひいだしける　　よみ人しらず

今よりは風にまかせむ桜花　散る木《こ》のもとに君とまりけり

返し　　敦忠の朝臣

風にしも何かまかせん桜花　匂《にお》ひあかぬに散るはうかりき（『後撰和歌集』春下）

「助信が母」とは参議源等《ひとし》の女。敦忠はこの女との間に助信という子をもうけたが（『尊卑分脈』）、彼女は早くなったらしい。しかし、敦忠はその後も亡妻の家を訪ねることを止めず、「どうぞもうお心に懸けてくださいますな」と「家の人」に辞退されても、なお思慕を絶とうとしなかったようだ。おもしろいことに、この亡妻の父なる人も、百人一首の作者である。

三九　浅茅生の小野の篠原忍ぶれど　あまりてなどか人の恋しき　　参議等

「参議等」は『後撰和歌集』に四首入ったものの、ほとんど歌人ともいえないほどの存在で、かの春道列樹（三二「山川に」）などと同様に、一首の秀歌で名を不朽にした果報者とい

うことになる。しかし右の贈答は敦忠と等とのいずれ劣らぬ優なる心ばせをしのばせ、私は彼等が百人一首に名を列ねたことを祝福してやりたくなる。

『敦忠集』百四十五首の圧巻をなすのは、百首にもなんなんとする「斎宮《さいぐう》」との贈答である。斎宮とは、承平元年（九三一）朱雀天皇即位にともなって卜定《ぼくじょう》され、同六年母の喪によって退下した雅子内親王（醍醐皇女）である。敦忠との仲は、

　　斎宮と代を経てきこえかはしたま（ママ）けるはじめのに
　や
　したにのみながれわたるは冬河の　こほれる水と我となりけり
　　かへし
　心から人やりならぬ水なれば　流れわたらんこともことはり（『敦忠集』）

にはじまり、四季の風物を織りなしつつ果てしなくつづく。二人の仲は並々の深さではなかった。ところが、運命のいたずらが突然恋人を引き割《さ》く。『大和物語』に、

　これも同じ中納言（敦忠）、斎宮のみこを年ごろよばひたてまつりたまうて、今日明日あひなむとしけるほどに、伊勢の斎宮の御占《みうら》にあひたまひにけり。いふかひなく口をしと男おもひたまうけり。さてよみたまうける。

伊勢の海千尋《ちひろ》の浜にひろふとも　いまはかひなくおもほゆるかな

となむありける。（九十三段）

たがいに心変りしたのならば諦《あきら》めも付こうが、卜占に当ったとあっては怒り・悲しみの遣《や》り場がない。交通事故に遭ったような思いを、家集は、

斎宮にゐたまうてのちに

いけごろし身をまかせつつ契りこし　昔を人はいかが忘るる

返し

ちぎ□こし事忘れたるものならば　とふにつけても忘れざらまし

と伝えている。

雅子内親王が伊勢から帰京した後の贈答もあるにはあるが、二人はついに結ばれなかった。さしもの藤原氏にとっても皇女との結婚はむずかしい。かつて良房が嵯峨天皇の皇女で臣籍に下った源潔姫を賜わった先例はあるが、「内親王」身分の人と結婚した藤原氏の公達《きんだち》はいなかった。敦忠の長い恋路もこの身分の垣に隔てられたのであろうが、雅子内親王はやがて忠平の次男師輔にめとられる。しかも師輔は、雅子の姉妹の勤子・康子両内親王も妻とすることに成功した。敦忠の悲恋と、師輔の政略結婚の相継ぐ成功を対比すると、それは時平・忠平両流の明暗を象徴するかのごとくである。

敦忠の多情多恨はこのようであったが、さて百人一首の「あひみての」の歌の相手は、

「みくしげどのの別当」という女性である。

みくしげどのの別当に、しのびてかよふに、親聞きつけて制すと聞きて

いかにしてかく思ふて（ふ）ことをだに　人づてならで君にかたらむ

あひみてののちの心にくらぶれば　むかしはものも思はざりけり《（ママ）》（『敦忠集』）

「御匣殿《みくしげどの》の別当」は忠平の女・貴子で、かの夭折《ようせつ》した皇太子保明親王の女御だった人である。夫の死後、彼女は後宮の取締りに当る「御匣殿の別当」として送りこまれ、忠平の宮廷操縦の一翼をになった。そうした立場の女性に、敦忠は忍んで通《かよ》ったのだ。そして詞書《ことばがき》に「親聞きつけて制す」とあるとおり、父忠平は二人の恋を邪魔した。なぜならこの恋は、かの元良親王と女御褒子、さらには業平と女御高子の恋と共通の、政治がらみの悲劇的筋書をもっていたからだ。

もっとも、「あひみての」の詞書は、勅撰の『拾遺抄』やこれを改訂した『拾遺和歌集』には『敦忠集』のような具体的状況が記されていない。『敦忠集』はこのいきさつを何によって記したか分らないが、根拠不明の虚妄と片付けるのはいかにも惜しい。では色好みの敦忠は、この恋によって時めく叔父忠平の政略に一矢を報いようとしたのであろうか。それにしては「あひみての」の歌は余りにも沈鬱《ちんうつ》な内省的な調べをもつ。叔父の制止を捨て身で突破する決意は、ここにはどうもなさそうだ。むしろこの独白にも似た表現には、

藤原氏略系図
（太字は百人一首作者）

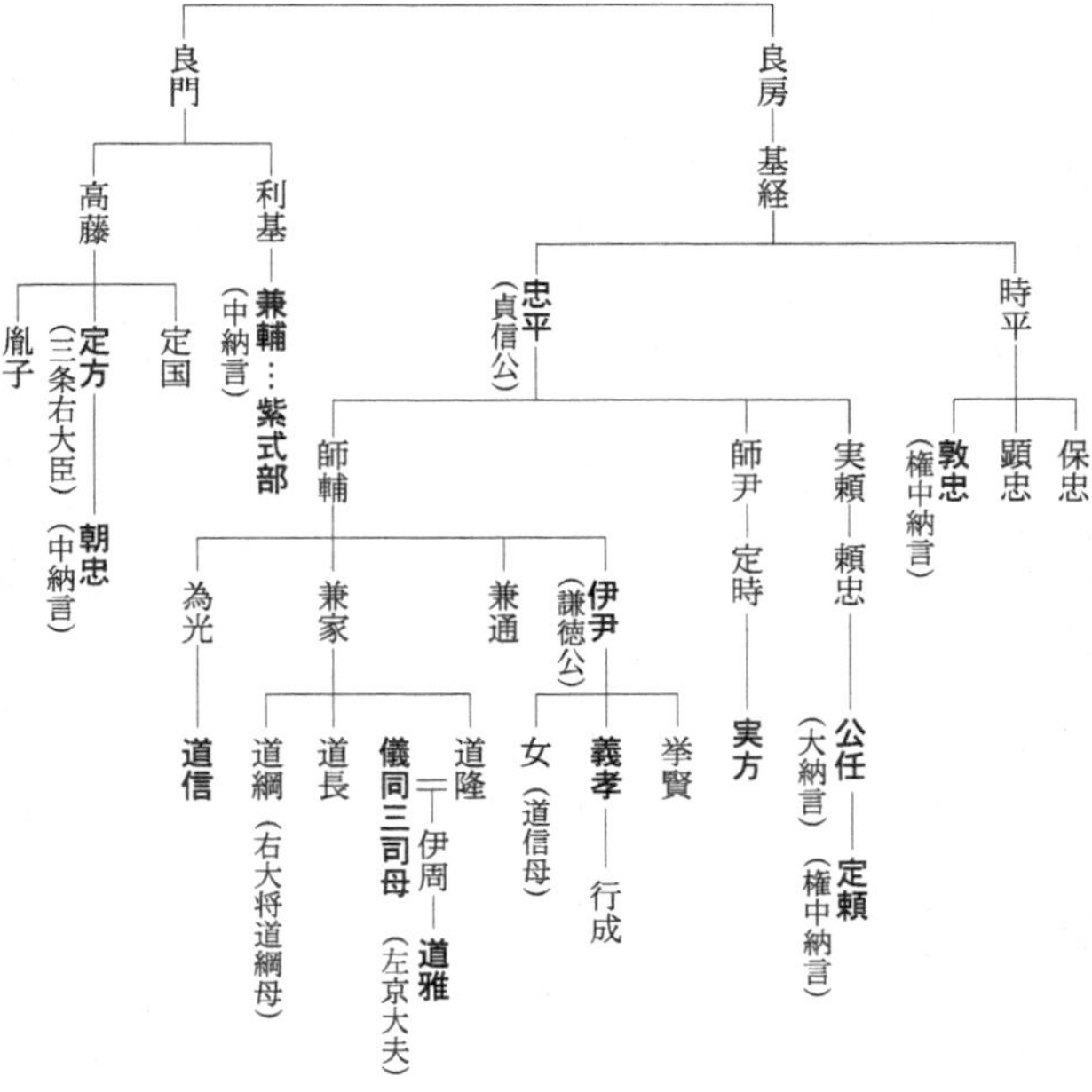

「命みじかき族」に生まれた権中納言敦忠の、底知れぬ生の寂寥《せきりよう》がこめられているように思われる。

時平一門はこのようにして滅びて行くのである。

四三 あはれともいふべき人は思ほえで　身のいたづらになりぬべきかな　謙徳公

「命短き族《ぞう》」に生まれた権中納言敦忠（四三「あひ見ての」）の死後、生前の風流をしのぶために彼の山荘に集まった一群の人びとがいた。

中納言敦忠まかりかくれて後、比叡の西坂本の山庄に人々まかりて花見はべりけるに

一条摂政

いにしへは散るをや人の惜しみけむ　花こそ今は昔恋ふらし（『拾遺抄』九）

落花にたぐえて敦忠を痛惜したこの「一条摂政」は、「あはれとも」の作者「謙徳公」である。没落する時平流の敦忠と日の出の忠平流の謙徳公の運不運は対照的だが、生活と

心ばせには共通する所があったから、こういうしみじみとした哀傷歌が生まれたのであろう。

また先（一七八頁）に引いた『大和物語』第六段の朝忠中将（㈣「逢ふ事の」）の歌、

たぐへやるわが魂をいかにして　はかなき空にもてはなるらむ

は、後世の『新千載和歌集』には、「謙徳公」の作とされている。どちらが誤伝かはしばらく措き、中納言朝忠と謙徳公にも、人を混同させるような同じムードがあったのであろう。しかし「謙徳公」は、敦忠や朝忠のように栄華のかげに置き去りにされた人ではない。それどころか、栄華の道をひた歩む主流中の主流。貞信公を祖父とし右大臣師輔を父とする、嫡子藤原伊尹《これただ》その人である。伊尹の父師輔は清濁あわせ呑《の》む包容力があり、気むずかしくて容易に人を許さぬ兄実頼よりも衆望を集めていた。しかも女子を村上天皇の後宮に入れ、のちの冷泉・円融両天皇がその腹から生まれたので、子宝に恵まれなかった実頼の小野宮流よりも師輔の九条流が後に栄えるのは、自然の勢いであった。

もっとも師輔はかの天徳内裏歌合（四章一五七頁）の直後に兄に先んじて世を去り、時平流の顕忠や源高明や伯父の師尹が次々に右大臣の地位を襲った。ようやく参議になったばかりの伊尹は、まだ彼等に対抗すべくもない。七年後英明な村上天皇が崩じ精神病の冷泉天皇が即位したが、二年後いわゆる「安和《あんな》の変」が起こって、右大臣源高明が追放される。ついで十一歳の皇太弟（円融天皇）が皇位を継承し、不安定な政情のつづくうちに摂政実頼が七十一歳で世を去る。そこで天禄元年（九七〇）、伊尹は幼帝の伯父として摂政となり、ここにはじめて政権の座につく。時に四十七歳。

私はこの章のはじめに、百人一首には藤氏の権力者は貞信公（忠平）と法性寺入道前関白太政大臣（忠通）の二人しかいないと書いた。しかし、伊尹は摂政となった人だから、権力者は三人だというべきかも知れない。あえてそう言わなかったのは、伊尹が政権を執ることわずかに二年余で、はかなく死んでしまったからである。『栄花物語』に「御心地、例ならずのみおはしまして、水をのみきこしめせど」云々とあるからいわゆる飲水病で、服部敏良氏（『平安時代医学の研究』）の診断では「現今の糖尿病にあたるのではないか」という。

病魔は伊尹をして、権力をほしいままにする暇を与えなかった。「一条摂政」の通称も、「謙徳公」という諡《おくりな》も、伊尹にとっては空しいものだった。しかし私が伊尹を権力者に数えないのは、在任期間の短かさもさることながら、彼の人間性が何となく権力者タイプと程遠い所にあるからである。そしてそれは、彼の子義孝（五〇「君がため」）や外孫の道信（五三「明けぬれば」）の生涯と思い合わせると、いよいよ痛感される。

伊尹はゆたかな芸術的センスに恵まれていた。百九十四首から成る『一条摂政御集』が伝わっているが、その冒頭に、大蔵の史生《しそう》倉橋の豊蔭《とよかげ》、口惜《くちお》しき下衆《げす》なれど、若かりける時、女のもとにいひやりける事どもを書きあつめたるなり。公事《おおやけごと》さわがしうて、をかしと思ひける事どもありけれど忘れなどして、後に見れば、事にもあらずぞありける。いひかはしける程の人は、豊蔭にことならぬ女なりけれど、年月を経て返りごとをせざりければ、まけじと思ひていひける

あはれともいふべき人は思ほえで　身のいたづらになりぬべきかな

とある。摂関家嫡流の貴公子が、みずからをしがない下級官人の若者「豊蔭」なる架空人物にやつして、その色好みのさまを歌語りする趣向で、一編の自撰《じせん》家集を虚構したのである。女に捨てられた男の、くずおれそうな心の弱みを露《あら》わにした「あはれとも」の一首は、このような虚構の語りを付けた家集冒頭の作である。『拾遺集』恋五には単に、「物いひ侍りける女の、後につれなく侍りてさらにあはず侍りければ　一条摂政」とあるだけだが、この歌が後世に与えた感銘は、作者自身の手になる虚構のおもしろさを含めてのことであろう。

架空の人物倉橋豊蔭にかこつけた四十一首の贈答の相手は、「大炊御門《おおいのみかど》のわたりなりけ

る人」「うち（内裏）わたりなりける人」「西の京わたりなりける女」「中御門《なかみかど》わたりなりける女」など数多い。みな実在の女人であろう。また四十二首目以下は、伊尹の死後何びとかによって増補されたものとみられているが、その編者は、「この大臣《おとど》はいみじき色好みにて、よろづの人のこさじとたはれ歩《あり》きたまへど、のきてあく人なく、あはれにのみおもひきこゆる」などと暖かく評しつつ、さらに多くの女人との交渉の跡を拾い上げている。しかし、そんなはげしい色好みにトラブルが起こらぬはずもなく、いろいろな事があった。

早うの事なるべし、北の方と怨《え》じたまて、「さらに来《こ》じ」とちかごと（誓言）して、ものどもはらひなどして、二日ばかりありて

別れてはきのふけふこそへだてつれ　千代しもへたるこゝちのみする

御かへり

きのふとも今日とも知らず今はとて　別れしほどの心まどひに

（中略）

この大臣《おとど》、北の方と怨《え》じたまて、横河《よかわ》にて法師にならむとしたまふに、法師して

ゐとの（恵子女王）

身をすてて心のひとりたづぬれば　おもはぬ山もおもひやるかな

大臣、かへし
たづねつゝかよふ心し深からば　知らぬ山路もあらじとぞおもふ
又、ゐとの
なよたけのよかはをかけていふからに　我がゆく末の名こそをしけれ

などは、正妻恵子女王と「いみじき色好み」伊尹の、はげしい愛憎の絡みあいを示している。また、

本院の侍従の君のもとにおはしそめて、あかつきに、ほとゝぎすのころにや
女
あかつきになりやしぬらんほとゝぎす　なきぬばかりもおもほゆるかな
ふたしへにおもへば苦し夏の夜の　あくてふ事なわれにきかせそ

というのは才媛・本院侍従との交渉だが、この女性は実は伊尹の弟兼通とも恋愛関係にあった。女が「ふたしへ（二重）におもへば苦し」とうたったように三角関係で、『本院侍従集』には、「（兼通）かくて住みわたり給ふほどに、この女をよばふ人盗みていにければ」とあるから、伊尹が弟と本院侍従との間に割りこんだように思われる。伊尹の色好みはなかなかのものだった。

山口博氏によれば、兼通と思われる男との三十九首の贈答より成る『本院侍従集』は、彼女の家集というより彼女の編集になる「兼通集」ともいうべきもので、しかも実は「兼通の歌も含めて、すべてを本院侍従が創作したのではないか」、そして兼通がそんな手のこんだ事を本院侍従にやらせたのは兄の『豊蔭』や弟兼家の妻の『蜻蛉《かげろう》日記』に触発された「虚栄心」からではないかという（『王朝歌壇の研究』）。おもしろい説だと思う。

延喜の頃までの藤原氏は、いい意味でも悪い意味でも文学と縁遠い政治的人間の集団で、万葉にも古今にも藤原氏の影は薄い。それが古今勅撰後半世紀を経て、ほかならぬ伊尹が「撰和歌所」を主宰して和歌の勅撰がおこなわれた。かくして成った『後撰集』が『古今集』と対照的に、貴族の私生活を詠った作を多く採ったのは、それだけ和歌が貴族社会に浸透し、生活に密着したからであろう。そこで藤原氏主流も、実頼の『清慎公集』や師輔の『九条右丞相《うじょうしょう》集』などにみるように、歌詠むわざを身に付けはじめていた。官職の上で兄にも弟にも遅れをとっていた兼通は、この時勢にかんがみ、P・R的歌集によって人気を得ようとしたのではあるまいか。ただし、兼通・兼家と長兄伊尹との決定的な相違は、みずから『豊蔭』を虚構するような文才の有無であった。その点で、伊尹は百人一首の作者に選ばれるにふさわしい人といいえよう。

しかし派手な色好みや豊かな文才は、政治家伊尹には必ずしもプラスにはならなかった。安和の変という奇怪な陰謀事件で、伊尹が源高明追放にどの程度の役割を演じたかは、諸説紛々として私にも分りかねるが、少なくとも彼の死後骨肉相食む醜い争いをした兼通・兼家のような冷酷な権力意志は、持たなかったようにみえる。伊尹政権が短命に終った原因も、世間は政治家としての欠陥に帰したらしく、そこからさまざまな説話が生まれた。

たとえば『大鏡』は、伊尹の早世は父師輔の遺訓にそむいたためだという世評を記している。師輔には『九条殿遺誡《ゆいかい》』というものがある。朝起きてまず属星の名を唱え、暦を見て日の吉凶を知り、仏神を拝み、日記を書くといった作法をはじめ、お喋《しゃべ》りをするな、人の行ないをとやかく言うな、むやみに他家へ行くな、衣服に美麗を求めるな、故老に会ったら質問せよ、公務を欠席するな等々、至れり尽せりの戒めである。また師輔には『九条年中行事』という、宮廷儀礼の典拠となった著書もある。こうした貴族政治の権威の教えに不肖の子伊尹は背いたので、早世したというわけだ。この世評はおのずから伊尹の持つアウト・サイダー的部分を指し示している。

伊尹の早世は、中納言朝忠（四「逢ふ事の」）の弟・朝成の怨霊によるとの巷説《こうせつ》もあった。朝成は出世コースの蔵人頭《くろうどのとう》になりたくて伊尹に頼みこみ、伊尹は一旦《いったん》これを承諾したのに、約束を違えてみずから就任した。しかも陳情に来た朝成を炎天下の門外で長いこと待たせたので、逆上した朝成は、「早うこの殿は、われを焙《あぶ》り殺さんとおぼす」と悪心を発して帰宅し、「この族《ぞう》ながく断たむ、もし男子も女子もありとも、はかばかしくてはあらせじ」と誓って死に、「代々の悪霊」になったのだという（『大鏡』その他）。政治家伊尹の器量はあまり大きくなかったようである。

また『富家語談《ふけごだん》』には、伊尹の家の庭にあった墓を崩したところが、「タケ八尺バカリナル尼公ノ、色ノ衣着タル」死骸《しがい》が掘り出され、驚いて見ているうちに風に乗って散り失せ、その後伊尹の家運は衰えた、という話がみえる。これは二百年近くも後の説話だが、根は無いこともない。伊尹生前のこと、その家の井戸に死体が浮いていた。それを知らずに伊尹が参内したため、内裏に死穢《しえ》が及んで大騒ぎになったという（『西宮記』）。触穢《しょくえ》に細心の注意をはらうことは宮廷人に必須の心得だから、父師輔のような油断のない人なら、よもやこんな失態はしまいと、人々は非難したにちがいない。おそらくこうした事実が伝説化されたのであろう。つまり伊尹には煩雑な貴族社会の規制をはみ出す部分があって、それが彼自身と子孫の没落をもたらしたことになる。

五〇　君がため惜しからざりし命さへ　長くもがなと思ひけるかな　　藤原義孝

一条摂政家の没落をめぐる説話は、伊尹の二子、挙賢と義孝の悲劇的な死によって急速に成長したものと思われる。二子は父の死後も左右近衛《このえ》の少将としてエリート・コースを進んでいた。しかしわずか二年後、流行の疱瘡《ほうそう》によって同日にあっけなく死んでしまう。

『大鏡』は、『前少将（挙賢）は朝《あした》にうせ、後少将（義孝）は夕《ゆうべ》にかくれたまひにしぞかし」と記し、『栄花物語』は、「母北の方あはれにいみじうおぼし嘆く事を、世の中のあはれなる事のためしには言ひのゝしりたり」と記す。古くは天平の藤氏四兄弟の疫死や後の長徳の「大疫癘《だいえきれい》」が政治上の大変動をひき起こしたのには比べるべくもないが、世の人の涙を誘った点ではまさるとも劣らぬ出来事であった。「君がため」の歌には、二十一歳の夭折を予感したような、惜命の情がただようている。都の人びとはこの後朝《きぬぎぬ》の歌を、義孝の辞世のごとく愛唱したのではなかったか。

『義孝集』には、夭折を予感したと思われる無常の詠が多い。

ゆく方も定めなき世に水はやみ　小舟をさほのさすやいづこぞ

女のもとに

いのちだにはかなくくもあらば世に　あらばとおもふ君にやはあらぬ

また女に

いつまでのいのちも知らぬ世の中に　つらきなげきのたゞならぬかな

かへし

みをつみて長からぬ世を知る人は　ひとへに人をうらみざらなん

慶滋保胤《よししげのやすたね》の『日本往生極楽記』には、義孝は聖徳太子以下四十五人の往生人のひとりとして挙げられている。彼は「深く仏法に帰し、終《つい》に葷腥《くんせい》（なまぐさもの）を断ち、勤王

（公務）の間法花経《ほけきょう》を誦し」ていたが、命終の時にも「方便品《ほうべんぼん》」（『法華経』）を誦《しょう》しつつ息絶え、異香は室に満ちた。そして生前親しかった歌人大弐《だいに》高遠の夢にあらわれ、

昔は契りにき、蓬萊宮《ほうらい》の裏《うち》の月に
今は遊ぶ、極楽界の中の風に

と詠じたとある。義孝の往生は、前後して世を去った名僧空也などにも匹敵する感銘を、世に与えたものらしい。

『栄花物語』は、義孝には出家の念願があったけれども、一子行成を見捨てがたくて果さなかったのだという。忘れ形見の行成も道心深い人で、その日記『権記《ごんき》』には、叡山の横河《よかわ》に隠棲《いんせい》していた叔父《おじ》の義懐入道をしばしば訪れたことがみえる。権中納言義懐《よしちか》は甥《おい》に当る花山天皇の外戚《がいせき》として、亡き父伊尹に代って後見《うしろみ》を勤めていたが、伯父《おじ》兼家一家の謀略によって花山天皇が退位に追いこまれるや、いさぎよく遁世《とんせい》したのであった。

その義懐の子成房も道心深く、従兄《いとこ》行成の引き留めるのを振り切って出家してしまうが、成房と行成の美しい心の交わりは『権記』の随所にみえる。試みに成房が出家しようとした日の日記を引く。

長保元年（九九九）十二月十九日壬戌《じんじゅつ》。早朝苔雄丸《こけおまる》（従者の名）を差し、書状を少将（成房）の許に送る。その詞に云《い》はく、

世の中をいかにせましと思ひつつ　起き臥すほどに明け暮らすかな　ム（私の意味）則ち世間無常の比《ころ》、視るに触れ聴くに触れ、只《ただ》悲しき感《おもい》を催す。中心に忍びがたき襟《むね》を抽《ひら》きて、肝胆隔てざる人に示すなり。内（宮中）に参る後、掖陣《えきじん》の下《もと》に於いて返事を披見《ひけん》す。云《い》はく、

世の中をはかなきものと知りながら　いかにせましと何か嘆かん

伊尹流の人びとを覆う無常感の一端を、ここにかいまみることができる。行成自身は出家の志を遂げなかったが、代りに世尊寺《せそんじ》を建立した。世尊寺流を開いた名手行成のあの美しい書跡にただよう「もののあはれ」は、伊尹流の色好み、夭折の運命、無常の思いなどが結晶したものともみるべきで、その美の根は深かった。

五一　かくとだにえやはいぶきのさしも草　さしも知らじなもゆる思ひを
藤原実方朝臣

五二　明けぬれば暮るゝものとは知りながら　なほうらめしき朝ぼらけかな
藤原道信朝臣

「明けぬれば」に、はなはだおっとりした未練を告白した道信は、謙徳公伊尹（四五）「あはれとも」）の女を母として生まれた（父は伊尹の弟・太政大臣為光）。『大鏡』に、「いみじき和歌の上手、心にくきものにいはれ給ひしほどに失せ給ひにき」とあるように、二十三歳の若さで世を去った。

道信には二人の異母兄がある。すなわち誠信と斉信で、二人は同母の間柄なのに中納言昇進を争い、道長の推挙で弟斉信が兄を越えて就任するや、誠信は「いとど悪心起して」、「斉信・道長、我れ、はばまれめるぞ」といったきり全身硬直、七日ばかりで息絶えた（『大鏡』）。こういう官職争いのすさまじさはこの兄弟だけの事ではないが、ともかくそろってあくの強い権力志向人間であった。しかし異母弟の道信は二兄と対照的な人柄だったらしい。『俊頼口伝集』に、こういう話がある。

ある日道信中将が山吹の花を手にして、清涼殿の中を通った。集まっていた女房たちが「さるめでたきものを持ちて、ただに過ぐるやうやある」、何とか御挨拶《ごあいさつ》なさいよと言いかけると、彼は待っていましたとばかり、

くちなしにちしほやちしほ染めてけり

といって花を差し入れた。若い女房たちがどぎまぎしていると、たまたま居合わせた伊勢《いせの》大輔《だいぶ》が、

こはえもいはぬ花の色かな

と付け、中宮（彰子）が「大輔がいなければ恥をかくところだったね」と仰せられたという。「くちなし」に対する「えもいはぬ」の洒落《しゃれ》である。

伊勢大輔は、

六一　いにしへの奈良の都の八重桜　けふ九重に匂ひぬるかな　　　伊勢大輔

で知られた、即興の名手である。ある年南都からみごとな八重桜が中宮に献上された。「これを受け取るのは今参り（新参女房）のお役目よ」と、ちょっと意地悪な紫式部が言い、中宮の父道長がすかさず「ただには取り入れぬものぞ」と口をはさんだ。人びとが目をそばだてている中で、大輔は筆を執ってさらさらとこの一首を書き付けたという（『伊勢大輔集』）。後宮に仕える女房がつねにこうした試練にさらされ、多くの秀歌がその中から生み出された事については、六章に改めて書く。ともかく道信という青年は、中宮彰子周辺の才女たちにあえて挑戦するほど、自信にあふれた才子であった。

そしてこうした才気にかけては、道信よりも一段とまさるのが、「かくとだに」という、技巧の限りを尽した歌の作者である。実方は実頼・師輔の兄弟師尹の孫で、母も道長の正妻の姉妹という名門である。父を早く失ったが、剛腹を以《も》って鳴る叔父・左大将済時《なりとき》に養われ近衛中将として時めいた。同じく近衛中将だった道信とは、ことにウマが合ったようで、彼等の家集には、濃密な交わりを偲《しの》ばせる応酬が多い。

実方の君の、宿直所《とのいどころ》にもろともに臥して、あかつきに出でたまふとて、随身して

いもとねてをくる朝《あした》の露よりも　なかなかもののおもほゆるかな

実方の中将の宿直所に枕箱忘れたりける、をこすとて

あくまでも見るべけれどもたまくしげ　浦島の子やいかが思はんかへし

たまくしげなにいにしへの浦島に　われならひつつをそくあけけむ（『道信集』）

道信の中将と、世のはかなき事をいひて、又の日雉子《きじ》をやるとて

たつ雉子のうはのそらなる心地にも　のがれがたきはよにこそありけれ

（『実方中将集』）

これらの作にひらめく軽妙なウイットのかげには、何がなし「もののあはれ」がただよう。彼等のうちに秘められた夭折への予感が、しからしめたのであろうか。正暦五年（九九四）、先に身まかったのは道信である。実方は、

道信の中将、花もともに見むと八月ばかりにちぎ
りけるを、かの中将なくなりにける秋

見むといひし人ははかなく消えにしを　ひとりつゆけき秋のはなかな（『実方中将集』）

と親友を悼んだ。義孝（五〇「君がため」）に関連してふれたように、藤氏の栄華が絶頂にさしかかったこの頃、道信の伯父に当る多武峰少将高光、左大臣源雅信（道長の岳父）の子・少将時叙《ときのぶ》（母は四四「逢ふ事の」の中納言朝忠の女）、道長の養子・左近権中将源成信、右大臣藤原顕光の子・左近少将重家等等、エリート中のエリートが続々と仏門に入る。それは青年の多感な心が、なまじ栄華の圏内にあるだけ、現《うつ》し世のはかなさを人一倍純粋に感じ取ったからであろう。貴公子たちの発心とその夭折は、根を同じくする社会現象であった。

平安京の貴《き》賤《せん》男女は、銀鞍《ぎんあん》白馬の貴公子の出家や夭折を見たり聞いたりする度暗涙にむせんだが、中でも大きな衝撃を与えられたのは、遠い陸奥での実方の死である。

中将実方は、美貌・色好みと流離・漂泊というイメージにおいて、あの在五中将（業平）と好一対のもうひとりの中将である。王朝の花形は、前半期では業平、後半期では実方。

と、私は旧著『漂泊―日本思想史の底流―』の第六章「歌枕見テマイレ」に書いた。実方に従って陸奥国に赴いた歌人源重之（四八「風をいたみ」）の伝記を追求した二十余年前から、この人の運命に関心をもつことは久しいが、旧著の二番煎《せん》じよりも、『山家集《さんかしゅう》』や『奥の細道』の名文を読んでいただくのが、はるかによいという気がする。「笠島やいづこ五月のぬかり道」の句を含む後者はどなたもご存知であろうから、前者だけをとりあえず紹介し、付け加えて実方の生涯を簡略にたどることにしたい。

みちのくにまかりたりけるに、野の中に常よりもとおぼしき塚のみえけるを、人に問ひければ、「中将の御墓《み》と申すはこれがことなり」と申しければ、「中将とは誰《た》がことぞ」と又問ひければ、「実方の御事なり」と申しける。いとかなしかりけり。さらぬだにものあはれにおぼえけるに、霜枯れの薄《すすき》ほのぼの見えわたりて、後に語らむも言葉なきやうにおぼえて

朽ちもせぬその名ばかりをとどめ置きて　枯野の薄形見にぞ見る（『山家集』）

古典の尻馬《しりうま》に乗って冗舌を弄《ろう》しようにも、こうした絶唱の前では沈黙するほかあるまい。芭蕉が墓を弔うことなく、はるかに一句を手向けて過ぎたのも、五月雨道に行き悩んだだ

けではなく、西行の絶唱に脱帽する余りの事だったかも知れぬ。それはともかく、青年西行が陸奥の歌枕を探るために長途の「修行」に出たのは、実方の死後二百年もたった後なのに、路傍の墓にこれほど感動したのは、実方が一条天皇の勅勘をこうむり「歌枕見テマイレ」とて陸奥へ左遷されたという伝説を知っていたからにちがいない。いやこの実方伝説こそ、西行を旅に誘った有力な動機だったのではないか。とすれば、墓とのめぐりあいは偶然のことではなく、西行文学の形成に深刻な意義をもつのであろう。

その西行の死後間もなく成立した説話集『古事談』によれば、実方はかの行成と清涼殿で口論に及び、カッとして相手の冠を取って庭に投げ捨てた。それを運悪く一条天皇に見とがめられ、冷静な行成が蔵人頭に抜擢《ばってき》されるのと反対に、陸奥守として赴任を命じられたのだという。時めく近衛中将から辺境の国司へ、これは優遇とはいえないが、口論とか左遷とかいう事は信頼すべき史料にみえない。むしろひどく治安の乱れていた辺境を鎮定する使命を帯びて、つまり在地豪族に睨《にら》みの利く貴種なればこそ選ばれたものと、私は推定している。

しかし、実方がそうした使命にふさわしい人物で、彼自身もこの赴任を本懐としたかといえば、はなはだ疑問であろう。なぜなら『大鏡』が「実方の中将、世のすきものに、はづかしういひ思はれ給へる」と評したように、彼は美貌と色好みで、社交界の花形だったからだ。さまざまな伝説がある。実方は賀茂の臨時祭の時、みたらし河に影を映して、わが身ともおぼえず見惚《みほ》れていた。また若女房たちは人と約束を交わす時、破ると実方中将の憎しみを買いますよと誓い合った（『西行物語』）。またある年の賀茂祭の試楽（リハーサル）に、実方は遅刻して挿頭《かざし》の花をもらえなかったが、彼はつと庭の呉竹《くれたけ》の一枝を折り、これを挿頭にして舞人に加わった、その優美に満座は感嘆し、試楽には呉竹の枝を用いるのが例となった（『古事談』）。ある日、殿上人が花見に行き、心ない俄雨《にわかあめ》に逃げまどうた時、実方は平然と木のもとに立ち寄って、

桜狩雨は降り来《き》ぬ同じくは　ぬるとも花のかげにかくれん

と詠み、漏り来る雨にしとどに濡《ぬ》れていた（『撰集抄』）。みな、実方の抜群の美貌とみやびな動作を核として成立した説話であろう。女性が慕いよらぬはずもなく、家集にはおびただしい女房の名が出て来る。そのひとりは清少納言で、『拾遺和歌集』恋四に、

（清原）元輔がむこになりてあしたに

藤原実方朝臣

時のまも心はそらになるものを　いかですぐしゝ昔なるらむ

とみえ、また『実方朝臣集』に「元輔がむすめの、中宮にさぶらふを、おほかたにて、いとなつかしう語らひて、人には知らせず絶えぬ仲にて」とあるように、彼等はある期間恋愛・夫婦関係にあった。

機鋒《きほう》の鋭さにかけて並ぶ者もない清女とこまやかな愛を交わした実方は、彼もまた軽や

かなウイットで人を魅了した。家集に、

雪降れるあした、弘徽殿《こきでん》の北面《きたおもて》に、左京大夫道長のきみ

あしのかみひざよりしも（下・霜）の冴ゆるかなとあれば

こし（越・腰）のわたりに雪やふるらむ

八月ばかり、月あかき夜、花山院ひが歌よまむとおほせられて

秋の夜に山ほととぎす鳴かませばとおほせらるるに

垣根の月や花と見えまし

など、連歌が多くみえるのは、いかにも実方の才気や人気をうかがわせる。

こういう美貌が都から消えるとあっては、男女を問わず惜別に堪えない人が多かったらしい。多くの贈答歌が生まれた。しかも任命から出発までの半年間に、彼の養父済時も、その親友で政権の座にあった中関白道隆も世を去ったから、道長政権への激動をよそに陸奥へ発つ実方には、孤影悄然《しょうぜん》たるものがあった。「歌枕見テマイレ」の左遷という伝説は、ここに芽生えたのであろう。

そして伝説を決定的にしたのは、実方がむなしく辺境の土となり、再び都へ帰らなかったことである。『源平盛衰記』の伝えによれば、実方は名取《なとり》郡笠島の道祖神の社の前を通り、この神は無双の霊神だから下馬して拝んでくださいとの忠告をきかなかったので、怒った神に蹴殺《けころ》されたのだという。伝説は在地豪族の紛争に巻きこまれて横死したことの反映かも知れない。ともかく、長徳四年（九九八）の暮れその死が都へきこえると、彼が蔵人頭になれなかった恨みから雀となって殿上の台盤をついばみに来るなどと、人びとは噂した（『今鏡』）。

実方中将の一生は、日本人の泣き所ともいうべき貴種流離を地で行った観がある。

> 亖　今はただおもひ絶えなんとばかりを　人づてならでいふよしもがな
>
> 左京大夫道雅

実方が遠い陸奥に赴く頃、都では中関白道隆の後継者をめぐって、その子伊周《これちか》と道隆の弟道長がはげしい争いをつづけていた。二十二歳の伊周の官は内大臣、これを唐名で「儀《ぎ》同三司《どうさんし》」という。すなわちその母は、

五四 忘れじの行末まではかたければ　けふをかぎりの命ともがな　　儀同三司母

の作を夫道隆に与えた高階《たかしな》貴子である。彼女は女ながら真名《まんな》(漢字)もよく書く才媛で、天皇の身辺に奉仕して「高内侍《こうのないじ》」と呼ばれていた。やがて道隆に愛されてその正妻となるが、夫の漁色はやまず、身の行末の頼りなさを訴えたのが「忘れじの」の一首である。この水のように沈んだ哀訴の調べを同じ境遇の道綱母が夫兼家に与えた、

五三 歎きつつひとりぬる夜の明くるまは　いかに久しきものとかは知る　　右大将道綱母

の火のように激しい詰問に比べると、定家ならずとも好対照とみるであろう。

伊周もこの母の血を引いたものか、文才は豊かであった。一条朝の詩文の粋を集めた『本朝麗藻《ほんちょうれいそう》』は儀同三司の作十四首を収める。私には漢詩をふかく鑑賞する力はないが、「秋日、入宋の寂照上人の旧房に到る」と題した七律、

五台渺《びょう》々、幾由旬《いくゆじゅん》
想像《おも》へば遥かに逆旅《げきりょ》の身たり
異土には縦《よ》し我を思ふの日無からんも
他生豈《あに》君を忘るるの辰《とき》有らむ
山雲、在昔《むかしより》去来する物ぞ

魚鳥、如今《いまし》留守の人なり
此《ここ》に到りて悵然《ちょうぜん》として帰るを得ず
秋風暮るる処、一に巾《きん》を霑《うるお》す

などを読めば、感銘はいとど深い。ただし、そうした詩人肌は、機略縦横の叔父道長に敵すべくもなかった。しかも争いのさなかに、恋敵と誤解して花山院に矢を射かけるような失態をしでかしては、勝敗のゆくえは明らかだ。

この事件によって伊周が大宰府《だざいふ》に配流となるや、「儀同三司母」はわが子の腰にすがりついて放さず、車に同乗して山崎に至る。その狂乱を持て余した朝廷は、伊周が播磨《はりま》国に止《とど》まることを許した。母は帰京して病床に臥《ふ》し、「殿に対面して死なむ死なむ」と、しきりにうわ言をいう。伊周は意を決してひそかに入京し母を見舞い、事あらわれて今度こそ大宰府へ送られた。母は間もなく世を去り、やがて許されて帰京した伊周も政敵の栄華がきわまった寛弘七年(一〇一〇)、三十七歳の若さで没した。

「今はただ」の一首の作者道雅は伊周の子で、「幼名」を「松君」といった。「いみじううつくしき(かわいい)若君」で、祖父道隆の邸《やしき》に呼ばれてはさまざまな贈物をされ、かしずく女房たちも松君の成長を待ち望んだ。つまり道隆より伊周へ、伊周より道雅へと、政権は受け継がれるはずだった。しかし道隆の早い死が孫の不運の第一幕となる。そして第二幕、父伊周の死は道雅十八歳くらいの時で、まだ近衛少将になったばかり。臨終の伊周は遺児の将来を思いわずらい、「よいか、官位が他の人より劣っているなどと気にして、心にもない追従《ついしょう》などをしてはならぬぞ、そうなると分ったら出家するがよいのだ」と、泣く泣く戒めたという（『栄花物語』はつはな）。あくまでも嫡流のプライドを持てと、教えたのだ。

道雅は父の死後、三条天皇（六「心にも」）の皇太子（のちの後一条天皇、道長の孫）に仕える春宮亮《とうぐうのすけ》になった。やがて皇太子が即位した時、一旦は蔵人頭に補せられたのに、数日後たちまち罷免される。蔵人頭は天皇と摂政道長との連絡にあたる要職だから、道長は政敵伊周の遺児を忌避したのであろう。

道雅はその代りに従三位に叙せられ、公卿の地位を得たものの、参議にも中納言にも就任することなく、無任所の三位《さんみ》に終始する。つまり政治の第一線から遠ざけられたわけで、『栄花物語』も以後の消息はほとんど語らない。

こうして世に忘られてしまった道雅には、「荒三位《こうさんみ》」という仇名《あだな》がついた（『尊卑分脈』）。「悪左府《あくさふ》（頼長）」「悪源太《あくげんた》（義平）」などの「悪」は猛々しい行動派という意味だが、「荒」とはもっと陰気なアウトロウを指すのであろう。官途に希望もなく、さりとて出家もせず、むなしく六十余年の生涯を送った中関白家嫡流の陰鬱《いんうつ》きわまる風貌が、眼に浮かぶような仇名ではあるまいか。

世に忘られつつ生きた「荒三位」道雅がただ一度歴史に登場するのは、前斎宮との密通というスキャンダルの主としてである。『後拾遺和歌集』恋三にみえる彼の一連の作を引く。

伊勢の斎宮わたりより上りて侍りける人に、忍びてかよひける事を、おほやけ（天皇）もきこしめして、まもり女《め》などつけさせ給ひて、忍びにもかよはずなりにければ、よみ侍りける

左京大夫道雅童名松君

逢坂は東路《あずまじ》とこそ聞きしかど　心づくしの関にぞありける
さかき葉のゆふしでかけしそのかみに　おしかへしてもわたるころかな
今はただおもひ絶えなんとばかりを　人づてならでいふよしもがな

又おなじ所に結びつけさせ侍りける

みちのくの緒絶《おだえ》の橋やこれならん　ふみみふまずみ心まどはす

詞書は「伊勢の斎宮わたりより上りて侍りける人」とぼかしているが、これは前斎宮当子内親王その人である。彼女は三条天皇の皇女で伊勢神宮に遣わされていたが、長和五年（一〇一六）父帝の退位によって交替帰京した。道雅が前斎宮と通じたのは、帰京直後のことであろう。やがて摂政道長も噂を聞いて側近に情報を探らせたが、「申す所の事、甚だ以って異様、尻口無し」と日記（『御堂関白記』）に記した。「尻口無し」ということばの意味はよく分らないが、事情が皆目分らぬといったことであろう。『栄花物語』によれば、道雅が前斎宮に通うことを知った病床の三条院は激怒し、仲立ちをした乳母《めのと》を追放したが、

道雅はこれを自邸に迎え取って大切にした。「荒三位」の片意地がそこにみえる。『小右記』によると、密通が露顕して後、前斎宮は母后の厳重な看視の下におかれ、一歩も宮中から出ることがなかったというから、道雅の「今はただ」の切実な願いもむなしかったようだ。そして同じ年の十一月、皇女は病いによって出家し、二人の恋は終った。この間に三条院が崩じ、皇太子が道長のためにその地位を追われる。悲劇の三条院一家にとって、その中へ割りこんで来た「荒三位」の一件は、迷惑千万なことだった。『栄花物語』の筆者はこの事件をかの業平と斎宮の恋に比較し、これは前斎宮のこと故それほど畏《おそれ》るべきことでもあるまいが、何せ三条院の怒りがきついので、傍《はた》の者もはらはらするばかりだったと記している。

出家した皇女は四年後、二十三歳の短い一生を閉じる。道雅はこの訃報をどのような思いで聞いたか。『袋草紙』は、道雅はさしたる「歌仙」とも聞えぬのに、斎宮とひそかに通じた時の作だけは「秀逸」だとして、前掲数首を引き、「思フマヽノ事ヲ陳《の》ブレバ、自《じ》然《ねん》ニ秀歌ニシテアルナリ。是レ志中《こころざしうち》ニ在レバ、詞外《ことばそと》ニ顕《あら》ハルルノ謂《いい》カ」と記している。いかにも道雅は勅撰集にわずか七首しか採られておらず、この人が「中古歌仙三十六人」の中に数えられたのも不審に思われるが、抜擢の理由はまさしく『袋草紙』の指摘した、ただ一度の爆発的秀歌によるのであろう。

道雅はこの一つの恋に一生の情熱すべてを燃焼し尽した。前にも述べたように、内親王との結婚は権門藤原氏にとっても至難のわざであった。しかも神聖な斎宮を勤めた人の地位は、皇女の中でも格別に重い。道雅がこういう立場の前斎宮に恋したのは、単に容色に魅せられたためであったか。あるいは世に容《い》れられぬ中関白嫡孫の意地も加わっての挑戦であろうか。

何の技巧も用いない「今はただ」の一首が人びとの心にながく銘記され、定家の選にも入ったのは、歌が悲劇的背景の記憶と固く結びついていたからであろう。百人一首の選歌に対するとかくの批判は、昔も今も絶えないけれども、少なくとも作者抜き、背景抜きで文学的価値だけ議論してもはじまらないと、私は思う。王朝和歌のいのちの輝きは、その詠み出された場面・状況の中にこそあるのだから。

六章　訴嘆の歌と機智の歌——文人と女房の明暗

四七　八重葎しげれる宿のさびしきに　人こそ見えね秋は来にけり　　恵慶法師

この一首は、『拾遺和歌集』巻三秋に、「河原院にて、荒れたる宿に秋来《く》といふ心、人々よみ侍りけるに」という詞書《ことばがき》で収められている。恵慶《えきょう》は十世紀末の円融・花山朝頃の人だが、播磨《はりま》の国分寺の講師になって下ったことが知られるくらいで、経歴不明の歌僧である。『恵慶法師集』や勅撰集《ちょくせんしゅう》の作から察するに、山里にわび住いし、時に畿内周辺のあちらこちらを漂泊しつつ、悠々たる遁世《とんせい》生活を送っていたらしい。左大臣源高明や関白藤原道兼・同頼忠さては花山院などとの接触も多く、

　桜散る春の山べはうかりけり　世をのがれにと来しかひもなく（『新古今集』春下）

の作が示すように、前代の素性（三「今こむと」）と同様、俗界のすぐ隣に位置した、甘美

な心境の「遊徒」だったようである。

「八重葎」のほかにも、恵慶には河原院に遊んでその荒廃を詠んだ作が散見する。

すだきけむ昔の人もなき宿に　ただ影するは秋の夜の月

草しげみ庭こそ荒れて年へぬれ　忘れぬものは秋の夜の月

跡絶えて荒れたる宿の月見れば　秋となりになりぞしにける

この河原院は、三章（一二四頁）で述べたように、河原左大臣源融《みなもとのとおる》（一四「陸奥の」）の造営した豪邸である。陸奥国の塩釜を模したという園池が融の死後廃れゆくさまを、紀貫之は、

君まさで煙絶えにし塩釜の　うらさびしくも見えわたるかな（『古今集』巻十六）

と詠んだが、その後融の子から宇多法皇に譲渡ないしは献上され、寵妃《ちようひ》・京極御息所《きようごくのみやすどころ》（藤原褒子）がここに置かれた。法皇と褒子が河原院で愛を交わしている所へ河原左大臣の亡霊が出現したことも、すでに書いたが（二章七七頁）、亡霊が出たのも、園池の荒廃がかなり進行していたからであろう。この話をモデルにした『源氏物語』夕顔では、院は「荒れたる門の忍ぶ草繁り」、庭も「いたく荒れて人目もなく、はるぐ〵と見渡されて、木立いとうとましく、もの古りたり」と、荒涼たるさまに脚色されている。

やがて河原院は寺とされ、融の子孫の安法法師がここに住した。『安法法師集』の序に、

後の世に見ん人は、すけるやうに思ふべけれど、多くの年に河原の山の住まゐ心ぼそき折ふしの、哀れなる事のたえがたければ、（中略）折ふしに人知れずいひあつめたる言の葉さまざまにつけつつ多かれど、ただ一つ二つぞおぼゆるを書きあつめたるなり。

とあるように、河原院は「山の住まゐ」すなわち山里と化していた。天元二年（九七九）の大風水害によってさしもの園池も埋もれ、老松なども消え失せて、院は廃墟《はいきょ》と化してしまったのだ。

しかし園池の荒廃は、人を歳月の移ろいへの長嘆にみちびく。源 順《みなもとのしたごう》の「源澄才子の河原院の賦に同じ奉る」（『本朝文粋』巻一）に、

吾固《まこと》に知りぬ、陵谷猶《なお》遷り、海田皆変ることを。何れの地か万古の形体を同じくする。誰《た》が家か百年の遊宴を全うする。強呉《ご》滅びて荊棘《けいきょく》有り、姑蘇台《こそだい》の露 瀼瀼《じょうじょう》たり。暴秦衰へて虎狼無し、咸陽宮《かんようきゅう》の烟《けぶり》 片片たり。何ぞ唯に淳風坊《じゅんぷうぼう》（六条のこと）の中、ひとり河原院のみならんや。

と、はるかに漢土の栄枯盛衰にまで思いを馳《は》せたのは一例である。また園池の荒廃は、かつての豪華な色彩美とは対照的な、屈折した美意識を誘発する。「八重葎」の歌の、しのび寄る秋の風情がそのまま作者自身の内なる孤独寂寥《せきりょう》につながる機微をみるがよい。

荒廃美に沈潜する河原院の歌会に参加した人は多くいて、犬養廉氏はこれを「河原院グ

ループ」の名で呼ばれた（「河原院の歌人達——安法法師を軸として——」）。その中には恵慶法師や源順のほかに、平兼盛（四〇「しのぶれど」）・清原元輔（四二「契りきな」）・源重之（四八「風をいたみ」）と、三人もの百人一首作者がいる。犬養氏は、これらの人びとがすべて賜姓王氏の末裔《まつえい》であるのは偶然ではないと指摘し、彼等は「名流の末裔たる自恃《じじ》と失意が相半ばして、微妙な連帯感を持っていたと思われる」と洞察されている。

こうした陰翳《いんえい》深い心境におちいりつつあったのは、ひとり河原院グループだけでなく、また賜姓王氏だけでもない。藤原氏のうちでも主流をはずれた人びとや古代氏族の末裔をも含めて、十世紀後半、摂関政治が全盛にさしかかる頃の貴族社会には、権門と受領層との身分差が固定しつつあった。しかも、受領層すなわち四位・五位の中級官人の中にも、これを世渡りの上手・下手という尺度で区分すると、対照的な二つのタイプが見のがせない。私はかりにこれを受領型と文人型と名付けたい。前者はたくみに権門に出入してご機嫌を取り結び、抜け目なく有利な地方官にありつき、「受領は倒るる所に土をつかめ」という諺《ことわざ》そのままに、あくどい収奪で巨万の富をなすタイプである。対照的に後者は、吏務や文筆にひそかな自負をもつにもかかわらず、不器用な性質から冷飯を食わされ、鬱屈《うっくつ》した心情を詩文や和歌や日記に吐露せざるを得ないタイプである。そして百人一首の中・下級官人作者には、前者の姿は一人もなく、みごとに後者だけが並んでいる。

たとえば『安法法師集』には、

前和泉守順のきみの、つかさ給はらで近江の野州《やす》の郡《こおり》にあるにいひやる
世をうみ（湖・倦み）に思ひなしてや近つ江《ちかつえ》の　野州《やす》（安）のすまゐへ君は行くらん

という、源順への存問の作がある。順は才能を持て余しつつ不遇の生涯を送った文人の典型で、しかも公任《きんとう》の三十六人歌仙に選ばれながら百人一首に採られなかった気の毒な人だから、私が定家に代ってこの人を追いかけながら、同時代・同境遇の百人一首作者にふれていくことにしよう。

順は二十代で『和名抄』を著したほどの俊才だが、天暦五年（九五一）に古万葉の解読と『後撰和歌集』の撰進に当る「梨壺《なしつぼ》の五人」に選ばれた時、四十一歳にしてなお「大学学生《がくしょう》」であった。オーバー・ドクターも甚しいところだ。二年後にようやく文章生となり、下級の官職にありついたが、みいりのいい受領就任は何と五十七歳の和泉守《いずみのかみ》がはじめてである。その後また長いこと官職にありつけなかったので、前引の安法作でうかがわれるように、近江野州郡の山荘にわび住いした。詩集『扶桑集』に収められた順の「五嘆吟並びに序」によれば、琵琶《びわ》湖のほとりに次兄が隠棲《いんせい》していたようだから、そこに身を寄せたのでもあったか。

順は当然のこと、不遇を訴嘆する詩や和歌を数多く作った。応和元年（九六一）、「古へになづらふるに、かく沈める人なし」と痛感し、「疲れたる馬の型」を作り、これに長歌

をそえて役所の長官に進呈した。引用は略すが、そこでは自身を沈没しかけた舟に喩《たと》え、縄を投げて救ってくださいとの嘆願で一首を結んでいる。『拾遺集』九雑下には、これに和した大中臣能宣の長歌が並べられている。

四九　みかきもり衛士のたく火の夜は燃え　昼は消えつつ物をこそ思へ　大中臣能宣

の作者は、神祇官《じんぎかん》の祭主を世襲する特殊な家筋だから、とくに不遇を嘆ずることもなかったはずだが、梨壺の五人の仲間として共感し同情している。

それにしても「疲れたる馬の型」とは、この馬はどれほどレアルな御面相をしていたのか想像も付かないが、まことに奇抜なアイデアである。順はまた牛に自身を喩えたこともある。それは「無尾牛歌」という長詩である。「我に一牛有り、尾すでに欠く。人人嘲りて無尾牛となす」と詠い出すが、「無尾牛」とは、文才を世に用いられるよしもない順自身の象徴なのだ。この牛は狼に尻尾《しっぽ》を食いちぎられた。塞翁《さいおう》が馬ではないが何が幸いになるか分らぬもので、たとえば糞《ふん》を尾で撥《は》ねちらかして車の柄を汚すこともない、たくさんの牛に紛れこんでも牧童がすぐ見付けてくれる等々、「一尾無しと雖《いえど》も五徳あり」、だから「人みな嘲《あざけ》ると雖も、我は憂無し」だと、うだつの上らぬ順は自嘲《じちょう》するのだ。「無尾牛歌」を収めた『本朝文粋』巻一には、つづいてもう一首、ある権門に仕える「夜行の舎人《とねり》」（夜番）を引き合いに出して、不遇を嘆じた長詩がある。

昔、天暦より康保に至るまで、
再び秘閣に直《ちょく》して御書を撰す、
抄写年積りて眼早やも暗し。

と、かの梨壺での精勤の日々を回想し、

有三（夜番の名）、何の功有りてか君（権門）に憐《あわ》れまる、
只《ただ》高声、夜眠らざるあるのみ。
我も昔、公《おおやけ》に奉じて寝食を忘る、
何ぞ天の憐れみ無くして暮年（老境）に及びしや。

と、しがない夜番にさえ及ばぬ朝廷の冷遇を嘆じている。
村上天皇の皇女の宮で催された歌合に、六十二歳の順は判者を依嘱されたが、その判詞の中にも、

そもそも順、梨壺には、平城《なら》の都の古歌選《え》り奉りし時に、呉竹のよこもりて、行く末頼む折も侍りき。今は草の庵に難波の浦のあし（葦・脚）の気《け》にのみ病み患ひて、こもり侍れば、すべて破《や》れ舟

の、引く人もなぎさに棄ておかれたらむ心ちなむ
し侍るうちにも、この年来《としごろ》
白けゆく髪には霜やおきな草　ことの葉もみな枯れ果てにけり
（『平安朝歌合大成』二）

と、ありし日の梨壺の栄光を回顧しつつ、今の老残孤独を訴嘆している。もっとも、こう愚痴ったのは、みずからの判詞に対する謙遜《けんそん》の辞を引き出す儀礼的な意味もあるけれども、心底の鬱屈《うっくつ》が折にふれてこぼれた状況は否定できまい。

だから順が役所の長官に送った長歌も、一時代前の壬生忠岑《みぶのただみね》らの長歌（『古今集』所収）の系譜を引くもので、四章（一五〇頁）で述べたように、いわば韻文形式の「申文《もうしぶみ》」である。そんなわけだから順は、もとより得意の漢文を駆使した申文もしばしば朝廷に奉った。『本朝文粋』（巻六）に、その何通かが収められている。中でも六十四歳の時、藤原倫寧《ともやす》らと四人連名で提出した申文は、諸国の受領に欠員が生じたら、新人だけでなく旧人にも割り振ってほしいという趣旨を力説している。倫寧はかの道綱母（五三「歎きつゝ」）の父で、順とはほぼ同年齢だが、はるかに能吏型である。だからこの連署の申文は、能吏倫寧の驥《き》尾《び》に付して、老人パワーが朝廷にかけたデモンストレーションであった。首唱者の倫寧は一年ほど後に首尾よく伊勢守《いせのかみ》となるが、なんと順は六年も後に、七十歳にしてやっと能登《のとの》守《かみ》にありついた。実は彼はこの年またまた申文を作り、

家富めば則ち愁ふべからず、農桑に就きて余命を養ふべし。年少《わか》ければ亦《また》歎くべからず、飢寒《きかん》を忍びて後栄を朝すべし。年老い家貧しく、歎き深く愁ひ切なるに当りて、愚《ぐ》や宿世《すくせ》の罪報を知らず、泣いて猶《なお》明時の哀憐を仰ぐのみ。（『本朝文粋』巻六）

と、恥も外聞もない泣き落としをかけ、それがようやく功を奏したのだった。

こうした切々たる陳情と比べると、前引の連署の申文ははるかに理詰めであり、批判的・政治的である。それは山口氏（『王朝歌壇の研究』）のいわれたように、「沈淪が個々の問題ではなく、階級の問題である事の連帯意識が芽生えてきた」傾向のあらわれであろう。そうした連署の申文には平兼盛らのそれもある（『本朝文粋』）。かの天徳歌合に、

四〇　しのぶれど色に出でにけり我が恋は　ものや思ふと人の問ふまで　平　兼盛

の一首によって、

四一　恋すてふわが名はまだき立ちにけり　人知れずこそ思ひそめしか　壬生忠見

とデッドヒートを演じた平兼盛（四章一五八頁）は、公任の『三十六人撰』に十首採られる高い評価を得たほど（序章三〇頁）、歌人としてははなばなしい存在であった。しかし官歴はまことに振るわず、十数年も大監物《だいけんもつ》という京官に停滞していた。京官の収入は受領と天地の差がある。

一国を拝する者は、その楽しみ余りあり。金帛蔵《きんぱくくら》に満ち、酒肉 案《つくえ》に堆《うずたか》し。況《いわん》や数国に転任するをや。諸司に老ゆる者は、その愁ひ尽くる無し。荊棘《けいきょく》庭に生へ、煙火炉《えんかろ》に絶ゆ。況や窮苦多年なるをや。

というのは、兼盛の申文に引用された名句である。七十歳くらいの兼盛はこの哀訴を聴きとどけられ、駿河守《するがのかみ》を拝した。

四十歳になると寿を祝われるほどの時代に、七十の老軀《ろうく》をひっさげて地方に下るとは、宿望を達したとはいえご苦労千万な話だが、それが十世紀末の受領層の実態であった。七十歳どころか、次に書く清原元輔が肥後守《ひごのかみ》に任じられて下ったのは、七十九歳の時である。

四二　契りきなかたみに袖をしぼりつつ　末の松山波越さじとは　　清原元輔

清少納言（六二「夜をこめて」）の父元輔の清原氏は、天武天皇の皇子舎人《とねり》親王の子孫である。平安時代のはじめに右大臣清原夏野などの名士を出したものの、そこから元輔に至る系譜は明らかでない。元輔の祖父深養父《ふかやぶ》は、『古今集』に十七首も採られた有力歌人なのに（四章一六六頁）、官歴は内匠寮《たくみりょう》や内蔵寮《くら》の允《じょう》程度でくすぶっていた。

時なりける人の、にはかに時なくなりて嘆くを見て、みづからの嘆きもなく、よろこびもなきことを思ひてよめる　清原深養父

光なき谷には春もよそなれば　咲きてとく散るもの思ひもなし（『古今集』巻十八）

は、長い間の低空飛行に居直ってしまった体である。元輔の官歴もこの祖父と大同小異で、各省の丞《じょう》を転々したが、時には河内《かわち》や周防《すおう》の守などになった。従五位下に叙せられたのは六十九歳の時で、薬師寺の造営に財物を献じた功による。つまり受領として貯えた富を利用して栄えの叙爵（五位となること）をしたのだから、懐具合は順などよりはよほどましだ。しかし彼はつねに不遇を嘆き、そうした歌が多くある（岸上慎二『清少納言伝記攷《こう》』）。

つかさ給はらで、又の日、左近蔵人のもとにつかはし侍る

年ごとにたえぬ涙やつもりつつ　いとど深くや身を沈むらむ

加階し侍るべき年もれて得侍らで、雪いたくふる日、人のもとに

浮世には雪かくれなでかき曇り　ふるは心の外にもあるかな

こういう調子だが、実は元輔の官歴は清原氏としてはむしろ順調であった。ただ『枕草子』の「すさまじきもの」の段に、「除目に司得ぬ人の家」の情けなさが活写されたのは、父の家での見聞ででもあったか。

その清少納言はある夜中宮定子に、「元輔が後といはるる君」が歌詠む仲間にはずれている法がありますかと言われたが（『枕草子』「五月の御精進のほど」）、元輔と娘はよく似た機智頓才《とんさい》の持ち主である。『袋草紙』によれば、兼盛が毎度「沈思」して和歌を詠むのを元輔は非難し、「予は口に任せてこれを詠む」と言ったという。また元輔が賀茂祭の使となった時、馬がつまずいて落馬し、冠も落としてみごとな禿頭《とくとう》を露出してしまった話がある（『今昔物語』）。えらい失態だが、元輔は笑いさざめく若殿原にむかって大演説を打ち、思慮に欠けた畜生がつまずくのも、禿頭から冠がすべり落ちるのも理の当然であろう、某大臣・某中納言・某中将の落馬した先例もあるなどとまくしたてて、笑いを増幅した。今昔の著者は話の末に、「この元輔は、馴者《なれもの》の、物可笑《おか》しく言ひて人咲《わら》はするを役とする翁」だと、彼の三枚目性を指摘している。不遇訴嘆の歌と、このみごとな道化を対照させると、笑いの陰にかくされた元輔の渋面が浮かびあがる。

源順にも、双六盤《すごろくばん》の歌・碁盤の歌・物名歌《もののな》・沓冠歌《くつかむり》など、奇抜な言語遊戯が多い。これも暇と憂いをまぎらす術《すべ》だとすれば、歌はまことに「かなしき玩具」といわなければならない。諧謔《かいぎゃく》は受領・文人の処世の切なさに直結するのだ。

元輔は肥後守の任終の年、八十三歳で没した。都に帰ったか九州の土となったかは定かでない。

四八 風をいたみ岩打つ波のおのれのみ　くだけてものを思ふころかな　源重之

『拾遺和歌集』巻九雑下に、

みちの国名取の郡黒塚といふ所に、重之がいもうとあまたありと聞きて、いひつかはしける

兼盛

みちのくの安達が原の黒塚に　鬼こもれりといふはまことか

という、平兼盛（四〇「しのぶれど」）の作がある。これは回国行脚の那智《なち》の山伏が陸奥の安達が原で鬼女に遭ったという、謡曲『黒塚』の筋書のヒントになった歌である。しかし、この歌は友人・源重之の「いもうと」たちを、戯れに「鬼」と呼んだにすぎない。重之と兼盛はごく親しい間柄であった。『重之集』にみえる、

兼盛、駿河守なりける時、その国なりける男の、清見か関といふ所にまた人（別の愛人）まうけて、この女のもとにいかざりければ、かくなんあると守に語りければ

駿河守兼盛

駿河なる清見が関に人すへて　いづ（出づ、伊豆）てふ事は永くとどめつ

女に代りて

重之

関すへぬ空に心の通ひなば　身をとどめてもかひやなからん

などという応酬は、第三者のプライバシーをダシにして打ち興じた二人の親しさを示す。そういう仲だから、兼盛は遠い陸奥にいる、まだ見ぬ重之の妹たちに興味をもよおし、歌を贈ったのだ。

さて重之の妹たちがはるかな辺境に住んでいたのは、彼等の父源兼信が陸奥守の任期終ったのち土着していたからでもあろうか。兼信は清和天皇の皇子・貞元親王の子である。周知のごとく、兄弟の貞純親王の子孫は地方に勢力を張り、のちに武家の棟梁《とうりよう》となる。兼信も陸奥でその方向をとっていたものかも知れないが、くわしい事情は分らない。

兼信には兼忠という兄がいて、こちらは中央で活躍し参議に昇進した。重之はこの羽振りのいい伯父《おじ》の養子にされ、都に出て皇太子（のちの冷泉天皇）の護衛にあたる帯刀長《たちはきのおさ》として仕え、康保四年（九六七）皇太子が位につくと近衛将監《このえのしょうげん》に転じ、いち早く従五位下に

叙せられた(『三十六人歌仙伝』)。颯爽《さつそう》たる青年将校である。しかもこの青年は、帯刀長の頃から和歌の評判が高く、『重之集』によれば、とくに三十日の休暇を賜わって「百首歌」を詠進したという。

この百首歌は冒頭の、

吉野山峯の白雪いつ消えて　けさは霞のたちかはるらん

をはじめ、

花の色にそめし袂の惜しければ　衣かへうきけふにもあるかな
風寒み宿へかへれば花すすき　草むらごとに招く夕暮
つくば山は山しげ山しげけれど　思ひ入るにはさはらざりけり

など、若々しい感受性にあふれた佳作が多い。そして、

風をいたみ岩打つ波のおのれのみ　くだけてものを思ふころかな

の百人一首歌もこの中で詠まれたのだから、重之は弱冠にしてすでに歌業の頂点に到達してしまったといってもよい。彼の作は六十首あまり勅撰に入ったが、過半はこの百首からだ。

しかし、出発点ではこんなに華やかだった人生行路も、その後は順風満帆とはいかなか

った。伯父は重之がまだ帯刀長だった天徳二年（九五八）になくなったので、その後の官歴はエリートへの道を絶たれてしまい、これを嘆く歌がしきりに詠まれることになる。

春ごとに忘られにける埋れ木は　時めく花をよそにこそ見れ
雪消えぬ我がみ山なる朽木には　春も待たれぬ心地こそすれ
花咲かぬ我が宿さへもにほひける　となりの梅を風や訪ふらん
うき事も春はながめてありぬべし　花の散りなん後ぞかなしき
うちしのびなどか心もやらざらん　うき世の中に花はさかずや
音もせで谷がくれなる山吹は　ただ口なしの色にぞありける
枝わかぬ春にあへども埋れ木は　もえもまさらで年へぬるかな

これらの作には一々明らかな詞書《ことばがき》が付いているわけでないから、一見単なる春愁にも似ているけれども、除目が春ごとの行事であることを思えば、その底に沈淪《ちんりん》への嘆きがこめられていると察することができよう。最後の「枝わかぬ」の作は、歌仙家集本によればかの百首の奥に書いて奉った歌で、「身の沈める心なるべし」との注記がある。百首詠進の頃彼は気鋭の武官であったはずだが、すでに前途の不安を感じていたのかも知れない。

この作は古来「百首歌」なるものの最初と解されているが、曾禰《そね》好忠作のように明らかにもっと早い試みも現存している。好忠創始の百首歌が歌人たちに「異常な反響」を呼び、源順らの試作が続出し、重之作がこの形式を完成させたもののようである（藤岡忠美『平安和歌史論』)。ところが、好忠が沈淪を訴嘆する具として百首歌を作ったので、その性格は以後の百首歌に付随し、重之も先例を踏襲したのである。そこで、しばらく不遇の権化《ごんげ》ともいうべき好忠に話題を移し、その後もう一度重之の後半生に立ちかえることにする。

四六　由良のとを渡る舟人かぢを絶え　ゆくへも知らぬ恋の道かな　曾禰好忠

好忠の曾禰連が古代氏族物部氏末流の小氏族だったことは、四章（一三〇頁）でふれた。曾禰氏などよりはるかに由緒ある大氏族さえ決定的に没落しつつある平安中期のことだから、好忠の官位がことのほか低かったのはやむを得ない。『中古歌仙三十六人伝』に「俗伝に丹後掾なり。寛和ごろ（花山朝、九八五―九八七）の人」とみえるだけで、他の官歴は分っていない。また同書に引かれた『袋草紙』には、

はじめは曾丹後掾と号す。その後は曾丹後と号す。末に事旧《ふ》りて曾丹《そうたん》と号するなり。この時好忠歎きて云ふ、いつそたといはれんずらむと云々。

とある。こういう笑話しかのこらなかったのは、彼の身分が低すぎたからだが、逆に言え

ば、その程度の身分では例外的な歌才の持ち主だったことにもなる。

同書にもう一つみえるのは、寛和元年（九八五）二月の円融院の紫野御幸《ごこう》の際のトラブルである。円融上皇は短い生涯にとびきり豪奢《ごうしゃ》な風流を展開したが、中でもこの御幸は「京洛、野辺、見物の車雲の如し」（『百錬抄』）というほどの盛儀であった。院はこの日、公卿《くぎょう》多数を従えて紫野におもむき、野に幔幕《まんまく》をめぐらし、中にテントを張り、御前に縁起物の小松を立て、盛大に子《ね》の日の宴をもよおした。宴たけなわのころ、当代の名流歌人が御前に召され、和歌を詠進した。その折、好忠は兼盛・元輔・重之らと共に召出されたのに、だれかが好忠は召人に入っていないと言い出し、他の一人と共に追い立てを食った。『大鏡裏書』に引かれた記者不明の日記によると、追い立てられた好忠の平身低頭のさまをみて、貴族たちはあごのはずれるほど大笑いした。

無残な話ではないか。しかし、真相はどうもよく分らない。右の日記は、書きぶりからして円融院の別当（源致方か）の筆と推定されるのだが、それには、「ここに丹後掾曾禰好忠・永原滋節等、召旨を承はらずして、加はりて末座に候《こう》ず。よりて忽《たちま》ちに追ひ起《た》たさる」と明言されている。ところが、一件を目撃した公卿藤原実資の日記『小右記』によると、同じく同融院の別当だった源時通が、「善正（好忠のこと）すでに召人の内にあり」と語ったというのだから、話はえらく食いちがう。好忠と一緒に追い立てられた男は勅撰集にも入っていない無名人だから、追い立てられても仕方がないが、好忠の実力は兼盛らに劣らない。どうも彼は院の側近の連絡手違いで追い立てを食ったのではなかろうか。もしその手違いが身分の低さから生じたとするなら、満座の嘲笑《ちょうしょう》を受けつつ退出する曾丹の無念は、いかばかりであったろう。

それなのに『大鏡』はこの事件を、躬恒《みつね》（二九「心あてに」）がかつて醍醐天皇の御遊に召された栄光と対比し、「仲間に入りたい気持ちはそれは分るけれども、選に洩れた以上は陰にかくれて歌を詠むことさえ無礼であろう。ましてぬけぬけと座に着いたとは、あきれはてた事だ」など、頭から好忠の無分別と決めつけた。また『今昔物語』（巻二十八）は盛大に尾ひれを付け、詰問された好忠が「この召された人たちに劣る所がありましょうか」と抗議して居座ったので、大臣・大将たちが怒って「きゃつの襟首取って引立てよ」と命じ、若い者が引き倒して幕外に引き出し、さんざんに踏みつけたなどと書いた。そして「然レバ可姓ノ者ハナホツタナキナリ」と評している。「可姓」が下姓と同義とすれば（古典大系本頭注）、この評語は、事の起こりが好忠の卑賤《ひせん》にあったと語るに落ちたことになる。

こうした伝説を別としても、好忠はつねに身の不遇を痛嘆していた。まず彼が創始したとみられる百首歌には長文の序があり、藤岡氏の要約を借りると、その中でこんな事を言っている。

三〇歳をすぎたこの年頃になるまで、春夏秋冬、侘びしい家居住まいに自然の風物を友として日日を送ってきた。官位栄達の手だてさてあればと嘆きの絶え間はないが、水の泡や春の夢のごとき世の無常を思うにつけ、せめて歌なりとこの世に残そうと、我が身一つの心やりに百首歌を作った。私の好奇を人は笑うかも知れないが、どうせ貴賤の別を問わず行きつく所はおなじこと、人の好ききらいにかまうこともあるまい。それに、私の名こそ「よしただ」と立派にちがいないが、人並になることなどとても考えられない身の上なのだから。（『平安和歌史論』）

ここには「水の泡よりも殊に、春の夢よりも異らず」などと、無常感らしいものが表明されているが、もとよりそれは好忠の人生観の帰結ではない。「あはれ、たづき（縁故）ありせば」宮仕えをしたいのに、あいにくその縁故がないために、「蓬《よもぎ》のもとに閉ぢられて、出でて仕ふることもなき、わが身ひとつ」を持て余しているのだと、恨みのたけを訴えるのが主旨である。「名を好忠《よしただ》とつけしかど、いづこぞわが身、人と異るとぞや」という、末尾の反語は痛切だ。

「由良のとを」の一首は、この百首歌の恋十首の冒頭に置かれた。この一首を含む四季・恋五十首の清新な詠風は周知のことだが、後半五十一首には、

松の葉に緑の袖は年ふとも　色かはるべきわれならなくに（「緑の袖」は六位の衣服）
かきくらす心の闇にまどひつつ　憂しと見し世にふるがわびしさ
類よりもひとり離れて飛ぶ雁の　友におくるる我が身かなしな
何もせで若き頼みに経《へ》しほどに　身はいたづらに老いにけらしも

のように、こちたきまで沈淪訴嘆の歌が並ぶ。この五十一首は、はじめの三十一首の各々の頭に「あさか山」の歌（『万葉集』）の、また末に「難波津の」の歌（『古今集』序）の一字ずつを詠みこみ、のちの二十首にはすべて物名歌を並べるなど趣向をこらしたものだが、かの元輔の道化のかげに渋面がのぞき、順が身の憂さをさまざまな遊戯歌で消したと同様に、形と心のいちじるしい乖離《かいり》がうかがわれる。

『好忠集』には、「源順、これを見て返《かえし》したりとなん」とあって、「蛍をひろひ雪を集めて、多くの年を経《へ》にけれど、かひなき身もこそあれ」と嘆く序をもつ、もう一つの百首歌が載る。順の沈淪訴嘆のはげしさは前に述べたとおりだから、彼が好忠に共感したのも当然である。好忠はその後も執拗《しつよう》に訴嘆のモチーフを追求した。その代表作が『毎月集』三百六十首である。春夏秋冬各九十首のそれぞれの冒頭に、「記せることは　をこなれど　親のつけてし　名にし負はば　名を好忠と　人も見るがね」云々などと自嘲した長歌をご丁寧にそえているが、それらに一々付き合ってもおられまい。話を再び重之に移すことにする。

源重之は天禄二年（九七一）相模権介《さがみのごんのすけ》となり、東国へ赴任した。四年の任期を終って都へもどったが、翌貞元元年（九七六）また権守《ごんのかみ》として相模国へ行った。ここまでは『三十六人歌仙伝』が伝えている。

相模にて

こゆるぎの磯の若めも刈らぬ身は　沖の小波や誰に寄すらん

これは『古今集』以来の歌枕「こゆるぎの磯」（大磯《おおいそ》海岸）を見て興じたもの。古代の地方史料は極端に少ないので、国司が現地で詠んだこの一首も、神奈川県の歴史にとっては貴重品である。重之の方も、荒えびすの住む国で都にも知られた名所を見出して、旧知に出会ったような慰めを感じたろう。

その後十年ほどの官歴はよく分らないが、家集には東の果ての陸奥国や西の果ての肥後国へ赴任した形跡がある。なかなか受領にありつけない文人・歌人一般からすれば、まだましであったとはいえ、故参議源兼忠の養子としては満足すべき昇進ではない。そこで彼は姻戚《いんせき》関係にあった藤原済時《なりとき》（実方の養父）の庇護《ひご》を求めた。

故右大臣殿（済時）に名簿《なつき》に弓そへて奉るとて

陸奥の安達の真弓引くやとて　君に我が身をまかせつるな

済時は貞信公忠平（〓「小倉山」）の孫、名門でしかも親分肌であった。大酒家の中関白道隆と大の仲よしで、賀茂祭の見物に二人で出かけ車中で大乱酔した逸話などがのこる（『大鏡』）。重之はこうしたたのもしい権門に「名簿《みようぶ》」を奉り、その家政に奉仕することによって叙位・除目でのバック・アップを期待した。そして、「君にわが身をまかせ」た挨《あい》拶《さつ》として、ゆかり深い陸奥名産の弓を奉った。その後も物心両面で奉仕これつとめ、その甲斐《かい》あってか正暦二年（九九一）頃、大宰大弐《だざいのだいに》・藤原佐理のもとに九州に赴任した。

　佐理は道風・行成とともに三蹟《さんせき》の名声を得た能書である。『重之集』によれば、一条天皇は佐理の都を去ったことを惜しみ、書のお手本を書けとの勅命をわざわざ筑紫《つくし》へ下された。佐理はお手本に書くべき和歌を重之に求めたので、重之は筑紫の歌枕を詠んだ自作などを集めて献じたという。能書の大弐と歌仙の下僚との風流の交わりは『重之集』に多くみられ、万葉における帥《そち》・大伴旅人と筑前守・山上憶良の交わりを思わせる。

　能書で知られた佐理は、しかし性格のだらしなさでも聞えていた。『大鏡』は、「御心ばへぞ懈怠《けたい》しすごし、如泥人《にょでいにん》（だらしない人）とも聞えつべくおはせし」と評している。現に彼の書跡の現存するものはみんな詫《わ》び状で、かの有名な「離洛状《りらくじょう》」でも、大宰府へ出発する時関白への挨拶をすっぽかしたことを、しかも遠く赤間関《あかまがせき》（山口県）まで来てから詫びている。そうした人柄のせいだけではないが、宇佐《うさ》八幡宮《はちまんぐう》との間に大紛争を生じ、責めを負って職を免ぜられ、失意のうちに死ぬ。したがって佐理との交わりも、重之の出世にはつながらなかった。

　佐理が大弐を免ぜられた長徳元年（九九五）は、すなわち実方（五一「かくとだに」）が陸奥守に任ぜられて赴任する年である（五章二〇五頁）。『重之集』にいう。

　　実方の君のもとに陸奥国に下るに、いつしか浜名

の橋渡らんと思ふに、はやく橋は焼けにけり

水の上の浜名の橋もやけにけり　打ちけつ波や寄り来ざりけん

この一首によって、重之が実方に随従して陸奥へ下ったことが知られる。実方の赴任が、物情騒然たる陸奥を鎮定するために、貴種として特命を帯びて派遣されたものであろうとは、前に述べた。その貴種実方をサポートするには、現地事情に明るい重之は打ってつけであった。なぜならば、彼の父兼信が陸奥の安達に土着していたことはすでに述べたが、重之自身も陸奥に妻子をもち、しばしば都との間を往復していたからである。

みちの国の安達にありし女にいひやる

思ひやるよそのむら雲しぐれつつ　安達の原にもみぢしぬらん

おのが子どもの、京にも田舎にもあれば

人の世は露なりけりと知りぬれば　親子の道に心置かなん

などと家集にみえ、『安法法師集』にも、

相模守重之の子、陸奥の国に母君のもとにありけるが、人に殺されたりければ、母のかなしびの歌ども詠めるを見ていひやる

ここに恋ひかしこに忍ぶ夜々ながら　夢路ならではいかが逢ひ見む

先立てば藤の衣をたちかさね　死出の山路に露けかりけん

という哀傷歌がある。陸奥の母のもとにいた子がなぜ殺されたのか事情は分らないが、治安の乱れの激しさが察せられる。

陸奥へ下る時実方が「歌枕見テマイレ」との勅命を奉じ、現地でこれをたずね歩いたとは、『古事談』の説話である。実方の作は伝わらないが、生涯を通じて半ば在地の人であった重之には、陸奥・出羽の歌枕を詠った作が多い。彼にとっての歌枕は、想像上の地名ではなかった。かの百首歌にも、名取河・松島・衣川・象潟《きさがた》・武隈の松などがうたわれたが、いまはその他の作を挙げる。

末の松引きにぞ来つる我ならで　波の見たると聞くがねたくて
雲はれて空にみがける月影を　山のこほり（郡・氷）といひなおとしそ
最上川滝の白糸くる人の　心よらぬはあらじとぞ思ふ
武隈の松も一もと枯れにけり　風にかたぶく声のさびしき
白河の関よりうちはのどけくて　今はこがたのいそ（磯・急）がるるかな

当時の陸奥は、在地の豪族が兵数千を動員して戦うような不穏な情勢がつづいていたが、そういうつわものも貴種実方を厚くもてなし、怠りなく宮仕えしたという（『今昔物語』巻二十五）。しかし、一触即発の危機はつねに潜在し、実方と重之の苦労は大きかったろうが、幸いに歌人同士、都のみやびを共にして慰め合うことができた。それは実方にとっても重之にとっても、ツイテいない生涯の最後に来た、束の間の幸福であったと思う。

実方が長徳四年（九九八）に客死したことは前に述べた。重之はその二年後陸奥で世を去る。六十歳は越えていたであろう。

こうして各種各様の訴嘆の歌をのこした人びとは、十世紀末に相次いで世を去る。順は永観元年（九八三）、元輔（四二「契りきな」）と兼盛（四〇「しのぶれど」）は正暦元年（九九〇）、能宣（四九「みかきもり」）は同二年（九九一）に没し、重之（四八「風をいたみ」）は長徳元年（九九五）都を去り、数年後訃報がとどく。

沈淪《ちんりん》訴嘆歌人が総退場するこの十年間は、政界大変動の時期でもあった。花山天皇の思わぬ出家によって一条天皇が位につき、外祖父兼家が待望の政権を獲得したが、わずか五年で世を去る。嫡男の中関白道隆がその後を襲うが、これもわずか五年後に世を去って、道長時代が到来する。こうして始まった摂関全盛の十一世紀は、また同時に女の世紀とも呼ばれるべきものであった。いま百人一首の配列をみると、

五六　あらざらむこの世の外の思ひ出に　今ひとたびの逢ふこともがな　和泉式部
五七　めぐり逢ひて見しやそれとも分かぬまに　雲がくれにし夜半の月かな　紫式部
五八　有馬山いなの篠原風吹けば　いでそよ人を忘れやはする　大弐三位

五九　やすらはでねなましものをさ夜更けて　かたぶくまでの月を見しかな　赤染衛門
六〇　大江山いくのの道の遠ければ　まだふみも見ず天の橋立　小式部内侍
六一　いにしへの奈良の都の八重桜　けふ九重に匂ひぬるかな　伊勢大輔
六二　夜をこめて鳥の空音ははかるとも　よに逢坂の関はゆるさじ　清少納言

この女房七名の間には、ひとりの男性の割りこむ隙もなかった。すでにふれた右大将道綱の母（五三「歎きつゝ」）と儀同三司の母（五四「わすれじの」）をこれに加え、さらに続く頼通時代の女房、

六五　恨みわびほさぬ袖だにあるものを　恋にくちなむ名こそ惜しけれ　相模
六七　春の夜の夢ばかりなる手枕に　かひなく立たむ名こそ惜しけれ　周防内侍

を加えると計十一人。この間にはわずかに大納言公任（五五「滝の音は」）・左京大夫道雅（六三「今はただ」）・権中納言定頼（六四「朝ぼらけ」）・大僧正行尊（六六「もろともに」）の四人の男性がはさまる。作品の質をしばらく考慮外に置いても、この人数の比だけで文化史上比類のない女性の時代が展開したことが分る。われわれは摂関時代到来の前夜に生きた文人たちの、苦渋に満ちた心情をながめて来たが、いま彼等のバトンを受けた女性たちは、どのような心の形をみせてくれるのであろうか。

亖　夜をこめて鳥の空音ははかるとも　よに逢坂の関はゆるさじ　清少納言

この一首の詠まれた場面については、作者みずから『枕草子』で誇らしげに語っている。ある日蔵人頭《くろうどのとう》の藤原行成が中宮定子の宮に来て物語などしたが、勤務の都合で夜ふけに立ち去って翌朝、「鶏の声にせきたてられ、名残惜しいことでした」と手紙をよこした。少納言は答えて、「そんな夜なかに鳴いた鶏は、かの孟嘗君《もうしょうくん》のでしょうか」と書く。孟嘗君が食客に鶏鳴の真似をさせて函谷関《かんこくかん》を脱出した『史記』列伝の故事を踏まえ、公務にかこつけて逃げ出したのでしょうとからかった。行成は折り返して、「いやいや違います。あれは函谷関、これは逢坂の関」と言ってよこす。いうまでもなく関の名に、逢いたいの意を寓《ぐう》したもので、これに答えたのが「夜をこめて」の一首である。

二人に恋愛関係があったわけではなく、古典の教養をひけらかしての戯れにすぎない。行成はさらに「逢坂は人越えやすき関なれば　鳥鳴かぬにもあけて待つとか」とからかう。少納言は気《け》おされて返歌もできなかったと卑下しつつも、行成がじぶんを絶讃《ぜっさん》したという噂を付け加えている。本音が自慢にあったのは明らかだ。これに類する機智の応酬は『枕草子』に多くみえるが、いかに宮廷で大評判になったかを忘れずに注釈している。

たとえば蔵人頭の藤原斉信《ただのぶ》に、「蘭省花時錦帳下」という『白氏文集』の詩句について「末はいかに、いかに」と挑まれ、消し炭で「草のいほりをたれかたづねん」と書き送った話。それが殿上人たちの評判になり、清女に「草の庵」と仇名《あだな》が付いたことが付記される。また「公任の宰相」に、「すこし春あるここちこそすれ」と下の句を送られ、「空さむみ花にまがへて散る雪に」と上の句を付けた話。「俊賢の宰相」などが少納言を内侍に任ずるよう運動したと、付記される。また殿上人たちが御簾《みす》の下から呉竹《くれたけ》をそろりと差し入れた途端に、「おや、『この君』（竹の異名）ですか」と言った話。殿上人たちが大はしゃぎし、ついに天皇も興をもよおされ、中宮も満足されたとある。ことに有名なのは「香炉峰の雪」の話。「人々も、さることは知り、歌などにさへ歌へど、（御簾をかかげるまでは）思ひこそよらざりつれ」と付記される。

すべて、殿上人たちの口を借りて、天真爛漫《らんまん》にわが機智の冴《さ》えを自慢するのだ。とくに相手が行成・斉信・公任・俊賢、すなわち「四納言」とうたわれた俊才であるところに、清少納言の自恃《じじ》の高さがうかがわれる。そもそも血筋も才能も地位も格段にまさる四納言に対して、清少納言はかの不遇を嘆じた深養父・元輔の直系だから、身分に大きな隔差があったのだが、それにもかかわらず、辛気くさい訴嘆とは反対の、無邪気な笑いがここには響きわたる。文学の笑いには時代や社会への鋭い諷刺《ふうし》が含まれるものだが、『枕草子』の機智にはそうした毒もない。

この愛すべき単純さは、召し出されて至尊の天皇・中宮のお側近く仕え、蔵人・殿上人の優にやさしいフェミニズムに包まれている自己満足から来たのであろう。その幸福感は、中関白家の栄華が崩壊した後にも、少納言の心中には不滅に生きつづける。中関白家の全盛を象徴する積善寺供養をくわしく書いた時、すでにそれは返らぬ昔の夢であったが、彼女はそれを眼前の道長の栄華と比べてくどくど愚痴をこぼしたりはしない。「もの憂くて、多かりし事どもも、みな止めつ」と、感慨ぶかく筆を抑えただけである。

> 兲　やすらはでねなましものをさ夜更けて　かたぶくまでの月を見しかな
>
> 赤染衛門

清少納言が時代の明るい面だけ記したのは、女性特有のナルシズムであろうか。そして赤染衛門の著書『栄花物語』も、そうした特徴を典型的にそなえた史書として知られている。『栄花物語』の中心人物・道長は、この書に深く影響したとみられる『源氏物語』の光源氏と同じく、完全な理想的人格として描き出された。それ故、たとえば三条院（六「心にもあらで」）の悲痛な譲位にしても、『小右記』に伝えられるようなどぎつい裏話（二章八六頁）は何も記されていない。「つぼみ花」の巻に、げにこそ、よき事を見聞くは、我が身の事ならねど嬉しうめでたう、あしき事を見聞くは、せん方なくいとをしきわざなれば、この殿ばら・宮〳〵の御有様を、いづれの民も愛で喜びきこえたり。

と書いたように、「よき事」だけ叙述する方針を赤染衛門はつらぬいた。しかもそうした方針は、民衆にさえよろこばれると一方的に信じていたのだから、官人層の不平不満などはさらさら代弁しなかった。

赤染衛門は受領・赤染時用の女、実は平兼盛（四〇「しのぶれど」）の女とする説もある（『中古歌仙三十六人伝』）。道長の正妻に仕え、のちに文章道の学者大江匡衡《まさひら》の妻となった。彼女が和文で長編の歴史を書こうと企てたのは、夫が編纂《へんさん》に当っていた『新国史』が未完成に終ったため、その汚名を雪《そそ》ごうとしたものとみられている（坂本太郎『日本の修史と史学』）。「匡衡衛門」という鴛鴦《おしどり》夫婦的仇名で呼ばれたほど琴瑟《きんひつ》相和していた妻が、夫の挫《ざ》折《せつ》をみるにしのびなかったわけだ。しかしかりに執筆者が、文人の不遇を嘆く念がことに強い匡衡だったら、道長時代はこのように手放しの讃嘆とはならなかったろう。彼は過ぎし延喜・天暦の世を「聖代」とたたえたが、それはつまり、かの「聖代」における文運の隆昌、文人の優遇に比べて、今の状態はあまりにもひどいではないかという批判である。それは前代の源順ら沈淪訴嘆の文人と同じ境遇および心情であった。

きまじめで不遇を嘆く夫に対して、妻ははるかに世わたりの機微を心得ていたらしい。

ある時匡衡が公任の辞表を起草することを頼まれ、すでに同僚たちの書いた草案何通かがこの大物の意に満たなかった曰《いわ》く付きの注文と知って、思案に暮れていた。それを聞いた衛門は、かの卿はまことにプライドの高いお方だから、藤原氏の嫡流であるにもかかわらず沈淪の身であると書けばお気に召すであろうと、入智恵したという（『中古歌仙三十六人伝』）。この説話は、三者それぞれの性格をたくみに言い当てている。

『赤染衛門集』は詞書が豊富で、実生活をさぐるにはおもしろい家集だが、それを通して見る作者は、一子挙周《たかちか》の官途や恋愛にいろいろ世話をやき、また清少納言や和泉式部など と隔てなく付き合う、いかにも面倒見のいいおばさんである。「やすらはで」の一首も、中関白道隆の若かりし頃かれと結ばれた姉妹のために、代作してやったものだという。もっとも同じ歌が『馬内侍集《うまのないじ》』にも載っているが、衛門には代作が多いので、これは衛門お得意の作とみておく。つまり、清少納言のように打てば響く式の才気ではないが、衛門にあっても詠歌はその実生活から奔り出たもので、身構えて推敲《すいこう》をこらしたものではなかった。『後拾遺集』二十誹諧《はいかい》歌にみえる夫妻の贈答歌、

乳母《めのと》せんとてまで来たりける女の、乳《ち》の細く侍りければ、よみ侍りける　　大江匡衡朝臣

はかなくも思ひけるかなち（乳・智）もなくて　博士《はかせ》の家のめのとせんとは

返し　　赤染衛門

さもあらばあれやまと心しかしこくば　細乳《ほそち》につけてあらすばかりぞ

という愉快な応酬も、「智」をたっとぶ夫と「やまと心」をたっとぶ妻との人柄の差をきわ立たせつつ、歌の生まれる契機がどういう所にあったかを語っている。

さて前述のように体制を肯定し讃嘆していた衛門だが、一子挙周の身の浮沈といった切実な状況に直面すると、型のごとき訴嘆が出ることは男性たちと異らない。

挙周が蔵人望みしに、ならで、内記になりしかば、左衛門の命婦《みようぶ》のもとに、奏せよとおぼしくて

わが歎く心のうちをしるしても　みすべき人のなきぞ悲しき

正月に司召《つかさめし》はじまる夜、同じ院（上東門院）に雪いみじう降りしにまいりて、挙周が事啓《もう》してまかでて、まいらせし

思へたゞかしらの雪をはらひつゝ　消えぬ先にといそぐ心を

など。衛門の子煩悩ぶりは、挙周が病んだ時、

かはらんと祈る命は惜しからで　さてもわかれんことぞ悲しき

と詠んで住吉社に奉り、おかげで子の平癒したという逸話（『古今著聞集』五）でも知られ

るが、彼女は時には夫とも、

司召に洩れてむつかしく思ふに、桜の花を見て
思ふこと春とも身には思はぬに　時知りがほにさける花かな

といった嘆きを共にしている。つまりこの時代の女房たちは、受領の妻や母として哀歓を尽しつつ、一方では宮廷の華かさに魅せられ、そこで必須とされる機智・諧謔《かいぎゃく》に憂身をやつしていたことになる。女の世紀は、こうした精いっぱい背伸びした生き方から開花したのである。

五七　めぐり逢ひて見しやそれとも分かぬ間に　雲がくれにし夜半の月かな　紫式部

紫式部は清少納言を、「したり顔にいみじう侍りける人」で、行く末もろくな事はあるまいと酷評し、反対に赤染衛門を、むやみに歌など詠みちらさないが、ちょっとした機会に詠んだ作はなかなかのものだと賞讃した（『紫式部日記』）。このように評価を分けた所以《ゆえん》は、宮廷の繁栄の中におぼれきっていたか、世の辛酸を嘗《な》めていたかの差にあったように

思う。こういう批判にみられる紫式部の冷徹な知性としたたかな行動力は、女性離れしている。彼女は道長に一目おかれる右大臣実資と、父道長に必ずしも従わない中宮彰子との仲介役を勤めていた（『小右記』）。そうかと思うと、道長ともいとも親密な付き合いがあった。その行動は一筋縄ではとらえられない。

源氏の物語、御前にあるを、殿（道長）の御覧じて、例のすずろごとども（冗談）出できたるついでに、梅の枝に敷かれたる紙にかかせ給へる、

すきものと名にし立てれば見る人の　折らで過ぐるはあらじとぞ思ふ

給はせたれば、

人にまだ折られぬものを誰かこの　すきものぞとは口ならしけむ

「めざましう（心外な）」と聞こゆ。

これは『紫式部日記』にみずから記した、ある日の道長との応酬だ。「あなたは浮気者という評判だよ」「とんでもありません」というわけだが、返歌の「人にまだ折られぬものを」の「人」は抽象的意味でなく、相手の道長を指したのであろう。それならば式部の方から道長に挑んだにひとしい。つづいて次の記述。

渡殿《わたどの》に寝たる夜、戸をたたく人ありと聞けど、おそろしさに、音もせで明かしたるつとめて、

夜もすがら水鶏《くいな》よりけになくなくぞ　槙の戸口にたたきわびつる

返し、

ただならじ戸ばかりたたく水鶏ゆゑ　あけてばいかにくやしからまし

「すきもの」問答のあとでは道長たる者、その夜どうして式部の戸を叩《たた》かずにおられようか。もっとも、式部は相手の名を明記しないが、文脈から道長以外には解しえないわけで、定家も『新勅撰集』恋四に「夜もすがら」を道長作として採った。式部はその後のなりゆきに口をつぐんでいるが、『尊卑分脈』など後世の文献は、式部を「道長公の妾」と記すようになった。はたして妾だったか否か今も学者の説が分れているが、すべては式部自身の思わせぶりの記述のせいである。

『紫式部日記』は寛弘七年（一〇一〇）頃執筆された。道長の権勢が頂点に達した時点である。その時点でこのような秘話を披露することが貴族社会にどのような波紋を及ぼすかを、彼女が計算しなかったはずはない。清少納言の機智はいかにも無邪気な底の知れたものだが、これは反対にいとも緻密《ちみつ》な計算の上に立っている。

紫式部ほどの出色の人物は、男女を通じてこの時代には少なかったろう。女性の身だから、その才幹は政治上に発揮されなかった。しかし「光源氏」の造型によって道長時代を荘厳しながら、光源氏の晩年と死後までを描くことによって、彼女は道長とその時代の行く末を予言した観がある。政治的営みではなく文筆のわざによって、わが思う方向へ社会を動かして行ったともいえよう。

紫式部のこうした眼力には、機智の戯れに陶酔している清少納言や恋愛に没頭している和泉式部など同時代の女房たちの行状は、才能のむなしい浪費のごとく映ったのではあるまいか。

生涯を奔放な情熱の犠牲とし、『後拾遺集』恋三に「心地例ならず侍りけるころ、人のもとにつかはしける」の詞書《ことばがき》で採られた哀切な慕情の歌、

吾 あらざらむこの世の外の思ひ出に　今ひとたびの逢ふこともがな　和泉式部

を百人一首にとどめる和泉式部が、再婚の夫の任地丹後《たんご》に伴われた後、その女・小式部内侍がある歌合に詠進することになった。公任の子で、

㐂 朝ぼらけ宇治の川霧たえぐ\に　あらはれわたる瀬々の網代木　権中納言定頼

の作者が、「歌はいかゞせさせ給ふ、丹後へ人は遣はしけむや、使はまうで来ずや、いかに心もとなくおぼすらむ」などとからかったのに答えて、

㐃 大江山いく野の道の遠ければ　まだふみもみず天の橋立　小式部内侍

の一首が詠まれたことは、だれも知る挿話である。実はこれに該当する歌合は見当らない

ということで（萩谷朴『平安朝歌合大成』）、『金葉集』雑上の右の詞書もフィクションらしいが、才女たちの機智の冴えを象徴する点では、事実かどうかはこの際どうでもよい。

またある夜、二条院で女房たちが宿直《とのい》していた時、周防内侍《すおうのないし》が物にもたれ臥《ふ》して、「枕がほしいわ」と独り言をいったら、大納言忠家が「これを枕に」と、腕《かいな》を御簾《みす》の下からさし入れた。すかさず、

六七　春の夜の夢ばかりなる手枕に　かひなく立たむ名こそ惜しけれ　　周防内侍

の一首が詠まれた（『千載集』雑上）。下の句の頭に「かひな」の三文字が詠みこまれたお手並みが喝采《かっさい》を博した。

即吟の名手・伊勢大輔の「いにしへの」の一首が詠まれた緊迫の場面についてはすでに述べた（五章二〇一頁）。

こうした女の世紀の担い手たちのことどもは比較的よく知られているから、あとは筆を省く。しかし、総じて彼女たちの作品は共通の契機、すなわち宮仕えの日常の中で、才気と才気が火花を散らしつつ生み出された。この事実だけはしかと確認しなければならない。それらはまさに作られたのでなく、生まれたのだ。ところが次の院政期ともなれば、女房歌人の制作契機はまるきり違ったものとなってしまう。

いまその後の女歌と、発表された場を列挙する。

八七　音に聞く高師の浜のあだ波は　かけじや袖のぬれもこそすれ　祐子内親王家紀伊
（堀河院御時艶書合）

八〇　長からむ心も知らず黒髪の　みだれてけさはものをこそ思へ　待賢門院堀河
（久安百首）

八八　難波江のあしのかりねのひとよゆゑ　身をつくしてや恋ひわたるべき　皇嘉門院別当
（摂政右大臣〈兼実〉家歌合）

八九　玉のをよ絶えなば絶えねながらへば　忍ぶることのよはりもぞする　式子内親王
（百首歌）

九〇　見せばやなをじまの海人《あま》の袖だにも　ぬれにぞぬれし色はかはらず　殷富門院大輔
（某歌合）

九二　我が袖はしほひに見えぬ沖の石の　人こそ知らね乾くまもなし　二条院讃岐
（「寄石恋といへる心をよめる」）

このように、六首はすべて歌合・百首歌ないしは題詠の作である。つまり予定された催しのために十分な準備で練り上げられたもの、生活の中から奔り出たのでなく芸術的意図で構想されたものである。これに対して前代では、相模の「恨みわび」が永承六年内裏歌合の作であるほかは、こうした文学的契機による制作がない。まことに好対照である。

この対照の意味するところは何か。后妃を政権獲得のキイとした外戚《がいせき》政治の衰退にともない、後宮はとみに前代の活気を失った。いきおい女房たちの行動様式も型にはめられ、その中で、生活機能から遊離した詠歌が技術的・専門的にだけ深まって行った、ということであろう。無論小式部内侍や伊勢大輔の作がエピソード抜きではとても評価に堪えないのに比べれば、後代の方がはるかに芸術的完成度は高いだろう。しかし一首一首に作者の個性がけざやかに躍動するおもしろさは、もはや消え失せた。それは王朝の衰退につれて女性の役割が後景に退き、生き方がつつましさと息苦しさを加えていく中世への推移を、ごく自然に反映している。

七　章　遁世者の数奇——能因より西行へ

五　奥山に紅葉踏みわけ鳴く鹿の　声きく時ぞ秋は悲しき　猿丸大夫
八　わが庵は都のたつみしかぞ住む　世をうぢ山と人はいふなり　喜撰法師
一〇　これやこの行くも帰るも別れては　知るも知らぬも逢坂の関　蟬丸

「坊主めくり」という遊びが成立するほど、百人一首には桑門《そうもん》の人の作が多く入っている。右の三人——もっとも猿丸大夫は「大夫」という名から、また蟬丸も頭巾《ずきん》をかぶったカルタの図柄が暗示するように、これを出家と即断することはできないわけだが、隠遁《いんとん》的境涯の人とみることは異論あるまい——につづいて僧正遍昭（一二「天つ風」）・素性法師（二一「今こむと」）・恵慶法師（四七「八重葎」）・大僧正行尊（六六「もろともに」）・能因法師（六九「あらし吹く」）・良暹《りょうぜん》法師（七〇「さびしさに」）・道因法師（八二「思ひわび」）・俊恵法師（八五「よもすがら」）・西行法師（八六「歎けとて」）・寂蓮法師（八七「村雨の」）・前大僧正慈円（九五「おほけなく」）と並ぶ。以上十四人。「法性寺入道前関白太政大臣」（藤原忠通、七六「わたの原」）・「入道前太政大臣」（藤原公経、九六「花さそふ」）も、「入道」したには違いないが、俗界での活動が生涯の大部分を占めるから、数に入れまい。また十四人の中でも、遍昭・行尊・慈円の三人はともに教界の指導者たる「僧正」に昇った人で、一介の何々法師のたぐいと同列に扱うことはできまい。ただ彼等の内面には、そうした顕要な地位に埋没しきれない情動がつよく働いていた。その点、遍昭についてはすでに述べたが、行尊・慈円も同様である。つまり細かく考えればいろいろ問題はあるけれども、総じて百人一首の末尾から三分の一までのあたりに、「坊主めぐり」の札が集中していることは、顕著な事実である。

この大勢を折口信夫は、「女房文学から隠者文学へ」という一語で指し示した。

王朝末には、仏徒自身の生活態度が省みられ出した。大寺院は一つの家庭で、在家と等しい、騒しい日夕を送らねばならない。心深い修道者は家を捨てゝ這入つた寺を、再《ふたたび》損《す》てなければ道心は遂げられなかつた。出家の後、寺には入らず、静かな小屋に、僅かな調度を置いて簡素な生活を営む。庵に居る時は、仏徒としての制約によつて居るが、世間風の興味も棄てるに及ばぬ自由を持つて居た。才芸に関する事は、禁欲の箇条に触れない。楽器・絵巻などさへ、持ちこんで居た。里や都に出れば、権門勢家に出入しては、活計の立つ位の補給を受け、主として文芸方面の顧問としての用を足したのであつた。王朝末期には段々、女房の才能が平安朝に成立した其職分を果すには堪へぬ様になって来て、女房のした為事《しごと》は、段々其等隠者の方へ移って行った。此が、武家初期・中期（室町以前）から後期の初めに亘って隠者の文学と、変態な生活法とを作って行ったのだ。（「女房文学から隠者文学へ」『古代研究』第二部国文学篇）

やや長い引用になったが、十一世紀の女性文化から十二世紀以降の遁世者文化への推移と、遁世者の生活実態とを簡明に要約した、すばらしい叙述である。そして百人一首の「坊主めくり」は、この大勢を代表する人びとのいみじき系譜となる。

彼等の境涯を端的に表現することばに、「数奇《すき》」がある。風流という語とほぼ同義に考えてよいが、その本質についてくだくだしく述べる代りに、鴨長明が『発心集《ほっしん》』に記した絶妙の説明を借りておこう。

中にも、数奇と云ふは、人の交はりを好まず、身の沈めるをも愁へず、花の咲き散るをあはれみ、月の出入《いでいり》を思ふに付けて、常に心を澄まして、世の濁りにしまぬを事とすれば、おのづから生滅のことわりも顕《あら》はれ、名利の余執尽きぬべし。これ出離《しゅつり》・解説の門出《かどで》に侍るべし。

「数奇」とは俗世間を離れて自然に親しむ生活であり、信仰に入る門でもあった。それが中世における自由人・文化人の生き方であったといってもよい。この事を前提に見すえて、個々の人びとにふれていくことにしよう。

さて不思議なことに、遁世者のはじめに出て来た猿丸大夫・喜撰法師・蟬丸の三人は、そろって正体不明な、架空の存在かと思われる人びとである。また作品も、秀歌などとはとても評価されないから、定家が彼等を百人一首に入れたのは、一首の価値とは別の観点によったのにちがいない。つまり西行を頂点とする、同時代のすぐれた遁世歌人たちの系譜が、はるか上古へさかのぼることを強調したかったのではあるまいか。

定家の日記『明月記』には、高徳の法然・明恵・文覚とか、唱導のタレント澄憲・聖覚父子とか、山師のような医者のような鑁也《ばんや》（『露色雑詠集』の作者）とか、多種多様な遁世者の名が次々に出て来る。定家がこうした人びとの源流に深い関心を抱いたのも、もっともだが、それは定家だけでなく中世文化人に共通の関心である。遁世者こそ王朝古典文化を中世へ架橋する役割をになう者だと、同時代人はみな認識していた。だから後鳥羽院の『時代不同歌合』も順徳院の『八雲御抄』も、これらの作者の大部分を採っているのだ。

「奥山に」の猿丸大夫は、名だけは『古今集』の真名序にみえる。その六歌仙評のうち、

大友黒主の歌は、古への猿丸大夫の次《ついで》なり。頗る《すこぶる》逸興あれども、体はなはだ鄙《いや》し。田夫《でんぷ》の花の前に息《いこ》へるが如きなり。（原漢文）

という条《くだ》りである。大友黒主は近江の豪族の出身と伝えられるから、猿丸大夫もその種の田舎者で素朴な詠風だと、真名序はみていたらしい。しかし仮名序にはこの名がないし、

作品も『古今集』に入っていない。もっとも「奥山に」の作は『古今集』にあるが、「是貞の親王《みこ》の家の歌合」に提出された「よみ人知らず」歌となっている。

　これを猿丸大夫なる者の作と明記したのは、百年後の公任の『三十六人撰』である。公任は猿丸の作として「奥山に」の他に、

遠近《おちこち》のたつきも知らぬ山中に　おぼつかなく呼子鳥《よぶこどり》かな
日ぐらしの鳴きつるなべに日は暮れぬと　思へば山の陰にぞありける

の二首を挙げた。この二首も『古今集』にあるが、ともに「題知らず」の「よみ人知らず」歌で、共通するのは山中隠遁生活から生まれたらしい「わび人」的心境である。公任がそうした「猿丸大夫」なる人物を三十六人に加えたのは、すでに一巻の猿丸大夫家集が成立していたからであろう。

『猿丸大夫集』は現存し、各種の異本を照合すると六十首くらいの作品が得られる。しかし現存のそれは意外にも大部分恋歌から成る。しかも中には『古今集』の「よみ人知らず」歌が二十首以上もあり、「しながどり猪名野を行けば有馬山　夕霧たちぬ友なしにして」など、万葉歌も数首含まれる。おそらく何者かが平安中期頃、愛唱する古歌をほしいままに採録して一巻の恋愛歌集を編み、真名序の「猿丸大夫」名をそれに冠せたのであろう。その中に公任の採った前掲三首や、

秋は来ぬ紅葉は宿に降りしきぬ　道踏みわけて訪ふ人もなし

のような山中の景気をうたった作が入ったのは、編者に「色好み」とともに「わび人」的「数奇」への志向もあったことになるが、それはごく自然で、「好き」と「数奇」とは元来同根である。

ひとたび猿丸大夫の名が作品をともなうと、彼の虚像はしだいに実在へむかって成長をはじめる。そして千年の歳月は（おそらく百人一首の力も大きく加わって）、猿丸大夫の遺跡や子孫をあちこちに作り出した。柳田国男は『神を助けた話』の冒頭に、

神戸の隣の蘆屋《あしや》村の村長は、猿丸又左衛門氏と謂ふあの辺での名家である。百人一首の猿丸大夫の後裔と伝へられて居る。二百年前に出た摂陽群談と云ふ本にも、猿丸大夫の屋敷跡、蘆屋村に在り、俗伝に猿丸は蘆屋の産れと言ひ、其屋敷に住する者、名字は猿丸某と名乗り、村人之を敬ひ人の上に置くと書いてある。現在では猿丸家四軒に分れ、大夫の邸の地と云ふのは別に有る。大夫の石塔と云ふのも、古いのと稍〻新しいのと二つあつて、共に苔が生えて居る。

と書き、さらに二、三の猿丸ゆかりの地を挙げた上で、

然るに今一箇処、どうしても爰《ここ》だと云ふ処が、山城の内に在つた。宇治川支流の田原

川のずつと上で、田原の禅定寺と云ふ村の山が其である。近江の勢多の奥から、越えて来る山路である。此説の有力なわけは、中世の本に一寸書いてある為で、是も何かの証文の中に、猿丸大夫の墓を以て荘園の境とするやうなことが、あつたと云ふ話である。

とも書いている。芦屋の猿丸家は、近年その一族の猿丸買驢なる俳人の自伝（『ひなた道』）が卯辰山《うたつやま》文庫から刊行され、おもしろく読んだ。その本の叙述や写真からうかがえる猿丸家は、今もなかなかの豪家である。一方、宇治田原の墓を記した「中世の本」とは鴨長明の『無名抄《むみようしよう》』のことで、同書の「猿丸大夫墓の事」に、

　或人云はく、田上《たなかみ》の下《しも》に、曾束《そづか》といふ所あり。そこに猿丸大夫が墓あり。庄のさかひにて、その券《けん》に書きのせられたれば、みな人知れり。

とみえる。長明は猿丸・喜撰・蟬丸に深い興味を抱き、『無名抄』に三人の事どもを記しているが、この時はまだ実地を踏んでいなかったようだ。（簗瀬一雄『無名抄全講』）。しかし数年後に方丈の草庵《そうあん》を結んだ日野山は曾束庄のすぐ近くにあり、猿丸大夫の墓は健脚の彼の散索圏内に入った。『方丈記』にいう。

　もしうららかなれば、峰によぢのぼりて、はるかにふるさとの空をのぞみ、木幡山・伏見の里・鳥羽・羽束師《はつかし》を見る。勝地は主なければ、心をなぐさむるにさはりなし。歩みわづらひなく、心遠くいたる時は、これより峰つづき、炭山を越え、笠取を過ぎて、

或は石間に詣で、或は石山ををがむ。もしはまた、粟津の原を分けつつ、蟬歌の翁が跡をとぶらひ、田上河《たなかみがわ》をわたりて、猿丸大夫が墓をたづぬ。かへるさには、折につけつつ、桜を狩り、紅葉を求め、蕨《わらび》を折り、木の実を拾ひて、かつは仏にたてまつり、かつは家づとす。

長明の閑雅な遁世生活は、奇しくも蟬丸とも猿丸大夫とも接触した。喜撰山もすぐ近い。同気相求むるのたぐいであろうか。

柳田国男が記しているように、この墓は宇治田原の名刹《めいさつ》禅定寺の近くにある。私はゼミの学生を伴って禅定寺を訪れたことがある。寺伝によれば正暦二年（九九一）の創建で、長保三年（一〇〇一）の田畠施入《せにゅう》状など、百二十五通もの古文書がみごとな巻物として伝来している。一泊させてもらい、心ゆくまで古文書に親しんでから、猿丸大夫の墓をたずねた。「猿丸神社」の小さな祠《ほこら》の前には石像の猿がすわっている。近頃は、猿丸を「ガンヲサル」と訓《よ》み、難病の治癒を祈願して遠方から参詣《さんけい》する人も多いということであった。

これも笑えぬ伝説の発展であろうが、中世以降の猿丸伝説の流布については、前引の柳田国男その他諸家の民俗学的論文がある。とりあえず、それらを簡明に要約したものとして、『群書解題』の「猿丸大夫集」解説（西村亨氏）を引いておく。

猿丸の出生や伝記については、個人としては全く不明である。その名の猿丸は猿を人と見立てて呼ぶ名であり、たゆうは大夫よりもむしろ太夫とあてて神職を意味する語と見られる。各地に分布する猿丸伝説から猿丸と小野氏との関係が推定せられるので、猿丸は小野神の信仰を宣布して巡遊する神人《じにん》の間に生じた半固有名詞であろうとも考えられる。

もともと奥山にものがなしく鳴く鹿は、山里の草庵生活者にもっとも親しまれた動物である。西行の、

山深み馴るるかせぎ（鹿）のけ近かさに　世に遠ざかるほどぞ知らるる（『山家集』）

をはじめ、山中の鹿を詠った古歌は枚挙にいとまがない。したがって「奥山に」の一首は、この主題をいとど平明に詠いあげた名歌として、隠遁の境涯にあこがれる人びとの愛唱の的になった。後世のもろもろは、すべてその感銘から流れ出したのであろう。

「わが庵は」の喜撰法師は『古今集』の序に、

宇治山の僧喜撰は、その詞華麗、しかれども首尾停滞す。秋月を望むに暁雲に遇へるが如し。（真名序、原漢文）

と批評された。用語は華麗だが、全体の表現に難があるというほどの文意だろうが、「我

が庵は」の一首によってこの批評を納得することは、到底できない。しかも、『古今集』にはこの一首しか採録されなかった。後の勅撰集にもわずかに一首、

樹間《このま》よりみゆるは谷の蛍かも　いさりに蜑《あま》の海へゆくかも

という「題しらず」が『玉葉集』巻三夏に入っただけである。玉葉は鎌倉末期の成立だから、何を資料としてこの一首を拾ったのか。『猿丸大夫集』のような仮託の集さえ、喜撰については作られた形跡がない。彼は「我が庵は」の一言だけをのこして宇治の山中深く消え失せた、仙人のような人物である。だから高崎正秀氏（『六歌仙前後』）の、「喜撰は紀仙であらう。そして彼はこの国土の上に、嘗て一度も姿を見せなかつたのかも知れぬ」という民俗学的観方が説得力をもつ。

参考のため仮名序をみると、

宇治山の僧喜撰は、ことばかすかにして、はじめをはり、たしかならず。いはば、秋の月をみるに、あかつきの雲にあへるがごとし。よめるうた多くきこえねば、かれこれをかよはして、よく知らず。

という。仮名序の筆者は、遺作が乏しいことを承知して書いている。私は仮名序の成立に疑いを持っているので、真名序にみえない傍点部分は、『古今集』に一首しか入っていないことを前提にして後に記された文ではないかと思う。それにしても、「我が庵は」の歌

がどうして「ことばかすかにして」云々という評語に該当するのであろう。反対に、何の曲もないが意味だけは明瞭《めいりよう》な歌ではないのか。

いずれにせよ、古今序の評語は「我が庵は」の作と嚙《か》み合わない。もし序の執筆された時、喜撰の他の作品が多く参照されたというなら話は別だが、それならなぜ「その詞華麗」の褒《ほ》めことばにふさわしい何首かが作者名を明記して採られなかったのか。謎は深まるばかりである。

せめても推察されるのは、宇治の山中に草庵を結んだ一遁世者が、和歌の命脈を護持した少数の先人の中にいたと、古今撰者が認めていたということだ。つまり当代の風流隠者・素性法師(三「今こむと」)のような境涯ははるか前代に源を発したということを、序は喜撰法師に托《たく》して語ろうとしたのではなかったか。そこから先はさらに臆測《おくそく》になるが、その喜撰法師が華麗な詩藻の持ち主だったという伝承はのこっていたものの、すでに作品は散逸して、「よみ人知らず」に送りこまれていたのではなかったか。

蟬丸の「これやこの」は『後撰集』雑一に、

逢坂の関に庵室を造りて住みはべりけるに、行きかふ人を見て　蟬丸

これやこの行くも帰るも別れつゝ(てはイ)　知るも知らぬも逢坂の関

とみえる。ここに「見て」とあるのだから、逢坂の関に草庵を結んだ「蟬丸」の眼は、もとはぱっちり開いていたはずだ。

勅撰には、他に三首入っている。

秋風に靡くあさぢの末ごとに　おく白露のあはれ世の中（『新古今集』雑下）

世の中はとてもかくても同じこと　宮も藁屋も果てしなければ（同）

逢坂の関の嵐のはげしきに　しひてぞゐたる世を過ぎむとて（『続古今集』雑中）

いずれも「題しらず」で、何を根拠に蟬丸の作とされたか分らないが、手がかりは無いこともない。十二世紀初めの『俊頼髄脳』に、

蟬丸が歌、

世の中はとてもかくてもありぬべし　宮もわらやもはてしなければ

是は逢坂の関にゐて、行き来の人に物を乞ひて世を過ぐす者ありけり。さすがに琴など弾き、人にあはれがられける物にて、ゆゑづきたりけるものにや。あやしの草の庵をつくりて、藁というものを掛けてしつらひたりけるを見て、あやしの住みかのさまや、藁してしもしつらひたるこそなど、笑ひけるをよめる歌なり。

とあって、新古今の「世の中は」の歌の出所はこのあたりらしい。蟬丸はここでは琴など

を奏でる乞食芸能者として登場する。同じ頃に成立した大江匡房の『江談』には、管弦の名手・博雅三位《はくがのさんみ》（源博雅）が「会坂《おうさか》」にすぐれた「目暗《めくら》」の琵琶《びわ》法師のいる噂を聞き、三年通いつめて流泉《りゅうせん》・啄木《たくぼく》の秘曲を伝授された話がみえる。ここには「世の中は」の歌とともに、「逢坂の関の嵐の」の歌が引かれている。この歌の下句「しひてぞゐたる」は無論山風に堪えて暮らす意味だが、「しひて」が「盲《めし》ひて」の連想を呼ぶところから、この琵琶法師が盲僧とみなされるに至ったのであろう。もっとも『江談』には蝉丸という名がみえないが、これにもとづいたと思われる『今昔物語』巻二十四になると、宇多天皇の息子敦実親王の「雑色《ぞうしき》」（使い走りの者）で名を「蝉丸」というと、身許《みもと》が一段と明らかになった。

　蝉丸の作をもう三首増補したのは、定家の歌論書『僻案抄《へきあんしょう》』である。

　世の中はいづれかさしてわがならむ　行きとまるをぞ宿と定むる
　相坂の嵐の風は寒けれど　行方知らねばわびつゝぞぬる
　風の上に在所《ありか》定めぬ塵の身は　行方も知らずなりぬべらなり
　この三首の歌は、蝉丸がよめりけるを、古今には作者をあらはさゞりけり。後撰には作者を書けるなりとぞ、金吾申されける。古今さづけられける時の物語りの内なれば、指せる事ならねど之を書き付く。

「金吾」とは定家の父俊成の師・藤原基俊である。すなわち、

七五　契りおきしさせもが露を命にて　あはれことしの秋もいぬめり　藤原基俊

の作者のことで、博学の彼が古今講義の際こう語ったというのだ。いかにも三首は古今巻十八雑下に「題しらず　よみ人しらず」として、この順序に配列された作だが、基俊が実は蟬丸作だとした根拠は分らない。定家は蟬丸を百人一首の第十番目、すなわち小町（九「花の色は」）と篁（一一「わたのはら」）の間に配列したところをみると、基俊の説に従って、蟬丸を遠く古今「よみ人しらず」歌の時期の人とみていたようだ。

蟬丸作として伝わる右の七首は、いずれも伝承歌にすぎない。だから先学の説くように「蟬丸」とは特定個人の名ではなく、逢坂を往来した盲僧など漂泊芸能者の象徴なのであろう（室木弥太郎『語り物の研究』）。『今昔物語』もかの説話を、「其より後、盲《めしい》の琵琶は世に始まるとなむ、語り伝へたるとや」と結んでいるのだ。しかし中世に全盛をきわめる琵琶法師たちの祖ともなれば、蟬丸の身分は卑賤《ひせん》であってはならない。そこで長明の『無名抄』は、

逢坂に関の明神と申すは、むかしの蟬丸なり。彼のわら屋のあとを失はずして、そこに神となりて住みたまふなるべし。

と神格化し、『平家物語』（海道下）は「延喜第四の王子蟬丸」に昇格させた。なお時代を下ると、謡曲『蟬丸』や近松の戯曲があらわれて姉の皇女「逆髪《さかがみ》」をつくり出し、さらに

放浪の説経師たちが蟬丸を祖神と仰ぎ、蟬丸宮別当所から免許を受けることにもなる。先年私は大津《おおつ》の関蟬丸神社に詣《もう》で、おびただしい説経師関係の近世文書をみた。蟬丸が盲人から皇子となり神となって、ついに近世の乞食芸能者に奉斎される歴史の流れにつくづく感銘したが、いまそれを語る余裕はない。

蟬丸の作と伝える七首の歌の特徴について、蟬丸伝説の研究者マチソフ女史はこう記している。

はかなさ、たよりなさ、つらさの濃密ないぶきが、七首の歌のすべてに満ちている。われわれはこれらの歌について、頭注や評語やその他の外部徴証を何も持たないが、それらの心象はけざやかに一致する。「いづれかさしてわがならむ」「行方知らねば」「塵の身は行方も知らず」など、すべて蟬丸の心のよるべなさに感銘させられる。蟬丸の文学的伝承は、イマジスチックな無――家なく、未来なく、所有なく、愉楽も安定もなく、いこいもない――の意識を根底としてはじまる。(Susan Matisoff: "The Legend of Semimaru—Blind Musician of Japan—")

そのとおり、これら七首をつらぬくものは、典型的な草庵遁世者の境涯である。遁世者全盛の定家の時代へむかって歴史の彼方から流れて来る心の声である。猿丸大夫・喜撰・蟬丸など実在も定かならぬ人びとから、定家はこのはるかな呼びかけを聴いていたのであった。

六九　嵐吹く三室の山のもみぢ葉は　龍田の川の錦なりけり　能因法師
七〇　さびしさに宿を立ち出でてながむれば　いづくもおなじ秋の夕暮　良暹法師

百人一首の第六九・七〇番に並ぶこの二首は、女房歌人の全盛期がすぎて、遁世歌人の時代が到来したことを宣言しているようにみえる。もっとも二首のうち「嵐吹く」は、永承四年（一〇四九）の内裏歌合に詠進されたもので、光栄に感激し凝りに凝って構想した結果、かえって芝居の書割のような生気のないものが出来上がってしまった。定家がこれを選んだのは、古来はなはだ評判が悪い。能因には二百五十首ほどの作をほぼ年代順に収めた『能因法師集』という家集があり、能因の自撰《じせん》と思われるが、それにさえ「嵐吹く」の一首は入っていないのである。

これに対して「さびしさに」の一首は、これこそ遁世者の心境を如実に示す作である。宗祇《そうぎ》の抄にも、

心は大かた明かなり。なを「いづくも同じ」に心あるべし。我が宿のたへがたきまで

さびしき時、思ひわびていづくにも行かばやと立ち出でうちながむれば、いづくも又我が心のほかの事は侍らじ、われからのさびしさにこそと、うちあんじたる心なり。

とあって、一首の描いたものが遁世者の心象風景にほかならぬ事を、みずからもその系譜につらなる宗祇は、切実な共感をもって語っている。良暹《りようぜん》法師には、他にもそうした境涯を詠った作がいくつかあるので、これを通して遁世者の数奇《すき》心の内側をさぐることができるが、しかし経歴はほとんど追跡できない。

これに反して能因の場合は、家集や逸話などによって、その特異な生涯の大筋をたどることができる。逸話の中でも有名なのは、能因がいかにも陸奥へ長途の旅をして来たように見せかけて、

都をば霞とともに立ちしかど　秋風ぞ吹く白河の関

の一首を披露し、文名を一世に上げたという話（『袋草紙』巻三）であろう。能因にはこういう奇抜な話が多くあって、たとえば藤原節信《たかのぶ》という数奇者と会った時、錦の小袋に入れた鉋屑《かんなくず》をうやうやしく取り出し、これはわが重宝です、かの有名な長柄橋《ながらのはし》（『古今集』の歌枕）を造った時のものですと言って贈った。節信も負けずに懐中から蛙の干物を出し、これはかの「井手《いで》の蛙《かわず》」（井手も古今の歌枕）ですと言い、両人たがいの数奇者ぶりに感嘆して別れたといった奇話は、どこまでが本当かだれにもわかるまい。『袋草紙』の著者清輔

（四「ながらへば」）も、「今の世の人、嗚呼《おこ》（ばかげたこと）と称すべきか」と、その脱俗ぶりに呆《あき》れた風情だが、そうした脱俗・反俗の姿勢こそ能因の真骨頂だと、後の人びとは信じていた。能因より百年後の西行も陸奥へ杖《つえ》をひき、白河の関で、

　みちの国へ修行してまかりけるに、白河の関にとまりて、所がらにや常よりも月おもしろくあはれにて、能因が「秋風ぞ吹く」と申しけむ折、いつなりけむと思ひ出でられて、なごり多くおぼえければ、関屋の柱に書きつけける

　白河の関屋を月のもるかげは　人の心をとむるなりけり（『山家集』）

と、先人能因に思いを馳《は》せた。そもそも西行の遁世もその陸奥への旅も、敬慕する能因の足跡を追うことにあったので（小著『西行』）、その一事でも、能因が遁世歌人の系譜に占める地位の高さが知られるであろう。

　しかし西行は白河の関で、この場で名歌を詠んだ先人として能因を回顧したので、『袋草紙』の伝えるフィクションなどを信じていたのでは、こういう感激は湧かなかったはずである。現に能因の家集をみると、「都をば」の歌に「（万寿）二年の春、みちの国にあからさまに下るとて、白河の関に宿りて」の詞書《ことばがき》があり、その後にも、「なすべき事ありて、またみちの国へ下るに」云々とあって、能因が幾度も陸奥へ旅したことが明らかである。

そこで奇抜な説話が能因の反俗の生き方を反映していることは認められるとしても、実人生は説話とは別個にさぐらなければならない。私は彼の伝記を追求したことがあるので(『平安文化史論』)、それにもとづいて能因の実生活を紹介し、そのあとで良暹の作品を通じて遁世歌人の内面にふれてみることにしよう。

能因はかの沈淪《ちんりん》訴嘆の歌人たちが相ついで世を去る十世紀末に生まれ、俗名を橘《たちばなの》永愷《ながやす》といった。肥後守為愷の子で、文章道の学生となった(『中古歌仙三十六人伝』一説に、為愷の兄弟元愷の子)。詩文にすぐれていたことは、「予、天下の人事を歴覧するに、才有る者は必ずその用有り、芸有る者は必ずその利有り」(原漢文)と説き出して、才学の認められない世を嘆じた『能因法師集』自序によって、わずかに片鱗《へんりん》をうかがうことができる。また大江公資(相模—夳「恨みわび」—の夫)や、同嘉時・以言・正言兄弟など、文章道の名門大江氏の人びととの交友が密なのも、その一証である。しかし、彼は十代から和歌に親しんでいたようで、歌人藤原長能に師事した。長能はかの右大将道綱母(吾三「歎きつゝ」)と兄妹である。公任に自作を非難されたのを苦にして死んだ話は序章に書いた。病的なまでの歌道執心の人である。『袋草紙』に、「和歌ハ昔ヨリ師無シ。シカルニ能因始メテ長能ヲ師ト為ス」とあり、これは能因が和歌を、文章道その他大学の諸学科に匹敵する「歌道」と自負したことを意味する。三十歳にもならぬうちに官途を捨てて遁世したのも、この魅力的な「歌道」に生涯を賭《か》ける決意であったと思う。

もっとも、西行の遁世原因が謎に満ちているように、能因のそれも一筋縄ではつかまえられない。名門橘氏が沈淪の一途をたどっていて、前途に希望が持てなかったのも一因であろう。また家集に、ある女と「桜の散るを見て、もの思へるさまにて」交わした贈答があり、しかもこの女性は彼の子を生んで間もなく亡くなったらしいから、そうした不幸も一因かも知れない。

いずれにせよ、橘永愷はここに能因法師となり、都を去って摂津《せっつ》国古曾部《こそべ》（高槻《たかつき》市）に隠棲《いんせい》し、「古曾部入道」と呼ばれた。そして時々都にあらわれては、受領階層の旧友と歌詠み交わし、また関白頼通をはじめ宮廷・権門の催す歌合に詠進した。『後拾遺集』春下に、

高陽院《かやのいん》（頼通邸）の花盛《ざか》りに、忍びて東西の山の花見にまかりてければ、宇治前太政大臣（頼通）聞きつけて、「この程いかなる歌か詠みたる」など問はせ侍りければ、「久しくゐなかに侍りて、さるべき歌なども詠み侍らず、けふかくなん覚ゆる」とて詠み侍りける

世の中をおもひすてゝし身なれども　心よわしと花に見えける

これを聞きて太政大臣、「いと哀れなり」といひ

て、かづけものなどして侍りけるとなん、いひ伝へたる

とあるのは、能因の生活の一面を語るもので、かの素性に対する宇多法皇の恩顧のようなものを、関白頼通から与えられたようである。つまり遁世者能因は、体制に反撥《はんぱつ》したわけでもなく、深山に跡を隠したわけでもなく、俗界の周辺を自由に優遊していた。ただし、能因はひたすら権門に寄生して生計を維持したわけではなく、古曾部の草庵《そうあん》生活の少なくとも一部を支えたのは、馬の飼育・交易であったらしい。それは『能因法師集』に、

懐信朝臣、津守《つのかみ》になりて、駒どもあなりとて、乞ひにをこせたるにいひやる

ふるさとにこま（駒、来ま）ほしとのみおもひしは　こふ（乞ふ、恋ふ）らく君があればなりけり

とか、

鹿毛《かげ》なる馬を人の借るに貸したれば、この馬いと遅し、などいふ歌よみてをこせたるに、かくいひやる

なにかおそき老いらくのちし若ければ　ひまを過ぎゆく駒にまされり

とか、

みちの国よりのぼりたる馬のわづらひて、この国にて死ぬるを見て

わかるれどあさかの沼のこまなれば　おもかげにこそはなれざりけれ

など、馬にかかわる作が異様に多くみえることから推定される。淀川の岸辺には牧場が多く発達していたので、古曾部入道がこれを経営して貴族たちの需要に応《こた》え、また馬の名産地・陸奥へ入手に出かけたことは、考えられないことではない。

私は以前こういう推定を試みたが（『平安文化史論』）、遁世《とんせい》の数奇者と牧場とはいかにも突飛な結び付きなので、史料に導かれてやむをえずそんな仮説に到達させられたといった趣きであった。ところがその後、京都の高山寺の調査によって、一冊の古い「往来」（手紙の模範文例集）が発見され、その中に能因の境涯とよく似た人物の手紙があった。それは「鹿岡《かのおか》」という男が主君の催す大狩に参加するために、騎乗用の馬を貸してほしいと申し入れた手紙と、これをことわった「邦算《ほうさん》」という馬主の僧侶の返信である。邦算なる人物はこう言っている。いかにも私は三頭ほどの良馬を近頃入手しましたが、一頭は馬丁の不手際で肩の下を腫《は》らしてしまった、一頭は弟が先日遠乗りし、怪我させてしまった、も

う一頭もこれこれしかじかで役に立たない、そもそも私は俗人同様な生活をしてはいますが、心に仏法を忘れたことはない、殺生のために御用立てしたとあっては、万人のそしり、諸仏の呵責《かしやく》がおそろしゅうございます。こう言って邦算は鹿岡の申し入れを謝絶する。

この返事の、ああでもないこうでもないというレトリックのおもしろさは、「すでに手紙の実用的機能を離れて咄《はなし》の世界のもの」で、奥田勲氏（「高山寺本古往来をめぐって――その世界と作者に関する試論――」）はそこにこの古往来の文学的興趣を見出している。さらに氏は、邦算と名乗る男こそ本書の編者ではなかろうかと推定し、「そのような仮定に立ってこの編者の俤を構成」して、次のようにいわれた。

京都に比較的近い農村地帯に生活の根拠があり、半僧半俗の姿と思想を持ち、俗の生活は、東国などに馬を求めてしばしば旅行し、馬をひいて帰って来て、需めに応じて売り捌き、あるいは貸し与えることによって成立している。この仮構から、平安時代後期の歌人能因（九九八―一〇五〇？）の姿を連想するのはあまりに荒唐に過ぎよう。しかし、能因に集約されるような平安貴族の一つの生き方、つまり能因的なるものを、この古往来の作者の俤とすることは決して不可能とはいえないと思う。

奥田氏は私の旧稿を引き合いに出しつつ、こう指摘された。私がかつて能因の家集から推定した馬を牧する遁世者像と、氏が高山寺古往来から描き出された半僧半俗の遁世者像とは、ここにピタリとかさなり合う。もよとり「邦算」という人物が実在か否かは分らないのだが、こんな手紙が模範文例集に収められたところをみれば、彼のような生活がありうべからざるものでなかったことは証明された。私の仮説はここに強力な援軍を得たように思う。

半僧半俗ともいうべき能因の遁世生活には牧の経営などという思いがけない側面があった。ただいやしくも出家したからには、型のごとき仏道修行もなくてはならなかったはずだが、その側面はほとんど家集にあらわれない。また作品にも釈教的な要素が乏しいので、能因の遁世は、「数奇」に身をゆだねる方便であったというほかはない。彼がつねに「スキタマヘ、スキヌレバ秀歌ハ詠ム」と人びとに説いたというのも（『袋草紙』）、「数奇」こそ彼の唯一の生き甲《が》斐《い》だったことを示している。しかも、そのように数奇を目的として遁世という形式を選ぶ者は、その後続々風をなすのであって、彼は来るべき中世的自由人・文化人のあり方を確立した人物といってもよいだろう。

心あらん人に見せばやつの国の　難波の浦の春のけしきを
山里を春の夕暮来てみれば　いりあひの鐘に花ぞ散りける
いそのかみ古りにし里を来てみれば　われをたれぞと人ぞとひける
死出の山このものかのもの近づくは　明けぬ暮れぬといふにぞありける
いたづらにわが身も過ぎぬ高砂の　尾の上に立てる松ひとりかは

むかしわが住みし都を来てみれば　うつつを夢とおもふなりけり（『能因法師集』）

こうした孤独・不安・寂寥《せきりよう》は、修行三昧《ざんまい》からは生まれまい。要するに遁世者能因は宗教的人格ではなく、純粋な文学的個性であった。

能因という文学的個性が、草庵閑居の間に鬱積《うつせき》する孤独・寂寥を消す手段として取ったのは、遠近諸国への漂泊である。彼を敬慕して「能因が頭陀《ずだ》の袋をさぐりて、松島・白河におもてをこがし」（『幻住庵記』）と書いた五百年後の芭蕉はまた、「そぞろ神の物につきて心を狂はせ、道祖神のまねきにあひて取るもの手につかず」（『奥の細道』）と述べている。能因も芭蕉も、あの漂泊の魔神にとらえられたのだ。もとより能因の陸奥行には馬の入手という俗用があり、晩年の旅は生活の破綻《はたん》かと思われるから、内面的契機だけを強調することはできないが、それにしても旅の軌跡は、西行よりも芭蕉よりもはるかに大きい。甲斐へ行き、熊野へ行き、遠江《とおとうみ》へ行き、美濃へ行き、信濃へ行き、美作《みまさか》へ行き、伊予へ行き、また陸奥・出羽へ行く。そして、彼をそうした絶間ない漂泊に駆り立てた魔神は、代々の古歌に詠まれた名所・歌枕をさぐるという形でみずからを表現する（『漂泊―日本思想史の底流―』）。

出羽の国に八十島《やそしま》に行きて、三首

世の中はかくてもへけり象潟や　あまのとまやを我が宿にして

嶋中有神宮蚶方《きさがた》

あめにますとよをかひめにこと問はん　いくよになりぬ象潟の神
わび人はとつ国ぞよき咲きて散る　花の都は急ぎのみして
　冬、雪にふりこめられて
ちはやふる神無月ぞといひしより　ふりつむものは峯の白雪

陸奥や出羽は、都人にはむなしく想像するほかない隔絶の地であった。その憧《あこが》れの名所を訪ね、眼のあたりにみて詠った能因の数奇者ぶりは、時人の常識を越えるもので、『袋草紙』の伝える説話もつまりはその驚異の結晶であろう。古代末期の社会が暗鬱《あんうつ》の度を加えるにつれて、こうした「嗚呼《おこ》」のふるまいが妖《あや》しい輝きを増すことになり、多くの追随者を生むことになった。私は彼等を「数奇の遁世者」なるカテゴリーでとらえている（小著『西行の思想史的研究』）。

良暹法師もほぼ能因と同時代の人である。しかし、山門の僧で祇園社《ぎおんしゃ》の別当となったと『勅撰作者部類』に記されたのが唯一の伝記史料で、家集さえものこっていない。『後拾遺集』以下代々の勅撰集に収められた三十首ばかりの作を見ると、修理大夫・橘俊綱との親交のうかがえるものが多い。俊綱は関白藤原頼通の子で、しかも嫡子師実や後冷泉院の中宮となった寛子と同母である。ところが生母がどういう事情か、俊綱を身ごもったまま讃岐守《さぬきのかみ》橘俊遠と結ばれたので、その子として育ち、橘氏を名乗った。のちに実父頼通に認知されたが、運命のいたずらで藤原氏の権勢からはみ出し、公卿《くぎょう》にも昇れずに終る。そうした屈折した生い立ちのためか、俊綱は風流を事とし、伏見に風雅な山荘を営み、そこに「時の歌詠みども集《つど》へて、和歌の会絶ゆるまなかりけり」(『今鏡』藤波の上)と伝えられる。その集まった歌人の中に良暹法師もいた。

しかし、いつごろか良暹は都を去り、天台の別所・大原に草庵を結ぶ。

大原に住みはじめけるころ、俊綱の朝臣のもとへ
いひつかはしける
良暹法師
大原やまだすみ(住み・炭)がまも習はねば　わが宿のみぞけぶりたえたる
(『詞花和歌集』雑下)

という挨拶《あいさつ》の一首は、俊綱を取り巻く旧友たちの絶讃《ぜっさん》を博し、後世の語り草ともなった。次の時代の歌人たちが大原に遊んだ時、俊頼(七四「うかりける」)が「此ノ所ハ良暹ガ旧坊ナリ、イカデカ下馬セザランヤ」と言い、一同感嘆してこれにならったという説話があり(『袋草紙』)、さらに後年西行も、

大原に良暹が住みける所に人々まかりて、述懐歌
よみて扉戸に書付けける
大原やまだすみがまもならはずと　いひけむ人を今あらせばや(『山家集』)

と、俤《おもかげ》をしのんでいる。良暹の清貧な遁世ぶりは、この「大原や」の作とともに、

荒れたる宿に月のもりて侍りけるをよめる

良暹法師

板間より月のもるをも見つるかな　宿は荒らしてすむべかりけり

（『詞花和歌集』雑上）

の一首でも知られる。荒廃に美を発見したこの逆説は、顕基中納言の「罪なくして配所の月を見ばや」の説話（『江談』）などと同様に、王朝のみやびから中世のわび・さびへの美意識の転換を象徴するものとして、世にもてはやされた。家集さえ伝わらぬ良暹の作が百人一首に採られた理由も、その感銘にあったと思われる。

八二　思ひわびさても命はあるものを　うきにたへぬは涙なりけり　道因法師
八五　よもすがらもの思ふころは明けやらで　閨のひまさへつれなかりけり　俊恵法師
八六　歎けとて月やはものを思はする　かこち顔なるわが涙かな　西行法師

八七　村雨の露もまだひぬまきの葉に　霧たちのぼる秋の夕暮　寂蓮法師
九五　おほけなく浮世の民におほふかな　わがたつ杣にすみぞめの袖　前大僧正慈円

これらの遁世者はいずれも保元の乱以後の、未曾有《みぞう》の乱世に生涯を送った。もっとも、慈円は他の人びとと身分が違う。鎌倉の頼朝と提携して乱世の政局をリードした関白九条兼実の弟で、兄に最も頼りにされた人である。九条家の政治的浮き沈みと運命を共にして、仏教界最高の天台座主《ざす》にいくたびも就任したり罷免《ひめん》されたりした。また後鳥羽院と鎌倉政権の正面衝突（承久の乱）を回避するために、つよい公武合体の主張を盛りこんだ史論（『愚管抄』）を執筆もした。彼も若き日には遁世の素志を抱いたが、門地の高さがそれを許さなかった。で、百人一首の「おほけなく」の歌も、「わがたつ杣」（比叡山を指す）から救いを「浮世の民」すべてへ投げかけようという、気宇壮大な述懐である。九条家に仕えていた定家は、慈円のそうした体制護持の使命感に満ちた風貌《ふうぼう》を畏敬《いけい》して、この一首を採ったのであろう。

道因、俊恵、西行、寂蓮には、慈円のような身分の制約はなかった。末代の乱世を脱出し、わが道を行く自由を心ゆくまで享受しえた、ある意味では幸福である。定家が前の三人の作としてわざと恋歌を選んだのは、身に僧衣をまといながら恋歌も含む「数奇《すき》」の道に自由に身をまかせえた境涯を、羨望《せんぼう》したのかも知れない。

「思ひわび」の道因法師は源平合戦直前の治承三年（一一七九）九条兼実の催した歌合に、九十歳の高齢で出詠している。遁世したのも八十の坂を越えてからで、それまでは五位の官人（藤原敦頼）であった。同時代の藤原俊成も九十の長寿をたもったが、遁世して釈阿と名乗ったのはもっと早い六十三歳の時で、

八三　世の中よ道こそなけれ思ひ入る　山のおくにも鹿ぞ鳴くなる　皇太后宮大夫俊成

という遁世志向の述懐歌を詠んだのはまだ二十代のことだ。その俊成が「坊主めくり」に入らないのに敦頼が法師名で入ったのは矛盾であるが、長い在俗期間にも奇矯《ききよう》な能因的数奇者ぶりを発揮していたのが、定家につよい印象をのこしたからであろう。

鴨長明の『無名抄』に「道因、歌に心ざしふかき事」という一条がある。長明は「此の道に心ざし深かりし事は、道因入道ならびなき者なり」と言い、いろいろな逸話を挙げた。道因は七、八十になるまで、歌の上達を祈って、京からはるばる住吉の社まで徒歩で月《つき》詣《もうで》した。また俊成が『千載集』を勅撰した時、生前あれほど志が深かった人だからと十八首採ったら、道因が夢にあらわれて涙を流して喜んだので、二首追加してやったなど。

歌壇の大物清輔を閉口させた話もある。九条兼実の日記（『玉葉』）によれば、ある歌合で自作を負けにされた道因は、大いに怒って「陳状」（抗議文）を清輔に送りつけた。

八四　ながらへばまたこのごろやしのばれむ　うしと見し世ぞいまは恋しき

藤原清輔朝臣

の作者清輔は、その著作『袋草紙』にこの本で毎度お世話になっているが、実作よりも歌学を本領とし、当代の権威であった。執念の権化のような道因はこれにあえて反抗したのである。兼実も陳状を一見したが「はなはだ嗚呼《おこ》」の論であった。清輔は反論しても老人に恥をかかすばかりだからと黙殺したので、兼実は清輔朝臣は「和歌の道において、上古に恥ぢざる人なり」と感心している。逆にいえば、道因は呆《ぼ》け老人視されているのだ。

しかし、道因もはじめから呆けていたわけではない。壮年の時には、一流歌人二十五人に勧進《かんじん》して七十五番の歌合を編み、俊成に判を請い、歌神住吉社と広田社に奉納している。社頭への歌合奉納は、神明は和歌をよろこびたまうという「法楽《ほうらく》」思想によるものである。現にこの歌合の一番左歌の作者「後徳大寺左大臣」すなわち、

八一　ほととぎす鳴きつるかたをながむれば　たゞ有明の月ぞのこれる

後徳大寺左大臣

の作者の持ち舟が、所領の年貢を積んで難破しかけた時、住吉大明神が現われて救ってくれたという霊験譚《たん》が出来ている（『古今著聞集』巻五）。法楽和歌の試みは道因以前にもあったが、のちに西行が自信作を選抜して二部の自歌合を編み、俊成・定家の判詞を付けて伊勢神宮に奉納した例とともに、中世的文学理念のすぐれた具体化である。

つまり遁世こそ遅かったとはいえ、道因九十年の生涯は物狂おしい「数奇」の情熱につらぬかれていた。もっとも、人柄はかなり偏屈である。これも『無名抄』の伝えだが、ある日源俊頼（七四「うかりける」）が関白家に参入していたら、たまたま「くぐつ」（賤民《せんみん》芸人）が来て俊頼の歌を御前で唱ったので、彼は面目をほどこした。これを羨《うらや》んだ永縁僧正（この人にも数奇の逸話が多い）が琵琶法師たちに気前よく物を恵んで自作をはやらせたが、道因が負けじと、物を与えずに自作を唱え唱えと法師らに強要したので、物笑いになったという。

道因は吝嗇《りんしょく》だったらしい。賀茂祭の使となった時、馬丁に装束を与える約束をすっぽかし、街頭で彼等に襲われて身ぐるみ剝《は》がれ、「ハダカノ馬助《うまのすけ》」という仇名《あだな》をもらったという珍事もある（『古事談』）。こうした説話をつづりあわせて得られる道因の人間像は、数奇心の度が過ぎて失笑を買う「嗚呼《おこ》の者」である。破局へむかって一路転落していく王朝文化終末期は、こういう偏屈な生きかたをも生み出したのである。

偏屈者の道因法師と対照的な、「よもすがら」の俊恵法師は数奇者たちの衆望を集めた、面倒見のよい人物である。彼は、

七一　夕されば門田の稲葉おとづれて　あしのまろやに秋風ぞ吹く　大納言経信
七四　うかりける人をはつせの山おろし　はげしかれとはいのらぬものを　源俊頼朝臣

の経信を祖父とし、俊頼を父とした。経信は藤原道長の岳父・左大臣源雅信の孫で、前代の公任と同じく三船の才をうたわれた。俊頼は院政初期歌壇のかがやかしいリーダーで『金葉和歌集』の勅撰に当り、その歌風は俊成を通じて定家にも流れ入った。三代目の俊恵は官途に就かず仏門に入ったが、僧籍は東大寺にあったものの、仏道精進はその素志ではなかった。洛東白川の僧房に「歌林苑」というグループを結成し、僧俗の歌人たちを周囲に集めた。似絵《にせえ》の名手として有名な藤原隆信の家集に、そのさまをみよう。

俊恵が白河わたりに住みし所を、人ゝかりむゐ(歌林苑)とつけて、歌よみ所《どころ》にして、つねに行きあへりし程に、後々には各々さまざまのまめやかの事どもなどまで、とぶらひあひたるよしを聞きて、春のはじめのころ、いひつかはしし

花咲きし和歌の浦波ことしより　身さへなかぬときくはまことか

かへし

をのづからたちよるなみも花さけば　かひある和歌の浦とこそみれ

同じ所を、人ゝ雨たまらずとて、くれ(榑)といふものをとぶらひて葺《ふ》かせむとせしに、遅くつかはししかば、かれより

つれづれと荒れゆく宿に《（を）》ながむれば　くれ（暮・榑）待つほどぞさびしかりける

かへし

荒れまさる宿にすむらん月影を　くれ待ちつけてとはむとぞ思ふ

又いかなること有りけるころにか、世の中あぢきなきよしなどいひて、跡をくらくして失せなんと思ふなどいひたりしかば、その返事にそへて

とまりゐて闇にまよはむわがためや　跡をくらくといふにや有るらん

かへし

そよやげに浮世をすてて出でぬとも　君ゆへ闇にまたや迷はん

この一連の贈答によると、歌林苑の連衆は「さまざまのまめやかの事ども」つまり実生活上の問題なども相談し合う仲だったようで、寄り合う僧房の修理なども協同でやったものらしい。あたかも古えの文芸家協会といった体である。生きがたき「浮世」の悩み、遁世の志なども打ち明けあった。その連帯感は深い。

歌林苑の存続したのは、保元の乱から治承・寿永の大乱に至る二十年ほどの間である。清輔・寂蓮・俊恵・道因・殷富門院大輔（九〇「見せばやな」）などの百人一首作者のほか、鴨長明・三河内侍・源頼政・賀茂重保ら、三十余人のメンバーが数えられる（簗瀬一雄「歌林苑の研究」）。富裕な賀茂社の神主重保は、歌林苑の経済的支柱だったらしい。また、

七十七歳の老体で平家打倒に決起する源三位頼政（二条院讃岐—九二「我が袖は」—の父）は、それまでの身の鬱屈《うっくつ》をこの交わりで消していたらしい。

八六　歎けとて月やはものを思はする　かこちがほなるわが涙かな　　西行法師

西行は俊恵と親交があり、右に挙げたメンバーもことごとく西行の家集にその名をみることができる。しかし、西行が歌林苑のメンバーであったかどうかは明らかでない。西行は貴族たちとも遁世者仲間ともこだわりなく交わったものの、わざわと遠く離れた高野山や二見浦に草庵を結び、宮廷・貴族の歌合には出詠を拒み、あるいは肉親・係累をいっさい詠わないなど、生き方に一本の太い筋を貫いた。遁世者の数奇は西行にきわまることは言うまでもないが、その巨大な全貌を語ろうとすれば小著のバランスを崩してしまう。不本意ながらすべては小著『西行』『芭蕉のうちなる西行』などにゆずりたいと思う。

ただひとつ言及しておきたいのは、『新古今集』巻十八にみえる西行の、

寂蓮法師人々すすめて百首の歌よませ侍りけるに、

いなびて熊野へまうでける道にて、夢に、なにごとも衰へゆけど、この道こそ世の末に変らぬものはあれ、なほこの歌詠むべきよし、別当湛快、三位俊成に申すと見侍りて、おどろきながらこの歌を急ぎ詠み出して遣はしける奥に、書きつけ侍りける

末の世もこのなさけのみかはらずと　見し夢なくばよそに聞かまし

の一首である。ここで西行は夢の中の事と言いながらも、「この道こそ世の末に変らぬもの」という信念を告白しているのだ。一代の遁世者の数奇の到達点がここにある。順徳院の『八雲御抄』はこの西行のことばを引用し、「されば中ごろにも過ぎ、古へにも及ぶべき道は歌なり」と強調した。百人一首の最後を飾る後鳥羽（九九「人もをし」）・順徳（一〇〇「百敷や」）両院のくわだてた内乱によって貴族政権が音立てて崩壊した後も、また「末代」「末法」のペシミズムが人心をおおいつくした後も、「この道」の永遠不滅への確信だけはゆるがなかったのである。それは王朝の文化伝統が、担い手たる貴族の政治的浮沈を越えて永遠に継承されるであろうとの予見である。この予見が誤まらなかったのは以後の歴史の示すとおりで、言うまでもなく小倉百人一首の永い生命こそ、その最も手近かな例証にほかならない。

終　章　定家と後鳥羽院——百人一首の成立

九七 来ぬ人をまつほの浦の夕なぎに　焼くや藻塩の身もこがれつつ　権中納言定家

百人一首は王朝文化の自己省察の決定版であると、序章のおわりに書いた。終章はこれに呼応して、百人一首の成立とその背景について述べなければならない。とくに問題となるのは、最後の二首すなわち後鳥羽・順徳両院の作がはたして当初から百人一首に入っていたか否か、換言すればこの二首をふくむ今の百人一首を選んだのは確かに定家なのか否かという点である。この点は王朝文化の系譜としての百人一首の本質にかかわることだから、雑誌に連載した時には序章につづいてこれを扱ったが、実は書きおわって何とも落ち着かないものが心に残った。いずれ根本的に再考しなければならぬと思いながら連載を進めるうちに、ある時ふと定家自身の作「来ぬ人を」の一首の語りかけて来る意味に思いあたって、眼のうろこの一時に落ちるのを覚えた。「来ぬ人を」はいうまでもなく待つ恋の歌だが、自信作は無数にある中からなぜ定家はこの一首を自選したのか、その選択が百人一首の成立事情や選定目的に無関係のはずはないだろう。

この一首は建保四年（一二一六）閏《うるう》六月九日の百番歌合に詠進された。左方は若き順徳院を筆頭に、権大納言公経（九六「花さそふ」）、宮内卿家隆（九八「風そよぐ」）ら十人、右方は右大臣藤原道家以下治部卿定家、二条院讃岐（九二「我が袖は」）ら十人の春夏秋冬恋各二首であったが、主催者順徳院はみずからの十首をすべて定家と合わせた。判者は定家に命じられたものの実は衆議判で、活潑《かっぱつ》な論議が展開されたが、院と定家の勝負は六対二（持二）、院の圧倒的勝利に終った。「来ぬ人は」はその九十一番右歌である。

九十一番

左　　　　　　　　　　　　　　　　　　御製

よる浪もをよばぬ浦の玉松の　ねにあらはれぬ色ぞつれなき

右勝　　　　　　　　　　　　　　　　　定家

来ぬ人をまつほの浦の夕凪に　やくやも塩のみもこがれつゝ

「をよばぬ浦の玉松」、をよびがたく有りがたく侍るよし、右方申し侍りしを、常に耳なれ侍らぬ「まつほの浦」に、勝の字を付けられ侍りにし、何故とも見え侍らず。

定家の判詞によるとこの右勝も、あまりの圧勝に気がさした順徳院が、歌壇の泰斗に対して謙譲の美徳を発揮したようにみえ、その純真さが定家にも快い感銘をのこしたように察せられる。

こういう制作事情をかえりみると、「来ぬ人」の陰には佐渡《さど》に流謫《るたく》の日々を送る順徳院のおもかげが浮かび、「身もこがれつつ」還幸を待ちわびる定家の真情が読みとられはしないだろうか。単に「まつほの浦」という耳なれぬ歌枕を用いたことを手柄として自選したと解するのでは、単純すぎると思われてならない。同じく遠島にある後鳥羽院に対する定家の心情は、これから書くように、順徳院に対するとは比較にならぬほど複雑に屈折しているが、それだからといって「来ぬ人を」の陰には順徳院しかいないというわけではあるまい。なぜならば、定家は後鳥羽院に引き立てられて世に出、院の恩顧と抑圧は彼の全生涯を支配した。百人一首の選定も、それが現在の形に落ち着いた経緯も、隠岐院《おきのいん》の巨大な存在を抜きにして語ることはできないのである。

平家都落ちの大混乱の中で四歳にして位についた後鳥羽天皇は、建久九年(一一九八)十九歳の若さで譲位し、「治天《ちてん》の君」として雄大な気象と豪奢《ごうしゃ》な生活を思う存分にくりひろげた。水辺の情趣ゆたかな水無瀬《みなせ》・鳥羽《とば》の両離宮をはじめ、京中の十数か所にも及ぶ御《ご》所《しょ》を用いての盛大な宴飲、さかんな後宮、流鏑馬《やぶさめ》・笠懸《かさがけ》・蹴鞠《けまり》・相撲などの武技をもふくむ多彩な御遊《ぎょゆう》に明け暮れたその生活は、かつて「後鳥羽院小伝」(『芭蕉のうちなる西行』所収）に概略を記した。譲位から延応元年（一二三九）隠岐の配所で世を去るまでの約四十年間を分けると、元久二年（一二〇五）『新古今集』が完成する前後までの、和歌に情熱をかたむけた時期と、その後情熱の対象を鎌倉幕府打倒計画に切り替えた時期と、承久三年（一二二一）夢破れて絶海の孤島へ送られた後の時期となる。すべての人と物を奪われた遠島の日々に、ただ一つ残されたものは和歌であったから、

　我こそは新島守よ沖の海の　荒き波風心して吹け

の有名な一首をふくむ『遠島百首』を詠み、『新古今和歌集』に容赦なく削除を加えて、いわゆる隠岐本を編み、またはるかな配所に思いを寄せる老臣家隆（九八「風そよぐ」）に依嘱して親近の人びとの詠を集めた『遠島歌合』、同じく家隆に判をさせた十番の自歌合、つれづれに選んだ『定家家隆両卿撰歌合』を作るなど、悲憤がしだいに諦念《ていねん》にかわりゆく十九年の歳月を通じて、院は再び和歌を心の友とした。その中でも、『時代不同歌合』は隠岐の年月も半ばを過ぎた貞永・嘉禎頃（一二三二―一二三五）の撰定で、百人一首の成立に大きな刺戟《しげき》を与えたものらしい（樋口芳麻呂「時代不同歌合攷」「時代不同歌合と百人一首」）。

『時代不同歌合』は人丸・赤人・家持・篁・行平から具平親王・馬内侍・赤染衛門・和泉式部に至る、古今・後撰・拾遺等の作者五十人の作三首ずつを左方におき、また大納言経信・法性寺入道前関白太政大臣（藤原忠通）・清輔朝臣以下「愚詠」（院自身）・殷富門院大

輔・宮内卿など、後拾遺より新古今までの作者五十人の三首ずつを右方に配した、百人・百五十番の歌合である。時代を異にする歌人を選抜して競わせた公任の十五番歌合や三十六人撰を、大きく拡大した。とくに平安中期以前の作者と「近代」の作者を真向から勝負させる構成には、みずから指導した新古今歌壇に対する、王者の強烈な自負がみられる。

百人一首と共通に選ばれた作者は六十七人にのぼる。三分の二もの一致である。これは長い選歌の伝統によって、歌人の評価がすでに固定しつつあったからだが、共通する作は三十九首にすぎない。もともと院は「詠歎的要素の濃い感傷的な傾向の歌を尊重」し、定家は「知的な修辞技巧と趣向美とに重点」を置いたので（小島吉雄『新古今和歌集の研究』続篇）、それぞれの好みが選歌におのずから反映したのであった。伝本が多く、鎌倉時代には相当流布したようだが、やがて百人一首に王朝文化総決算の役割を譲って忘られてしまう。それは後鳥羽院が王朝の弔鐘を鳴らし定家が中世へ架橋するという、それぞれの歴史的役割の象徴のようにみえる。

さて定家は、この後鳥羽院に抜擢《ばってき》されて世に出た。譲位後にわかに和歌に情熱を注ぎ出した院が正治二年（一二〇〇）企てた百首歌に、三十九歳の定家は詠進を許され、しかも長年うだつの上らぬ地下《じげ》の身をつくづくと述懐した歌が院の眼に止まって、昇殿を許された。直情径行で、かつて殿上で人をなぐって除籍され、またはばかることなく新風を試みて「新儀非拠達磨《だるま》歌《うた》」――難解な前衛歌風――などとそしられ、公私ともに孤立していた定家が、今度の歌殊に叡慮に叶ふの由、方々よりこれを聞く。道の面目、本意何事かこれに過ぎんや。

（『明月記』）

と感激に身をふるわせたのも、さこそと思われる。ついで翌年、院は和歌所を設け、定家はその寄人《よりうど》のひとりに選ばれ、新古今勅撰の歩みがはじまる。この前後の『明月記』には、「生れてこの時に遇ふ、吾が道の幸、何事かこれに過ぎんや」とか「道の面目何事かこれに過ぎんや、感涙禁じがたきものなり」といった所感がしきりに書きつけられ、また院の御製に対しても、「これを披《ひら》けば金玉の声、（中略）今においては上下さらに以って及びたてまつるべき人なし」などと、口をきわめて激賞する。

こうしてあたかも君臣水魚の交わりにみえた院と定家は、勅撰の進行した三、四年間に急速に険悪な間柄となる。その主因は勅撰作業における院の陣頭指揮にあった。院は政務を投出して選歌に没頭し、和歌所開闔《かいこう》（事務長）の源家長が、おかげで役人が暇をもて余していると嘆息するほどになった（『源家長日記』）。狷介《けんかい》な定家は恩顧も忘れてこれに反撥《はんぱつ》し、疎隔が生ずる。日記に、「近日家長等の讒言《ざんげん》で院が不快であられるそうだ、自分が院の選歌を誇り、歌の善悪はわししか弁えぬと言っているなどと、大げさに告げ口するらしい」などと不満を洩《も》らしている。ことに凝り性の院は飽くことなく切継《きりつぎ》（歌の差し替え）をおこない、それは元久二年（一二〇五）に完成の祝宴がおこなわれた後も止《とど》まる所を知

らなかった。応援にいとまなき定家としては、プロの面目丸つぶれだ。憤然として、

仰せに依りて又新古今を切る。出入、掌を返すが如し。切継を以って事と為す。身においてー分の面目無し。

と書く（『明月記』）。この「一分の面目無し」という語を、かつて頻出した「道の面目何事かこれに過ぎんや」といった語と対比すれば、落差のはげしさが一目瞭然《りょうぜん》であろう。院はこの頃から和歌離れして討幕の企てへ傾斜するが、定家との疎隔はますます度を加えた。承元元年（一二〇七）、最勝四天王院の名所障子歌に、

秋とだに吹きあへぬ風に色かはる　生田の森の露の下草

という自信作を採られなかったとして院の眼力をそしり廻《まわ》ったのが、お耳に入って不興を招く（『後鳥羽院御口伝《ごくでん》』）。嫡男為家は蹴鞠の上手として院と順徳天皇の寵愛《ちょうあい》を得ていたが、それすらも定家は心外とし、「わが子が読書にも励まず仮名さえ書けぬのに、あんなくだらぬ技能で寵幸されるとは何という悪縁であろう、家の滅亡も見えている、悲泣の余り記して後の戒めにする」と、日記に苦々しげに書きとめる。そして乱の前年、母の忌日にもかかわらず内裏の歌会に出席を強制されて、不平満々、

道のべの野原の柳したもえぬ　あはれなげきのけぶりくらべや

と詠んだ不遇訴嘆の詠が、場所柄をわきまえぬとして逆鱗《げきりん》にふれ（『拾遺愚草』『順徳院御記』）、ついに勅勘・閉門のうきめに会った。両者はこの破局のまま、ながく相見る機会を失ったのである。

「和歌史の流れを変えるような運命的な出会いであったにもかかわらず、人間的に心から交感するというような間柄となり得なかった」とは、安田章生氏の評である（『藤原定家研究』）。

院の歌論『後鳥羽院御口伝』は一名『遠島御抄』などと呼ばれ、隠岐へ随行したある上人の所持本が院の崩後に流布したという奥書もあって、従来隠岐での著作とみられていたが、近年の研究によって、むしろ承久の乱より数年前の著作とするのが有力となった（田中裕「後鳥羽院御口伝の執筆時期」）。院はこの書で定家に対して、ほとんど筆誅《ひっちゅう》ともいえるほど痛烈な批判をあえてした。例の「秋とだに」の歌を見落とした「失錯」は一応認め、「定家は左右《さう》なき者なり」「道に達したるさまなど殊勝なりき。歌見知りたる景気ゆゝしげなり」とその力量を評価したものの、

惣じて彼卿《かの》が歌のすがた、殊勝のものなれども、人のまねぶべき風情にはあらず。心ある様なるをば庶幾せず、たゞ言葉すがたの、えんにやさしきを本体とせる間、その骨すぐれざらん初心の者まねばゞ、正体なき事になりぬべし。

と、真向からその歌風を否定した。院は同じ書中で故人西行を、「生得《しょうとく》の歌人とおぼゆ。

これによりておぼろげの人の、まねびなんどすべき歌にあらず」と絶讃したが、同じ「まねび」でも「彼の真似などするな」と「あの人の真似など凡人にはできっこない」とでは、評価が両極端だ。院の西行への高い評価は、「心もことにふかく、いはれもある故に」で、逆に定家を否定するのは「言葉すがた」だけを重んずる「心」の浅さにある。

つまりこの歌風批判の底には、定家の人柄・行動に対する院の嫌悪があった。「引級《いんきゆう》（ひいき）の心になりぬれば、鹿を馬とせしがごとし、傍若無人ことはりに過ぎたりき」と独善を指摘し、自讃歌でない作をなまじ褒《ほ》められるとかえって立腹する男だと、狭量を非難する。また「いさゝかも事により、折によるといふ事なし」――時と場所をわきまえぬという事、また「ものにすきたる所なき」――「数奇《すき》」を解せぬ人物だとも言っている。

このように、「近き世の上手」十五人を論評した最後に、他の人全部にほぼ匹敵する分量を定家ひとりに費やしたところをみると、御口伝の執筆目的は一に定家への弾劾《だんがい》にあったと言わざるを得ない。田中裕氏によれば、院が数年間歌壇を離れているうちに、定家の指導のもとに詠歌作法の故実が乱れ、しかもこれに追随する者が多いのを憂え、その「元兇である定家の所説への忌憚のない批判が不可避」だったのであろうという。すると、院の側からいえば、弾劾は私情でなく公憤で、しかもこの際万やむを得ぬ荒療治ということになるであろう。御口伝が隠岐流謫以後のものではないという田中氏の新説は、晩年の院と定家の心事に対する私の観方を修正する契機となった。

いま改めて思いをめぐらすのは、この痛烈な弾劾がその後の両者にいかなる反応を及ぼしたかである。考えてみれば、乱以前の後鳥羽院は臣下の生命を葬ることさえできる専制君主である。その王者がかくも躍起になって批判するのは、事、歌道に関するかぎり定家を対等に遇しているということではないのか。そこにはむしろ文学者同士の裸のぶつかり合いがあり、ひいてそれは歌人定家の名誉であったともいえる。これほど力量を認め合った両者が、たまたま起こった勅勘・閉門のまま永久に袂《たもと》を分ったのは、どちらにとっても不本意だったろう。それならば、歳月を経るうちに、過ぎし日のはげしい確執《かくしつ》がむしろ懐かしい思い出に転化しなかったとはいえまい。

隠岐の院と京の定家の間には、音信を交わした形跡がない。それはしかし、今となっては解く術《すべ》もない勅勘と、鎌倉幕府密着の九条家に仕えていた定家の公人的立場から来る制約で、如何《いかん》ともしがたい。それならばなおの事、院と定家の心の底には余人に語りえない無念が潜んでいたとも察せられる。この微妙な心のひだを想像することは、百人一首成立の謎を解く場合欠くべからざる視点であろう。

そこで百人一首の選定経過に話を進める。さかのぼって『新勅撰和歌集』勅撰のいきさつからみていこう。

貞永元年（一二三二）、七十一歳の老境に入った定家は、新しい勅撰集をつくるようにという後堀河天皇の勅命を受けた。後鳥羽院の陣頭指揮によって不本意な結果となった新古今とちがい、今はだれにも制約されず作業を進めうる地位にあったが、事はそう順調に運ばない。文暦元年（一二三四）六月、未定稿本を奏上した直後、後堀河院が二十三歳の若さではかなく崩じた。落胆した定家は手許《てもと》の草案二十巻を庭に持ち出して焼却した。残しておくと、いたずらに誹謗《ひぼう》をこうむるばかりだからと、日記に書いている。

　定家が世のそしりを気にかけたのは、後鳥羽院をはじめ承久の乱関係者の作が多くこの草案に入っていたからだと思われる。大乱の傷痕《きずあと》は深い。現に定家は数年前に勅撰の企画を関白九条道家から聞いた時、「近日もしその事あらば、進退谷《きわ》まるべき事か」と困惑を洩《も》らしていた。なぜかというに、先代（後鳥羽院）の御製はもっとも殊勝だから、選べば当然集に充満するが、それでは鎌倉の忌諱《きい》にふれる、さりとて数を減らせば世のそしりを招くだろうというのだ。当初から定家は事のむつかしさを知悉《ちしつ》していたが、草案ではさすがに後鳥羽院らの作を採っていたらしく、そこでさっさと焼いて後難を絶つことにしたのであった。

　ところが数か月後に道家に召し出され、後堀河院に進めておいた未定稿本を示され、その中から百首ばかりを切り捨てて集を完成するよう指示される（『百錬抄』）。削除の対象が後鳥羽・順徳両院らの作だったことは明白で、そこで翌年三月完成した『新勅撰和歌集』に両院の作は一首も入っていない。その代りに武士の作を多く入れたので、「宇治川集」（「もののふの八十宇治川の」の歌に引かけた仇名《あだな》」）などとそしられる破目となる。『新勅撰集』の一本の奥書には、切り捨てた跡が甚だ見苦しいから他見を禁ずる旨が記され（樋口氏による）、定家が政治の圧迫に屈したことをいかに不本意としたかが察せられる。

百人一首の選定は、この痛嘆の直後にはじまった。『明月記』嘉禎元年（一二三五）五月二十七日条にいう。

予もとより文字を書く事を知らず。嵯峨の中院《なかのいん》の障子の色紙形《しきしがた》、ことさらに予書くべき由、彼《か》の入道懇切なり。ごく見苦しき事と雖《いえど》も、なまじ染筆してこれを送る。古来の人の歌一首、天智天皇より以来、家隆、雅経に及ぶ。

この記事によると、定家は「彼の入道」なる人の依頼に応じて、古来の歌人の歌一首ずつを染筆し、入道の住む嵯峨の中院山荘の障子に貼る色紙形として送った。「彼の入道」は宇都宮頼綱。鎌倉の有力御家人で、北条時政の女を妻としていたほどの人だが、謀反《むほん》の疑いをかけられて遁世《とんせい》し、蓮生と名乗った。早くから歌道に親しんでいて、定家と親交があり、しかも承久の乱前後に蓮生の女は為家の妻となり、両家は縁者となった。蓮生の嵯峨中院山荘は定家の小倉山荘に近い、現在の二尊院・厭離庵あたりにあった（角田文衛「藤原定家の小倉山荘」）。定家は招かれては庭を賞でたり連歌に興じたりしていたが、ある日あるじから名歌の選定・染筆を頼まれたのであった。

この色紙染筆が百人一首選定のきっかけになったとみられるが、日記によるとそれは天智天皇から「家隆・雅経に及ぶ」までの色紙だから、「隠岐院・佐渡院に及ぶ」のではなかったらしい。ところが、百人一首とよく似た『百人秀歌』という本が近年発見された。天智天皇歌にはじまり、九十七人までは百人一首と一致するが、次のように、末尾の部分だけがいちじるしく異なる。

九一　きりぎりす鳴くや霜夜のさむしろに　衣かたしきひとりかもねむ　後京極摂政前太政大臣
九五　おほけなく浮世の民におほふかな　わがたつ杣にすみぞめの袖　前大僧正慈円
九四　み吉野の山の秋風さ夜更けて　ふるさと寒く衣うつなり　参議雅経
九三　世の中はつねにもがもななぎさ漕ぐ　海人のをぶねの綱手かなしも　鎌倉右大臣
九八　風そよぐならの小川の夕暮は　御祓ぞ夏のしるしなりける　正三位家隆
九七　こぬ人をまつほの浦の夕なぎに　焼くや藻塩の身もこがれつつ　権中納言定家
九六　花さそふあらしの庭の雪ならで　ふりゆくものはわが身なりけり　入道前太政大臣

こういう配列で終る。各歌をその頭に付けた百人一首番号と比べるとかなり食い違う。家隆の位なども百人一首（「従二位家隆」とある）と異なるが、何よりも大きな相違は、これには後鳥羽・順徳両院の作がみえないことである。そこでこの本を学界に紹介した久曽神昇氏は、論文の題を「百人一首原撰本の出現」（傍点、目崎）と命名し、「家隆、雅経に及ぶ」という前引の『明月記』の記事はこの『百人秀歌』の成立を語るものと推定された。この本が改訂されて百人一首に帰着したことには異論がないが、改訂の経過について学説はほぼ二つに分れている。

諸説をくわしく紹介するのは省くが、要するに、定家がただちに後鳥羽・順徳両院をふくむ百人一首に改訂したとみる説と、両院作にさし替えて百人一首を完成したのは、かなり後のことで、しかも定家以外の人だろうとみる説である。前者を代表する樋口芳麻呂氏によれば、百人一首には「公的な撰集である新勅撰集では挫折をやむなくされた撰者の文学的良心を回復しようとする強い姿勢がうかがえ」、その意味で百人一首は「新勅撰集撰者としての憤慨の書であった」(「百人秀歌から百人一首へ」)。ただこれを作る間に、九条道家を中心とする両院還幸の運動が幕府によって拒絶される事件が起こり、このきびしい政治的現実に動揺して一度は両院を削除したのが、たまたま『百人秀歌』として残ったのであろうという(「百人一首への道」)。樋口氏はこのように、定家の千々に乱れる心理を肌理《きめ》こまかに追跡された。

これに対して後者は石田吉貞氏の説である。氏によれば、鎌倉と結ぶ九条家に仕え、『新勅撰集』にも両院の作を入れないほど保身につとめた定家が、「たかが親戚の障子歌のために、折角努力した関東との親近関係に水をさすような愚かなこと」をしたとは、「万が一にも考えることはできない」。しかし延応元年(一二三九)後鳥羽院が崩じ、その怨《おん》霊《りよう》への恐れが高まった時期には、京・鎌倉に「両院に対する慰霊・謝罪の方向」が出て来たから、その時点で嫡男為家が『百人秀歌』を百人一首に改訂したのであろうという(「小倉百人一首成立の問題点」)。石田氏は政治情勢の変化をとくに重視された。両説にはそれぞれ鋭い着眼があるが、さて私はどのように考えるべきだろうか。

まず注目したいのは、百人一首の最後を飾る「人もをし」と「百敷や」の二首が、両院の多くの作品の中でも最も鎌倉幕府を刺戟しそうな、危険な歌意だという点である。

九九　人もをし人も恨めしあぢきなく　世を思ふゆゑにもの思ふ身は　　後鳥羽院

この一首が詠まれたのは、建暦二年（一二一二）十二月、定家・家隆と院自身を含む五人が二十首ずつを詠んだ百首の中の「述懐」の作で、『後鳥羽院御集』に次の二首とともに収められている。

憂世いとふ思ひは年ぞつもりぬる　富士のけぶりのゆふぐれの空
いかにせむ三十あまりの初霜を　うちはらふ程になりにけるかな

通じて、何となく心中の憂憤を抑えかね、ある決意をかためつつあるやにうかがわれる。院が「世を思ふ」につけて「あぢきなく」なるのは、もとより鎌倉政権の存在による。しかし剛腹な院がそれを真向から抹殺しようとすれば、京の人心の動向は「愛《お》し」き人と

「恨めし」き人の両極に分裂する。さしずめ、兼実以来かたく鎌倉と提携した九条家、その九条家の出身で討幕反対の史論『愚管抄』を著わした慈円（九五「おほけなく」）、あるいは乱の際内通のおそれによって幽閉される西園寺公経（九六「花さそふ」）などは「恨めしき人」であり、いっぽう片腕となって活躍し配流の憂き目をみる順徳院などは、特別に「愛《お》しき人」であったろう。

丸谷才一氏は、この一首が『源氏物語』（須磨）の「かかる折は人わろく、うらめしき人多く、世の中はあぢきなきものかな、とのみ、よろづにつけて思す」の文を踏まえているという古注を引き、「一首全体が恋の哀れと政治の悲しみとの双方を詠んだ、こみいった細工の歌となって」いるから、したがって定家は「世間に対してはこの一首の別の側面である恋の歌という性格を指さして平然としていたのではないだろうか」（「後鳥羽院」別冊文芸読本『百人一首』）といわれた。しかし現実に承久の乱という大破局があった以上、この一首の強烈な政治的性格は明々白々で、そうした韜晦《とうかい》は許さるべくもなかったろう。

同じく政治的性格をもつ作として『増鏡』にも引かれた、

奥山のおどろの下もふみわけて　道ある世ぞと人に知らせむ

が詠まれた承元二年（一二〇八）には、京風を慕う将軍実朝（九三「世の中は」）の存在によって公武関係はまだ円満であった。ところが「人もをし」の詠まれたのはその四年後で、院の討幕意志はすでにかたかった。したがってこの一首が御集の中で最も政治性をはらむ作なることは、乱後の人々には常識だったであろう。

一〇〇　百敷《ももしき》やふるき軒端のしのぶにも　なほあまりある昔なりけり　順徳院

これは建保四年（一二一六）、すなわち乱の五年前に詠まれた「二百首和歌」の一首である。宮中の古風のすたれゆくのを嘆いた歌意は、あたかも、宮廷儀礼を事こまかに説いた『禁秘抄』の著者・順徳院がその撰述意図を詠んだ序歌といった趣があり、古人もこの点を指摘している（『故実叢書』解題）。若き順徳院のこの伝統主義は父の討幕計画への積極的協力に直結するもので、そこに「百敷や」の一首のもつ強烈な政治的性格がある。二百首全体には別にそういう色彩はなく、この一首だけが特異なのだから、討幕をモチーフとして詠まれたのではなさそうだが、これも乱後となれば、順徳院の政治信条の端的な表明と受け取られたにちがいない。少なくとも表立って愛唱するわけにいかない歌だったろう。

こうした強烈な政治的性格をもつ作を、隠岐院・佐渡院が健在である嘉禎元年（一二三五）の時点で、麗々しく蓮生の山荘に掲げるのははばかられたと思う。あるいはひそかに山荘に掲げても、定家は百首を他人に示す際には『百人秀歌』のような両院除外の形をもってしたかも知れない。その辺のこまかな事情は、むしろ想像力を自由に発揮できる創作にでもゆだねるほかはない。

ただ定家が「人もをし」と「百敷や」の作に特別の関心を持っていた証《あかし》となるのは、これを書いた真蹟《しんせき》が伝わることである。「小倉色紙」と呼ばれ、歌一首を一面に四行書きにしたもので、いかつい筆太な、定家独特の書である。江戸時代に世にあらわれ、松平定信の刊行した『集古十種』には、三十三枚が丹念な彫りで原寸大に複製された。中には偽筆としか思われぬものも混じるが、紀伊（徳川）家蔵の「来ぬ人を」と、尾張（同）家蔵の「百しきや」の二葉は、私などの眼にも定家の筆とうつる。また「人もをし」は『集古十種』には収められなかったが戦後出現し、これも真蹟とされている（吉田幸一『百人一首古註』）。

小倉色紙の存するかぎり、三首が定家の愛唱歌だったことは疑いもない。「来ぬ人を」の歌に両院への思慕がひそむことは、すでに推定した。ならば、「人もをし」「百敷や」の問題作をことさら色紙に書いたのも、同じ動機でなくて何であろう。

こういうわけで、私は百人の中に両院を加えることは当初から定家の方針であったと思わざるを得ない。そもそも、百人一首がこの二首を欠く形であったら、王朝文化の系譜として画龍点睛《がりようてんせい》を欠き、何の迫力もないのではあるまいか。平安王統の祖・天智天皇にはじまる百人一首は、王統の政治権力に終止符を打った両院を配さねば、首尾一貫しまい。また定家があれほど「敗北の帝王」に固執したことも（二章六〇頁）、改めて想起される。この特異な選択は、遠島の両院におくるひそやかな慰問、挨拶《あいさつ》でなくて何であろうか。

しかしこの事は、百人一首が両院の生前から世に流布したことを意味するものではない。定家の秘められた思いが世にはばかる必要もなくなるのは、両院がもはや危険な存在でなくなった時点、つまりその死後であろう。

後鳥羽院は中院山荘の色紙形が書かれた四年後の延応元年（一二三九）、隠岐の配所で世を去る。行年六十。遺骨は近臣に捧持されて本土に渡り、なつかしの水無瀬殿を経て洛北の大原に安置された。ついで大原に法華堂が建立され、ここに移された。また水無瀬には藤原信実筆の御影《みえい》を納めた堂が営まれ、近臣の子孫が、院の譲状によって寄進された荘園二か所を伝領しつつこの御影堂を守護した。今の水無瀬宮である。

院は晩年仏道に心を傾けた。その制作した「無常講式」なる文が伝わる。中にいう。

凡そはかなきものは、人の始中終《しちゆうじゆう》、幻の如くなるもの、一朝過ぐる程なり。三界は無常なり。古へより未だ万歳《まんざい》の人身有りとは聞かず。一生過ぎやすし。今に在りて誰か百年の形躰《ぎようたい》を保たんや。実《げ》に我や先、人や先、今日とも知らず明日とも知らず、後《おく》れ先立つ人は本の滴《しずく》、末の露よりも繁し。（原漢文）

院は安居院《あぐい》流の唱導の名手・聖覚に学んだだけあって、この講式は無常感をそそる美文で、後年本願寺の蓮如がいわゆる「紅顔の御文」にそっくり借用したほどである。その文

の他の個所に、

昔は清涼・紫宸の金の扇に、菜女《さいじょ》腕を並べて玉簾《れん》を巻き、今は民煙蓬茎《ほうせん》の葦《あし》の軒に、海人鉤《はり》を垂れて僅かに語をなす。月卿雲客《げっけいうんかく》の身は生頸《なまくび》を他郷の雲に切られ、槐門棘路《かいもんきょくろ》の人は紅涙を征路の月に落す。

とあるのは、過ぎし栄華と大乱の日々を回顧し、昔に変る不如意と孤独の身を痛嘆したのである。

院はこのように無常観を深め仏道に精進したものの、ついに解脱《げだつ》の境に入ることができなかった。死の二年前に作った置文《おきぶみ》（遺言）が水無瀬宮に伝わる。それによれば、法華経に導かれて善根を積み、生死の苦を脱したいと希求しながらも、一方では、妄念によって魔縁となり子孫を皇位に即《つ》けたいという誘惑を禁じえなかったようである。それは来世のために積むべき功徳を百八十度転回して悪道に廻向《えこう》することだから、返す返すもかなしいといっている。

この置文は、後に怨霊が取沙汰《とりざた》されるようになってから偽作された疑いもあるが、少なくとも都びとの想像する院の晩年の心情は、このとおりであったろう。果せるかな院は崩じて怨霊となる。その年十二月、鎌倉の宿老三浦義村が頓死《とんし》し、翌年正月連署北条時房が急逝し、さらに仁治三年（一二四二）執権北条泰時が悶死《もんし》する。定家もその間の仁治二年八月、八十歳で世を去るが、それまでにも鎌倉では放火があり天狗《てんぐ》が出るなど、社会不安が激発していた。それらはすべて院の怨霊の祟りとされ、やがてその霊託が人心をおびやかすようになる。

次いで順徳院が仁治三年（一二四二）九月、佐渡で崩ずる。その年正月、十二歳の四条天皇が急死すると、故土御門院と順徳院の皇子が皇位継承の候補となった。二皇子の外戚《がいせき》はそれぞれ鎌倉にはたらきかけ空位は十日にもわたったが、幕府は順徳院を忌避して乱と無関係の土御門院系統を支持し、後嵯峨天皇の即位となった。佐渡の順徳院は父の崩後も鎌倉に和解の意向のないことを知って絶望し、いまは存命も益なしと思い切った。そしてかりそめの病いを機として飲食を絶って世を去る。行年四十六（『平戸記』）。遺骨はやがて帰京して、父と同じく大原に葬られた。

こうして延応・仁治に至り、京も鎌倉もようやく遠島の政治的呪縛《じゆばく》から解放されたが、皮肉なことに今度は精神的呪縛に悩まされることとなる。怨霊への畏怖《いふ》である。讃岐の配所に果てた崇徳院の怨霊が源平の大乱を招いた記憶がまだなまなましい時期だから、崇徳院にならって定められた「顕徳院」の諡号《しごう》は口にするも怖れがあったようで（『皇年代略記』）、これを改めようとする議も、泰時が死んだ頃から公然と起こった。こうした事実は、怨霊の慰撫《いぶ》鎮定がいまや朝野に痛感されるに至ったことを物語る。さてそうなると、怨念を最も直接にうたい上げた「人もをし」と「百敷や」の二首は、これまでの忌避から一転し、怨霊慰撫のよすがとして愛唱すべき名歌に変ったはずである。二首を巻尾に置く百首が、公然とすがたをあらわす機会はここに熟した。

ところで顕徳院の諡号が後鳥羽院と改められるのは、定家の死んだ翌年の仁治三年（一二四二）、順徳院の諡号が定められるのは、さらに遅れて建長元年（一二四九）だから、百人一首が現在の作者表記に落ち着いたのは、当然それ以後となる。その頃、若き日に順徳院に寵愛された為家は、「人もをし」と「百敷や」の二首を入れた『続後撰和歌集』勅撰を完成している。だから、百人一首の最終的成立に為家の手が加わったという推定は可能だが、それはかならずや父定家の当初からの意図を継承したものであろう。

結論的にいおう。百人一首はすべて定家のものである。しかもそれは、王朝国家崩壊の大乱に関係した人びとが相ついで世を去り、「もはや戦後ではなくなった」時点で成立をみた。これは特別に意味ふかいことだと思う。歴史の摂理は、一つの時代を決定的に転換するに当って、過ぎし王朝文化の全容を展望するアンソロジーを、形見として世にとどめようとしたのであろう。

百人一首全歌・索引

（カッコ内の数字は本文の頁数を表わす）

一 秋の田のかりほの庵のとまをあらみ　わが衣手は露にぬれつゝ　天智天皇（三八）

二 春すぎて夏来にけらし白妙の　衣ほすてふ天の香具山　持統天皇（四九）

三 足引の山鳥の尾のしだり尾の　ながながし夜をひとりかもねむ　柿本人麿（四九）

四 田子の浦にうち出でてみれば白妙の　富士のたかねに雪はふりつゝ　山部赤人（四九）

五 おくやまに紅葉踏み分けなく鹿の　声きくときぞ秋は悲しき　猿丸大夫（三五八）

六 かさゝぎのわたせる橋におく霜の　白きをみれば夜ぞふけにける　中納言家持（四九）

七 天の原ふりさけみれば春日なる　三笠の山に出でし月かも　安倍仲麿（一二八）

八 我が庵は都のたつみしかぞすむ　世を宇治山と人はいふなり　喜撰法師（三五八）

九 花の色はうつりにけりないたづらに　我が身よにふるながめせしまに

小野小町（一三九・一三八）

一〇 これやこの行くも帰るも別れては　知るも知らぬも逢坂の関　蟬丸（二五八・二六八）

一一 わたのはら八十島かけて漕ぎ出でぬと　人には告げよ海人の釣舟　参議篁（一三八・一三三）

一二 天つ風雲のかよひ路吹きとぢよ　乙女のすがたしばしとゞめむ　僧正遍昭（一〇〇）

一三 つくばねの峰より落つるみなの川　恋ぞつもりて淵となりぬる　陽成院（六〇）

一四 陸奥のしのぶもぢずり誰ゆゑに　みだれそめにし我ならなくに　河原左大臣（一三四）

一五 君がため春の野に出でて若菜つむ　わが衣手に雪はふりつゝ　光孝天皇（六〇）

一六 立ち別れいなばの山の嶺に生ふる　まつとしきかば今かへりこむ　中納言行平（一一）

一七 ちはやぶる神代もきかず龍田川　からくれなゐに水くゞるとは　在原業平朝臣（一一）

一八 住の江の岸による波よるさへや　ゆめの通路人めよくらむ　藤原敏行朝臣（一五四）

一九 難波がたみじかきあしのふしのまも　あはでこの世を過ぐしてよとや　伊勢（一七五）

二〇 わびぬれば今はた同じ難波なる　身をつくしてもあはむとぞ思ふ　元良親王（六〇・七八）

二一 今こむといひしばかりに長月の　有明の月を待ち出でつるかな　素性法師（一〇〇・一一〇）

二二 吹くからに秋の草木のしをるれば　むべ山風をあらしといふらむ　文屋康秀（一三九・一五九）

二三 月見れば千々にものこそ悲しけれ　我が身ひとつの秋にはあらねど　大江千里（一三九・一六三）

二四 このたびはぬさもとりあへず手向山　紅葉のにしき神のまにまに　菅家（一〇九・一二九）

二五 名にしおはば逢坂山のさねかづら　人にしられでくるよしもがな　三条右大臣（一七一・一七三）

二六 小倉山峰のもみぢ葉心あらば　今ひとたびのみゆき待たなむ　貞信公（一四九・一七〇）

二七 みかのはらわきてながるゝ泉河　いつ見きとてか恋しかるらむ　中納言兼輔（一七一・一七三）

二八 山里は冬ぞさびしさまさりける　人めも草もかれぬと思へば　源宗于朝臣（一六六）

二九 心あてに折らばや折らむ初霜の　おきまどはせる白菊の花　凡河内躬恒（一三九・一五一）

三〇 有明のつれなくみえし別れより　暁ばかりうきものはなし　壬生忠岑（一三九・一五四）

三一　朝ぼらけ有明の月と見るまでに　吉野の里にふれる白雪　坂上是則（二三九・一七五）
三二　山川に風のかけたるしがらみは　流れもあへぬ紅葉なりけり　春道列樹（二三九・一三一）
三三　久方の光のどけき春の日に　しづ心なく花の散るらむ　紀友則（二三九・一四四）
三四　誰をかも知る人にせむ高砂の　松もむかしの友ならなくに　藤原興風（一六六）
三五　人はいさ心も知らずふるさとは　花ぞむかしの香に匂ひける　紀貫之（二三九・一四六）
三六　夏の夜はまだ宵ながら明けぬるを　雲のいづくに月やどるらむ　清原深養父（二三九・一六六）
三七　白露に風のふきしく秋の野は　つらぬきとめぬ玉ぞ散りける　文屋朝康（二三九・一五九）
三八　忘らるゝ身をば思はずちかひてし　人のいのちの惜しくもあるかな　右近（一八二）
三九　浅茅生の小野の篠原忍ぶれど　あまりてなどか人の恋しき　参議等（一八三）
四〇　しのぶれど色に出でにけり我が恋は　ものや思ふと人の問ふまで　平兼盛（一五八・二三四）
四一　恋すてふわが名はまだき立ちにけり　人しれずこそ思ひそめしか　壬生忠見（二三九・一五四）
四二　契りきなかたみに袖をしぼりつゝ　末の松山なみ越さじとは　清原元輔（二三九・二三五）
四三　あひ見ての後の心にくらぶれば　むかしはものを思はざりけり

権中納言敦忠（一七一・一七九）
四四　逢ふ事のたえてしなくはなかなかに　人をも身をも恨みざらまし
中納言朝忠（一七一・一七八）
四五　あはれともいふべき人は思ほえで　身のいたづらになりぬべきかな
謙徳公（一七三・一八八）
四六　由良のとを渡る舟人かぢをたえ　ゆくへも知らぬ恋の道かな　曾禰好忠（一三九・二三二）
四七　八重葎しげれる宿のさびしきに　人こそ見えね秋は来にけり　恵慶法師（二一六）
四八　風をいたみ岩うつ波のおのれのみ　くだけてものを思ふころかな
源重之（二二八・二三〇）
四九　みかきもり衛士のたく火の夜はもえ　昼は消えつゝものをこそ思へ
大中臣能宣（一三九・二三一）
五〇　君がため惜しからざりし命さへ　長くもがなと思ひぬるかな　藤原義孝（一七三・一九六）
五一　かくとだにえやはいぶきのさしも草　さしも知らじなもゆる思ひを
藤原実方朝臣（一七三・一九九）
五二　明けぬればくるゝものとは知りながら　なほうらめしき朝ぼらけかな
藤原道信朝臣（一七三・一九九）
五三　歎きつゝひとりぬる夜の明くるまは　いかに久しきものとかは知る
右大将道綱母（二〇九）

五四　わすれじの行末まではかたければ　けふをかぎりの命ともがな　儀同三司母（二〇九）

五五　滝の音は絶えて久しくなりぬれど　名こそ流れてなほきこえけれ　大納言公任（二八・一七三）

五六　あらざらむこの世の外の思ひ出に　今ひとたびの逢ふこともがな　和泉式部（二四一・二五二）

五七　めぐり逢ひて見しやそれとも分かぬまに　雲がくれにし夜半の月かな　紫式部（二四一・二四九）

五八　有馬山いなの篠原風吹けば　いでそよ人を忘れやはする　大弐三位（二四一）

五九　やすらはでねなましものをさ夜更けて　かたぶくまでの月を見しかな　赤染衛門（二四三・二四五）

六〇　大江山いくのの道の遠ければ　まだふみもみず天の橋立　小式部内侍（二四三・二五二）

六一　いにしへの奈良の都の八重桜　けふ九重に匂ひぬるかな　伊勢大輔（二〇一・二四二）

六二　夜をこめて鳥の空音ははかるとも　よに逢坂の関はゆるさじ　清少納言（二四二・二四三）

六三　今はただおもひ絶えなむとばかりを　人づてならでいふよしもがな　左京大夫道雅（一七三・二〇八）

六四　朝ぼらけ宇治の川霧たえだえに　あらはれわたる瀬々の網代木《あじろぎ》　権中納言定頼（一七三・二五二）

六五　恨みわびほさぬ袖だにあるものを　恋にくちなむ名こそ惜しけれ　相模（二四二）
六六　もろともにあはれと思へ山桜　花よりほかに知る人もなし　大僧正行尊（八七）
六七　春の夜の夢ばかりなる手枕に　かひなく立たむ名こそ惜しけれ
周防内侍（二四三・二五三）
六八　心にもあらでうき世にながらへば　こひしかるべき夜半の月かな
三条院（八二）
六九　あらし吹く三室の山のもみぢ葉は　龍田の川のにしきなりけり
能因法師（二七三）
七〇　さびしさに宿を立ち出でてながむれば　いづくもおなじ秋の夕暮
良暹法師（二七三）
七一　夕されば門田の稲葉おとづれて　あしのまろやに秋風ぞ吹く
大納言経信（二八九）
七二　音にきくたかしの浜のあだ波は　かけじや袖のぬれもこそすれ
祐子内親王家紀伊（二五四）
七三　高砂の尾上の桜さきにけり　外山の霞立たずもあらなむ　前中納言匡房（三三）
七四　うかりける人をはつせの山おろし　はげしかれとはいのらぬものを
源俊頼朝臣（二八九）
七五　契りおきしさせもが露を命にて　あはれことしの秋もいぬめり

七六　わたの原こぎ出でてみれば久方の　雲居にまがふ沖つ白波
　　　　　　　　　　　　　　　　　　　　　　　　　　藤原基俊（二七一）
　　　　　　　　　　　　　　　　　　　　　法性寺入道前関白太政大臣（一七〇）
七七　瀬をはやみ岩にせかるゝ滝川の　われても末にあはむとぞ思ふ　崇徳院（八八・九〇）
七八　淡路島かよふ千鳥のなく声に　幾夜ね覚めぬ須磨の関守　源兼昌（一三一）
七九　秋風にたなびく雲のたえまより　もれ出づる月のかげのさやけさ
　　　　　　　　　　　　　　　　　　　　　　　　　　左京大夫顕輔（九〇）
八〇　長からむ心も知らず黒髪の　みだれてけさはものをこそ思へ
　　　　　　　　　　　　　　　　　　　　　　　　　待賢門院堀河（九〇・二五四）
八一　ほとゝぎす鳴きつるかたをながむれば　たゞ有明の月ぞのこれる
　　　　　　　　　　　　　　　　　　　　　　　　　　後徳大寺左大臣（二八八）
八二　思ひわびさてもいのちはあるものを　うきにたへぬは涙なりけり
　　　　　　　　　　　　　　　　　　　　　　　　　　　道因法師（二八五）
八三　世の中よ道こそなけれ思ひ入る　山のおくにも鹿ぞなくなる
　　　　　　　　　　　　　　　　　　　　　　　　　皇太后宮大夫俊成（二八七）
八四　ながらへばまたこのごろやしのばれむ　うしと見し世ぞいまは恋しき
　　　　　　　　　　　　　　　　　　　　　　　　　　藤原清輔朝臣（二八七）
八五　よもすがらもの思ふころは明けやらで　閨のひまさへつれなかりけり

俊恵法師（二八五）

八六　歎けとて月やはものを思はする　かこちがほなるわが涙かな　西行法師（二八五・二九二）

八七　村雨の露もまだひぬまきのはに　霧たちのぼる秋の夕暮　寂蓮法師（二八六）

八八　難波江のあしのかりねのひとよゆゑ　身をつくしてや恋ひわたるべき

皇嘉門院別当（二五四）

八九　玉のをよ絶えなば絶えねながらへば　忍ぶることの弱りもぞする

式子内親王（二五四）

九〇　見せばやなをじまの海人の袖だにも　ぬれにぞぬれし色はかはらず

殷富門院大輔（二五四）

九一　きりぎりす鳴くや霜夜のさむしろに　衣かたしきひとりかも寝む

後京極摂政前太政大臣（三〇八）

九二　我が袖はしほひに見えぬ沖の石の　人こそ知らね乾くまもなし

二条院讃岐（二五四）

九三　世の中はつねにもがもななぎさ漕ぐ　海人のをぶねの綱手かなしも

鎌倉右大臣（三〇八）

九四　み吉野の山の秋風さ夜更けて　ふるさと寒く衣うつなり

参議雅経（三〇八）

九五　おほけなく浮世の民におほふかな　わがたつ杣にすみぞめの袖

前大僧正慈円（二八六・三〇八）

九六　花さそふあらしの庭の雪ならで　ふりゆくものはわが身なりけり　入道前太政大臣（三〇八）

九七　こぬ人をまつほの浦の夕なぎに　焼くや藻塩の身もこがれつゝ　権中納言定家（二九六・三〇八）

九八　風そよぐならの小川の夕暮は　御祓《みそぎ》ぞ夏のしるしなりける　従二位家隆（三〇八）

九九　人もをし人も恨めしあぢきなく　世を思ふゆゑにもの思ふ身は　後鳥羽院（三一〇）

一〇〇　百敷《ももしき》やふるき軒端のしのぶにも　なほあまりある昔なりけり　順徳院（三一三）

あとがき

今からふりかえると、百人一首を素材として王朝文化を論ずるという構想は、西脇順三郎氏の「百人一首は皆いいですね」という一言をヒントとして兆したように思う。それはもう彼《か》れ此《こ》れ二十年ほど昔のことであるが、「先生は、歌では何がお好きですか」という私の問いへの答えであった。

それよりずっと以前から、私は能因や重之を文化史の対象として扱い、貫之を伝した小著を出したりして、百人一首の少なくとも前半の作者たちにはかなり親しんでいたのに、詩人の口から万葉歌とか近代の歌人の名が出るものと、漠然と予期していたらしい。当時はまだ、「百人一首は皆いい」という、事もなげな断定は、それほどショッキングな響きをもっていた。

西脇氏は昨年、愛する故郷小千谷《おじや》の山と河を病院の窓から眺めつつ、永眠された。つつしんでこの小著を、なつかしい詩人の霊前に献じたいと思う。

たまたま見付かった古いメモによると、業平・小町に関する小著を出した十数年前には、ほぼこの本の目次と一致するプランがまとまっていた。その後、西行を研究対象とする間に、おのずから百人一首後半の作者たちとの接触が深くなった。

ようやく機が熟したころ、雑誌「短歌」の鈴木豊一氏の勧めがあり、昭和五十六年一月号から二年間連載させてもらった。角川選書の一冊とするに当って、重複や枝葉を削ることに努めたが、特に百人一首の成立についてはまったく書き改めた。

百人一首の注釈・鑑賞の本は近年とみに多くなったが、序章に記したように、この本のテーマは歌の注釈・鑑賞ではない。作者たちの織りなす人間味ゆたかな社会的・政治的諸関係をたどりつつ、これを通じて王朝文化の理念がどのように自己を実現してゆくかを描き出そうと試みたのである。文化史への一つの試みである。したがって百首を平板に並べるつもりはなく、作者たちの有機的な関連を追って叙述にアクセントを付けた。各部分の主題歌ともいうべき歌をケイでかこって掲げ、そこから叙述を展開する形をとった。都合で詞書《ことばがき》は細字になっているが、この本の場合詞書の語りかけてくれるものは大切なので、読みとばさずにお付合いいただければ本望である。

昭和五十年に刊行した『漂泊―日本思想史の底流―』は、昭和二、三十年代のささやかな歩みの原点であり、帰結でもあった。そしてこの『百人一首の作者たち―王朝文化論への試み―』は、その後のほぼ二十年間の個別的な仕事をも踏まえた総括、といったものであろう。この姉妹編的な二冊が角川選書に並ぶことになったのは、まことに幸せである。

連載と刊行には、角川書店編集部の鈴木豊一・今秀己・赤塚才市・中西千明氏の御厄介になった。末筆ながらあつく御礼を申し述べる。

昭和五十八年八月

目崎徳衛

本書は、一九八三年に刊行された角川選書『百人一首の作者たち―王朝文化論への試み―』を文庫化したものです。

百人一首《ひやくにんいつしゆ》の作者《さくしや》たち

目崎徳衛《めざきとくえ》

平成17年 11月25日　初版発行
令和6年 11月25日　10版発行

発行者●山下直久

発行●株式会社KADOKAWA
〒102-8177　東京都千代田区富士見2-13-3
電話　0570-002-301（ナビダイヤル）

角川文庫 14020

印刷所●株式会社KADOKAWA
製本所●株式会社KADOKAWA

表紙画●和田三造

◎本書の無断複製（コピー、スキャン、デジタル化等）並びに無断複製物の譲渡および配信は、著作権法上での例外を除き禁じられています。また、本書を代行業者等の第三者に依頼して複製する行為は、たとえ個人や家庭内での利用であっても一切認められておりません。
◎定価はカバーに表示してあります。

●お問い合わせ
https://www.kadokawa.co.jp/（「お問い合わせ」へお進みください）
※内容によっては、お答えできない場合があります。
※サポートは日本国内のみとさせていただきます。
※Japanese text only

©Tokue Mezaki 1983, 2005　Printed in Japan
ISBN978-4-04-405601-8　C0192

角川文庫発刊に際して

角　川　源　義

第二次世界大戦の敗北は、軍事力の敗北であった以上に、私たちの若い文化力の敗退であった。私たちの文化が戦争に対して如何に無力であり、単なるあだ花に過ぎなかったかを、私たちは身を以て体験し痛感した。西洋近代文化の摂取にとって、明治以後八十年の歳月は決して短かすぎたとは言えない。にもかかわらず、近代文化の伝統を確立し、自由な批判と柔軟な良識に富む文化層として自らを形成することに私たちは失敗して来た。そしてこれは、各層への文化の普及滲透を任務とする出版人の責任でもあった。

一九四五年以来、私たちは再び振出しに戻り、第一歩から踏み出すことを余儀なくされた。これは大きな不幸ではあるが、反面、これまでの混沌・未熟・歪曲の中にあった我が国の文化に秩序と確たる基礎を齎らすためには絶好の機会でもある。角川書店は、このような祖国の文化的危機にあたり、微力をも顧みず再建の礎石たるべき抱負と決意とをもって出発したが、ここに創立以来の念願を果すべく角川文庫を発刊する。これまで刊行されたあらゆる全集叢書文庫類の長所と短所とを検討し、古今東西の不朽の典籍を、良心的編集のもとに、廉価に、そして書架にふさわしい美本として、多くのひとびとに提供しようとする。しかし私たちは徒らに百科全書的な知識のジレッタントを作ることを目的とせず、あくまで祖国の文化に秩序と再建への道を示し、この文庫を角川書店の栄ある事業として、今後永久に継続発展せしめ、学芸と教養との殿堂として大成せんことを期したい。多くの読書子の愛情ある忠言と支持とによって、この希望と抱負とを完遂せしめられんことを願う。

一九四九年五月三日

＊ビギナーズ・クラシックス＊

●古事記
神々の時代から推古天皇の時代までの歴史を雄大に語るわが国最古の書。
角川書店編

●万葉集
いにしえの様々な階層の人々が自分の心を歌ったわが国最古の歌集。
角川書店編

●竹取物語（全）
五人の求婚者を破滅させ、帝の求婚にも応じないかぐや姫の真実。
角川書店編

●蜻蛉日記
美貌と歌才に恵まれながら、はかない身の上を嘆く藤原道綱母の二十一年間の日記。
角川書店編

●枕草子
清少納言の独特の感性による宮廷生活の活写。機知に溢れる珠玉の随筆集。
角川書店編

* ビギナーズ・クラシックス *

●源氏物語

世界初の長編ロマン。平安貴族の風俗と内面を描き、いつまでも新しい傑作。

角川書店編

●今昔物語集

インドや中国、日本では北海道から沖縄に及ぶスケールの大きな説話大百科。

角川書店編

●平家物語

六年間に及ぶ源平の争乱と、その中の人間の哀歓を描く一大戦記。

角川書店編

●徒然草

知の巨人、兼好が見つめる自然や世相。たゆみない求道精神に貫かれた随想。

角川書店編

●おくのほそ道(全)

旅が生活であった芭蕉の旅日記。風雅の誠を求め続けた魂の記録。

角川書店編